From
Pushkin
Bélinsky

从普希金到别林斯基

李葆华————著

俄国莎士比亚接受研究（1748—1848）

A Research on
Shakespeare's Reception
in Russia（1748—1848）

上海人民出版社

本书获 2021 年度山西省回国留学人员科研资助项目资助。

（项目编号：2021-129）

前 言 ⋯⋯ 1

第一章 18世纪俄国莎士比亚接受：半个世纪的积淀

第一节 译介的最初阶段：从康杰米尔到苏马罗科夫 ⋯⋯ 2

第二节 三十年的潜伏期：涓涓细流 ⋯⋯ 8

第三节 八九十年代的高潮期：汇聚成河 ⋯⋯ 11

第二章 19世纪初的莎士比亚翻译和评论

第一节 三足鼎立的莎士比亚译者 ⋯⋯ 26

第二节 备受文学杂志瞩目的莎士比亚 ⋯⋯ 44

第三章 莎士比亚的全方位接受者——普希金

第一节 从拜伦崇拜到莎士比亚主义的转变 ⋯⋯ 69

第二节 普希金的莎士比亚评论：榜样和父亲 ⋯⋯ 88

第四章 非凡十年（1838—1848）的莎士比亚接受

第一节 专业莎士比亚译者层出不穷 ⋯⋯ 98

第二节　各国莎学成就在俄国的普及 115

第三节　俄国原创莎学的建立和发展 119

第五章　莎士比亚评论的集大成者——别林斯基

第一节　对莎士比亚的认识历程：盲从到独立 136

第二节　评《哈姆雷特》及其他莎剧："与现实和解" 145

第三节　对比译本发展翻译理论：艺术翻译与诗意翻译 154

结　语 159

参考文献 164

后　记 179

前　言

　　鲁迅先生曾经写道："旧文学衰颓时，因为摄取民间文学或外国文学而起一个新的转变，这例子是常见于文学史上的。"[1] 俄国和中国似乎在不同的时空经历了同样的文学发展进程。始于 17、18 世纪之交的彼得一世改革开启了俄国的现代化进程，到 18 世纪后半期的叶卡捷琳娜二世改革，现代化的脚步开始涉及文学领域，欧洲自古希腊、罗马以来到文艺复兴和启蒙运动的全部文学遗产和成果，几乎在 18、19 世纪之交于同一时间涌入俄国，而在差不多一个世纪之后的中国似乎又重复了类似的场景，略有不同的是，在中国文学现代化的过程中很大程度上借助了俄苏文学的力量。俄苏文学可称为中国现当代文学的一个重要源头，要理解中国现当代文学，俄苏文学是重要的研究课题，而当我们聚焦俄苏文学的时候，又有必要继续探寻她的发源之地。我国的俄罗斯文学研究源远流长、成果卓著，进入 21 世纪以来随着研究的不断深入和开拓，俄罗斯文学研究不再囿于对俄罗斯作家作品、文学流派及中俄文学比较等的研究，越来越多的研究者开始将目光聚焦于俄罗斯文学史上一些重要而独特的文

---

1. 鲁迅：《门外文谈》，人民文学出版社 1973 年版，第 101 页。

学现象，如《现代人》(《Современник》，1836—1866)、《祖国纪事》(《Отечественные записки》，1838—1884) 等大型文学杂志。笔者正是在对《现代人》杂志的研究中，关注到了"俄苏文学对外国文学的接受"这一研究领域，并在对文献的梳理研读中最终确定了"俄国早期莎士比亚接受"这一选题。

俄国文学被称为世界文学的迟到者，却在19世纪涌现出像普希金、屠格涅夫、托尔斯泰、陀思妥耶夫斯基等这样一批具有世界水准和影响力的文学大家，而且俄国文学的"黄金时代"并非昙花一现，紧随其后的19、20世纪之交的"白银时代"以及苏联时期的文学成就使得"文学"成为俄罗斯一张闪亮的名片。19世纪作为俄国文学辉煌的起点，出世即巅峰，这让我们不禁要探究其原因，除了俄国内部的原因之外，这一时期俄国文学对于外国文学的接受格外引人注意，俄国文学究竟从哪些国家、哪些作家、哪些作品中汲取了丰厚养料，又在多大程度上给予了吸收或批判，外国文学对俄国文学是否也有对中国现代文学同样的形成性影响。如果能够对这些问题加以全面的、深入的研究，对于我们更好地认识和理解俄苏文学乃至中国文学都大有裨益。与此同时，该选题还有益于扩充中国莎学研究者对俄罗斯莎学的了解，从而弥补因语言障碍造成的莎学领域的重要缺失。

莎士比亚 (William Shakespeare，1564—1616) 的俄国接受研究是俄苏学界重要而传统的研究领域，对该领域的研究已经进入系统性、综合性的深入阶段，期刊论文、学术专著、博士论文都层出不穷。近年来也有俄罗斯学者在我国学术期刊上发表该领域的最新研究成果，如俄罗斯当代著名莎学家、俄罗斯国立人文大学教授 И.О. 沙伊塔诺夫 (Игорь Олегович Шайтанов，1947—　) 的《俄罗斯文化意识中的莎士比亚》(2019)和《莎士比亚在俄罗斯和中国的翻译与接受：伊戈尔·沙伊塔诺夫访谈录》(2020)，两篇文章结合起来为我们大致展现出了俄罗斯学者对于这一研究领域的基本观点。首先介绍了莎士比亚进入俄罗斯的路径，正如沙伊塔诺夫教授所说，"莎士比亚不是在他自己的时代来到俄国的，也不是直接来到俄国的，而是在一个半世纪后通过法国和德国来到俄国的"[1]。最早的编译者有苏马罗科夫、叶卡捷琳娜二世和卡拉姆津，自普希金开始，莎士比亚在 19 世纪俄国的受欢迎程度和影响力稳步增长，甚至这一时期的所有俄国著名作家都对这一进程做出过贡献，白银时代的勃洛克、茨维塔耶娃、帕斯捷尔纳克等作家都表现出对莎士比亚、对莎剧浓厚的兴趣，苏联作家马沙克大量翻译了莎士比亚的十四行诗，1902—1904 年苏联著名出版社出版了第一套学术型莎士比亚作品集，在沙伊塔诺夫教授看来该集用五卷"全面地总结了 19 世纪俄罗斯的莎士比亚，并开启了 20 世纪崭新的莎士比亚研究"[2]。经历了短暂的低潮，十月革命后俄罗斯人又开始重新重视莎士比亚；接下来，在论及莎剧的翻译过程时，作者认为"莎士比亚文学在俄罗斯的翻译与全世界都趋于一致——将域外作家归化并使其在本土语言中自然呈现"[3]。莎士比亚对于俄罗斯的意义显然不只限于一位伟大的作家，沙伊塔诺夫教授借用梅列日科夫斯基的说法称莎士比亚在俄罗斯是"永

---

1. 伊戈尔·沙伊塔诺夫：《俄罗斯文化意识中的莎士比亚》(英文)，《中世纪与文艺复兴研究》2019 年第 2 期，第 43 页。
2. 朱小琳、伊戈尔·沙伊塔诺夫：《莎士比亚在俄罗斯和中国的翻译与接受：伊戈尔·沙伊塔诺夫访谈录》(英文)，《外国文学研究》2020 年第 3 期，第 24 页。
3. 同上，第 16 页。

前　言

3

远的同时代人"，甚至在他看来，当下俄罗斯面临的问题似乎都可以从莎士比亚那里寻找到答案："莎士比亚对于我们现今生活的世界仍提出了很多建议，因为从长远的眼光来看这个曾被他审视过的世界是开放性的。"[1] 值得一提的是我国学者凌建侯教授曾多次论及沙伊塔诺夫教授，2020 年更是在沙伊塔诺夫教授发表于 2003 年的长文《两部"不成功的作品"：〈一报还一报〉与〈安哲鲁〉》(Две«неудачи»：«Меразамеру»и«Анджело»，2003）的基础上撰写了《沙伊塔诺夫论〈安哲鲁〉的长篇小说化倾向》(2020) 一文。凌教授在文中运用巴赫金的小说理论细致分析了《安哲鲁》的长篇小说化倾向，并指出"普希金包括长诗在内的一些作品的长篇小说化倾向很大程度上为 19 世纪 40 年代以来俄罗斯长篇小说的繁荣奠定了基础、指明了方向"[2]。

俄罗斯文学对外国文学的接受是俄罗斯文学研究的传统领域，俄罗斯文学的两大研究重镇——俄罗斯科学院俄罗斯文学研究所（普希金之家）和高尔基世界文学研究所都设有专门的研究室，分别是俄外文学关系研究室和西方经典文学及比较文学研究室。普希金之家俄外文学关系研究室的首任负责人是俄罗斯比较文学奠基人——В.М. 日尔蒙斯基院士（Виктор Максимович Жирмунский，1891—1971）。随后由俄罗斯著名比较文学、英国文学和莎士比亚研究专家 М.П. 阿列克谢耶夫（Михаил Павлович Алексеев，1896—1981）担任长达二十五年（1956—1981），这一时期众多学者深耕俄英文学关系研究

---

1. 伊戈尔·萨伊塔诺夫：《俄罗斯文化意识中的莎士比亚》（英文），《中世纪与文艺复兴研究》2019 年第 2 期，第 52 页。

2. 凌建侯：《沙伊塔诺夫论〈安哲鲁〉的长篇小说化倾向》，《欧亚人文研究》2020 年第 4 期，第 31 页。

领域，取得了丰硕的研究成果，1965 年出版了 М.П. 阿列克谢耶夫院士主编的研究汇编《莎士比亚与俄国文化》(Шекспир и российская культура，1965) 一书，该书体量庞大，是该研究领域的首部权威专著。全书分十章，由数位专家学者合写而成，详细全面地展示了莎士比亚如何从古典主义到浪漫主义、从普希金时代到整个 19 世纪、从翻译批评到剧院演出以及不同流派围绕莎士比亚和莎剧引起的几次争论，该书几乎涵盖了有关莎士比亚与俄国文化的方方面面，可以称得上是本研究领域的一部奠基之作。有关"普希金与莎士比亚"的研究成果还收录进了阿列克谢耶夫院士的《普希金：比较历史研究》(Пушкин：Сравнительно-исторические исследования，1984) 一书，该书还收录了院士的其他比较文学经典文章如《普希金与其时代的科学》《普希金与永恒世界问题》以及《普希金与乔叟》《普希金与歌德的传奇》等，将该研究方向置于跨学科、多维度的比较文学研究中。

在《莎士比亚与俄国文化》问世二十多年后，Ю.Д. 列文教授（Юрий Давидович Левин，1920—2006）出版了力作《莎士比亚与十九世纪俄国文学》(Шекспир и русская литература XIX века，1988)，向日尔蒙斯基和阿列克谢耶夫两位院士老师致敬，该题也是他本人的副博士论文题目。全书分四章展开论述，前三章以时间为序依次论述"普希金时期""40 年代""60 年代到世纪之交"三个不同历史时期俄国文学界对莎士比亚的译介和围绕莎士比亚、莎剧、莎剧人物在大型文学杂志上展开的文学和政治论争，第四章围绕如何真实重现莎作、构建浪漫主义翻译、基本的翻译原则、翻译的职业化、逐字翻译者等问题探讨了翻译莎作过程中遇到的具体问题。时间跨度超过二十年的两部研究专著，前者覆盖了多维度、多领域的莎士比亚与俄国文化关系研究，为后世深入该领域研究指出了方向；后者专注莎士比亚与19世纪文学关系研究，细致具体条分缕析，成为此研究方向的重要参考。

目光转向高尔基世界文学研究所，最受人瞩目的莎学家非A.A.阿尼克斯特（Александр Абрамович Аникст，1910—1988）莫属，其学术历程由一系列重量级的著作奠定，1956年曾出版《英国文学史》，在60年代的系列研究专著和与A.A.斯米尔诺夫（Александр Александрович Смирнов，1883—1962）合著的八卷本权威注释版莎士比亚全集出版后，阿尼克斯特成为俄罗斯最著名的莎学家之一，而他本人在莎学研究领域更大的贡献则在于，从1975年开始在科学院世界文学研究所框架下创建"莎士比亚委员会"（Шекспировская комиссия，全称 Шекспировская комиссия при Научном совете «История мировой культуры» РАН），正是在他的倡导下俄罗斯国内主要的莎学家和青年学者得以聚集，并坚持出版"莎士比亚阅读"（Шекспировские чтения）论文集。阿尼克斯特长期担任该委员会的主席（1975—1988，М.П.阿列克谢耶夫任名誉主席）并主编论文集，以自身的学术研究彰显了俄罗斯莎学的特点在于其广度——揭示莎士比亚的世界图景、莎士比亚在他的时代和文化语境出现的必要性和超越文学、戏剧、文化研究之间边界的莎学研究。阿尼克斯特去世后该委员会由莎学家А.В.巴尔达舍维奇（Алексей Вадимович Бартошевич，1939—　）担任主席至今，"莎士比亚阅读"经历了长时间的暂停后从2000年起得以恢复举行并继续出版论文集。

近年来崛起的俄罗斯一股重要的莎学研究学术力量是莫斯科国立人

文大学基础和应用研究所的莎士比亚中心，该中心于2004年成立至今，以两任负责人 Вл.А. 卢科夫教授（Владимир Андреевич Луков，1948—2014）和 Н.В. 扎哈罗夫（Николай Владимирович Захаров，1974— ）教授为学术带头人，逐渐形成当代俄罗斯莎学和莎士比亚与俄罗斯文学比较研究领域一支举足轻重的学术力量。卢科夫教授的《文学史：从古至今的外国文学》2008年第五次再版，在时空跨度上涵盖全部外国文学，是文学专业学生的必读文学史教材；2012年扎哈罗夫教授和卢科夫教授合著《世纪天才：欧洲文化中的莎士比亚》（2012），全书共三个部分，第一部分讨论"莎士比亚崇拜"如何在包括俄国之内的欧洲一步步形成、确立和巩固，深化和拓展了这一概念的内涵和外延；第二部分则围绕"莎士比亚化"和"莎士比亚主义"这两个概念展开，以普希金及其莎士比亚化剧作《鲍里斯·戈都诺夫》和其他作品中的莎士比亚文本为例展现从莎士比亚化到莎士比亚主义的命运；在词汇扩充部分，首先分析"莎士比亚场"这一概念，搜集和整理各国众多的莎士比亚同时代人，包括作家、历史文化名人、亲戚，甚至写到与莎士比亚同时代的俄国沙皇伊凡四世，为全面认识"俄罗斯的莎士比亚"提供了新的视角。扎哈罗夫教授发表大量的期刊论文，首先是有关莎士比亚接受史总体研究成果：《莎士比亚主义作为俄罗斯文学的创作思想》（2006）、《俄罗斯文学的莎士比亚主义》（2007）、《俄罗斯的莎士比亚和莎士比亚主义》（2009）、《俄罗斯经典文学中的莎士比亚主义概念》（2011）、《世界莎士比亚年：诗人逝世四百周年》（2016）等文章，高屋建瓴地诠释莎士比亚研究中一系列重要概念，宏观上展现了俄罗斯的莎士比亚研究状况；与此同时还将研究深入不同历史时期的俄罗斯作家与莎士比亚关系研究中，先后发表了前普希金时期、普希金及其同时期众多作家与莎士比亚关系研究的文章，涉及苏马罗科夫、穆拉维约夫、卡拉姆津、彼得罗夫、伦茨、茹科夫斯基等众多古典主义、浪漫主义作家，出版学术专著《莎士比亚在普希金作品中的演变》（2003）。扎哈罗夫教授尤其精于对俄国作家作品中莎士比亚词汇的研究，发表期刊论文《莎士比亚如何进入俄罗斯文化词库》（2007）、出版《俄罗斯古典文学中的莎士比亚主义：词汇分析》（2008）一书，细致分析过苏马罗科夫、卡拉姆津、丘赫尔别凯、茹科夫斯基、普希金、陀思妥耶夫斯基等作家对莎士比亚词汇的接受，可以说扎哈罗夫教授对莎士比亚与俄国文学的研究既涵盖宏观全景又涉及微观细节，为俄罗斯当代莎士比亚与俄罗斯文学比较研究做了良好的示范。

莫斯科国立人文大学莎士比亚中心自 2005 年起举办"莎士比亚研究"（Шекспировские штудии）学术论坛并将与会论文结集成册，迄今已举办 24 届，出版同名学术论文集 18 卷，凝聚了俄罗斯国内主要的莎学研究力量，也为青年学者走向莎学研究方向提供舞台。与此同时，该中心团队师生倾注巨大心血和人力物力建成三个莎士比亚相关的学术网站，分别是"俄罗斯的莎士比亚"（Русский Шекспир，项目负责人 Н.В. 扎哈罗夫，网站地址 www.rus-shake.ru）、"莎士比亚的世界：电子百科全书"（Мир Шекспира：электронная энциклопедия，项目负责人 Н.В. 扎哈罗夫、Б.Н. 盖金，网站地址 www.world-shake.ru）和"莎士比亚的同时代人：电子学术出版物"（Современники Шекспира：электронное научное издание，项目负责人 Н.В.Захаров，网站地址 www.around-shake.ru），三个网站各有侧重，几乎搜集整理了有关莎学研究的所有俄语研究文献，为世界学者研究这一领域提供莫大的便利和支持："俄罗斯的莎士比亚"网站提供莎作的俄译本、俄罗斯的莎学研究史和莎评作品以及俄罗斯剧作家对莎剧的各种改写和再创作，该数据库提供大量之前研究者无法接触到的宝贵原始研究资料；"莎士比亚的世界：电子百科全书"网站是名副其实的莎学研究百科全书，收集、分析和总结在俄罗斯和其他国家文化之间对话过程中莎士比亚遗产接受的学术资源：涉及翻译、出版、舞台制作、电影、电视、绘画、音乐、文学、戏剧、艺术批评，等等，体现出鲜明的莎学研究的跨学科、跨国界、跨媒介的特点；"莎士比亚的同时代人"网站独辟蹊径，充分关注到莎士比亚光芒遮蔽下的各国同时代人应有的文学和文化地位，该网站在前两个网站从时间和空间两个维度覆盖莎学研究资料的基础上，进一步挖掘呈现作为莎士比亚创作背景的同时代人，从而将对莎士比亚自身的研究置入一个更清晰和真实的历史场景中，大量的珍贵资源同样是首次以数字化、俄语版呈现。

　　近年来俄罗斯青年学者对莎士比亚研究保持了持续的学术热情，学位论文层出不穷，仅新世纪以来涉及莎士比亚与俄罗斯文学比较研究领域的博士论文就有近十篇，从研究方法到研究切入点都有了新的探索和发展，推进这一研究领域稳步向前发展。经典作家与莎士比亚的关系得到青年学者的持续关注并进一步深入作品内部，M.B.叶丽菲洛娃的《俄罗斯莎士比亚早期接受语境下的〈别尔金小说集〉：1790—1830》(莫斯科：俄罗斯国立人文大学，2007)选取普希金的短篇小说作品，将其纳入当时俄国的莎士比亚接受进程中加以分析；И.O.沃尔科夫和T.B.什韦佐娃都深入关注哈姆雷特及李尔王在屠格涅夫作品中的接受，分别完成题为《屠格涅夫艺术世界里的威廉·莎士比亚：〈哈姆雷特〉和〈李尔王〉》(托木斯克：托木斯克国立大学，2019）和《屠格涅夫创作语境中的"哈姆雷特"》（阿尔汉格尔斯克：罗蒙诺索夫波莫尔州立大学，2002）的博士论文；A.A. 耶夫多基莫夫将俄国文学黄金时代最伟大的剧作家之一、现实主义作家果戈理与莎士比亚进行比较视野下的戏剧诗学研究，博士论文《果戈理和莎士比亚：比较视野下的戏剧诗学》（莫斯科：莫斯科大学，2011）从体裁到流派两个不同角度探究两者的异同；同样比较两位剧作家的还有 M.X. 卡茨姆的博士论文《А.П. 契诃夫戏剧中的女性特征：莎士比亚的"痕迹"》（莫斯科：俄罗斯友谊大学，2014），试图用把莎士比亚作为一种方法来解释契诃夫戏剧的女性特征，不失为比较文学研究的一种新角度；E.C. 杰米切娃的《20世纪下半叶到21世纪初俄罗斯文学的"莎士比亚文本"》（伏尔加格勒：国立伏尔加格勒师范大学，2009）将莎士比亚文本的适用范围拓展到了新时代的俄罗斯文学中，是不多见的莎士比亚与当代俄罗斯文学关系研究的成果；E.A. 别尔茹施娜的《十九世纪到二十一世纪莎士比亚十四行诗在俄罗斯的翻译接受》（符拉迪沃斯托克：远东国立大学，2010）则关注到莎士比亚同样重要和优秀的诗歌作品在俄罗斯的翻译和接受，而且时间跨度超过两百多年，可以称得上是第一部莎士比亚十四行诗的俄罗斯接受史，意义非凡而重大。研究日渐深入、领域逐渐拓展的博士论文既说明当代俄罗斯学者对莎士比亚俄国接受研究的重视，又代表俄罗斯该领域最新的研究方向和成果，这些成果对于开展本论文的研究有很大的指导和启发。

总体来讲外国文学对俄国文学的影响研究尚未引起我国学者的足够重视，具体到俄国文学对莎士比亚的译介和接受研究普遍欠缺，俄国作家、批评家发表的有关莎士比亚的文论、书信等大多散见于其中译本文集或全集中，只有 1979 年由杨周翰编选、中国社会科学院外国文学研究所外国文学研究资料丛刊编辑委员会编撰的《莎士比亚评论汇编》（上册，以下称《汇编》）中集中收录了从普希金、赫尔岑、屠格涅夫、托尔斯泰到别林斯基、车尔尼雪夫斯基、杜勃罗留波夫等七位俄国作家关于莎士比亚的相关评论，这二十余篇译文为我们简要勾勒出 19 世纪俄国作家对莎士比亚的基本看法。其中，涉及本阶段研究的作家有普希金、赫尔岑和别林斯基三位，以下就《汇编》涉及的内容做一概述。

就像俄国现代文学始于普希金一样，对莎士比亚较为成熟的论述也始于诗人，不过普希金的文学评论并不多，《汇编》中收录的三篇篇幅也不长。《关于莎士比亚的〈罗密欧与朱丽叶〉（1830）》首先肯定了"《罗密欧与朱丽叶》这个悲剧，虽然问题与他的著名的手法迥然不同，却十分明显地可以列入他的戏剧体系之内，并且它本身还带着他的自由豪放的笔调的许多行迹，所以应该认为它是莎士比亚的作品"[1]；在《桌边谈话》（Table Talk）一文中，普希金将莎士比亚塑造的人物与莫里哀笔下的人物做了比较，在普希金看来莫里哀笔下的人物只是"某一种热情或某一种恶行的典型"[2]，而莎士比亚创造的人物则"是活生生的、具有多种热情、多种恶行的人物；环境在观众面前把他们多方面的、多种多样的性格发展了"，一个单一平面，一个深刻立体，在普希金看来莎士比亚塑造人物的天才集中体现在福斯塔夫这个人物身上，莎士比亚对其描写之真实、之突出，使普希金联

1. 中国社会科学院外国文学研究所外国文学研究资料丛刊编辑委员会：《莎士比亚评论汇编》（上），中国社会科学出版社 1979 年版，第 425 页。
2. 同上，第 426 页。

想到了他的朋友达维多夫，并称达维多夫为"第二个福斯塔夫"，称达维多夫的小儿子为"第三个福斯塔夫"；第三篇《论人民喜剧和剧本〈玛尔法女市长〉》虽然只是一个论文提纲，却亮明了普希金对莎士比亚在戏剧发展史上地位的充分肯定，在普希金看来莎士比亚是伟大的，因为他表现的是"人和人民。人的命运，人民的命运"[1]，正是由此造就了莎士比亚对后世戏剧的深远影响，与此同时，普希金也并不忌讳地指出了莎士比亚创作上的润色不均、有疏忽和畸形的缺陷。

《汇编》中选取最多的是赫尔岑有关莎士比亚的论述，八篇节译中有五篇取自写给妻子或儿子的书信，时间跨度达三十年（从 1837年到 1867 年），书信中反复与妻、子分享了阅读莎士比亚和观看莎剧后的强烈感受：在赫尔岑看来莎士比亚的心灵伟大而开阔，《哈姆雷特》可以看作是莎士比亚全部作品的典型，而像《哈姆雷特》这样困难的题材，非具备"最强有力的天才和拥有无限宽广心灵的人谁也不能驾驭"[2]，赫尔岑极其认同歌德对莎士比亚的论断："莎士比亚像上帝一样在造物"，认为莎士比亚的作品具有毋庸置疑的现实性和真实性，并且力荐儿子阅读歌德和莎士比亚，认为他们等于整整一所大学，同时也指出想看透莎士比亚并非易事；在另外两篇哲学文选及《往事与随想》的片段中，赫尔岑从唯物主义哲学的观点出发，更深刻地剖析了莎士比亚，指出"伟大的艺术作品总是同伟大的社会运动，同对宗

---

1. 中国社会科学院外国文学研究所外国文学研究资料丛刊编辑委员会：《莎士比亚评论汇编》（上），中国社会科学出版社 1979 年版，第 429 页。
2. 同上，第 458 页。

教的大信仰或大怀疑（歌德、但丁、莎士比亚）相适应的"[1]，莎士比亚用他天才而有力的画笔绘出了宇宙般的人的内心世界，以他对生活的诗意观察和深刻理解结束了艺术的浪漫主义时代，开辟了新的时代。赫尔岑从文学发展史的角度盛赞莎士比亚对古典主义和浪漫主义的超越，甚至常常以莎士比亚等大师们的作品为镜，据此来判断自己的成长、变好变坏和发展趋向。

别、车、杜的莎评既是19世纪俄国莎评的重要组成部分，也是他们个人文学评论的重头戏，犀利的文学评论成了革命民主派手中强有力的斗争武器。正如译者李邦媛在译后记中所说："如果说莱辛以莎士比亚打击了伏尔泰，法国浪漫主义者曾利用莎士比亚的旗帜展开了与古典主义的激战，那么以别林斯基为首的俄罗斯进步文学界为独立的现实主义文学斗争的时候，也借助了莎士比亚的传统。"[2]《汇编》选译了别林斯基的三篇莎评代表作，分别是《莎士比亚的剧本〈哈姆雷特〉——莫恰洛夫扮演哈姆雷特的角色》（1838，摘译）、《关于〈暴风雨〉》（1840）、《戏剧诗》（1841）。事实上别林斯基对莎士比亚的评论文章远不止此，从他的第一篇论文《文学的幻想》开始，莎士比亚之名就频繁出现在他的论文和书信中，关于莎士比亚的作品，别林斯基还写过《安东尼与克里奥佩特拉》《丹麦王子哈姆雷特》《莎士比亚的四幕历史悲剧》《威尼斯的摩尔人奥赛罗》等篇幅不长的评论文章，文中论及莎剧在俄国的上演及俄译问题；30年代后半期，别林斯基对莎士比亚兴趣愈浓，潜心研究了十二月党人、普希金及歌德、基佐的

---

1. 中国社会科学院外国文学研究所外国文学研究资料丛刊编辑委员会：《莎士比亚评论汇编》（上），中国社会科学出版社1979年版，第463页。
2. 同上，第455页。

莎评，并在 1837 年一月莫斯科小剧院上演《哈姆雷特》后写出著名的莎评作品——《莎士比亚的剧本〈哈姆雷特〉——莫恰洛夫扮演哈姆雷特的角色》，文中指出两个核心问题：一是莎剧的现实主义问题，二是莎剧的悲剧人物问题。就别林斯基最关注的莎士比亚创作中的现实主义问题，作者在《关于〈暴风雨〉》中进一步明确指出："莎士比亚是现实的诗人，而不是理想的诗人……莎士比亚同样也富于理想，但是他上升到永恒理想的崇高领域时，就把这些理想带到大地上来。"[1]《戏剧诗》是别林斯基的一篇重要文学理论文章，他在文中将戏剧诗分为悲剧、喜剧和正剧三类，在论及悲剧时指出："在近代民族中，没有一个民族的戏剧像英国人的戏剧那样达到了充分和巨大的发展。莎士比亚是戏剧方面的荷马，他的戏剧是基督教戏剧的最高的原型。在莎士比亚的戏剧中，生活和诗的一切因素融合成一个生动的统一体，在内容上广阔无限，在艺术形式上宏伟壮丽"[2]。总体而言，别林斯基高度评价了莎士比亚的创作，指出了莎剧中的现实主义和人民性等特征。相对于别林斯基对莎士比亚的青睐，车、杜对莎士比亚似乎并无特殊的关注，车尔尼雪夫斯基并无关于莎士比亚的专论，只是在论及一些美学问题时引用莎剧作例，杜勃罗留波夫同样只是在评论奥斯特洛夫斯基的戏剧中偶然提及莎士比亚。

《莎士比亚评论汇编》上册成书于 1979 年，1981 年出版的下册收录了苏联著名莎评家阿尼克斯特的名篇《论莎士比亚的悲剧〈哈姆雷特〉》(1956)，阿尼克斯特运用马克思文艺理论分析了莎士比亚及

---

1. 中国社会科学院外国文学研究所外国文学研究资料丛刊编辑委员会：《莎士比亚评论汇编》（上），中国社会科学出版社 1979 年版，第 438 页。
2. 同上，第 449 页。

其作品，指出"莎士比亚是赞成人文主义者的观点的。他所有的作品都渗透着对生活和人的使命的新看法"[1]。阿尼克斯特根据莎士比亚在不同时期受到的社会政治变化影响将其作品分为三个时期，分别是人文主义世界观和现实主义方法的形成时期（1590—1600）、对现实新看法的第二个时期（1601—1608）、第三个总结时期（1609—1613），在此基础上评论家详细分析《哈姆雷特》。阿尼克斯特从莎评的中心问题——"哈姆雷特为什么延宕？"引出了对哈姆雷特个性问题的探究，进而结合别林斯基、普希金等对莎士比亚的评论论述了哈姆雷特形象的社会性和剧本的现实主义艺术方法。《汇编》下册汇集了各国各路莎评大家的高论，但并不以俄罗斯莎评为主，更不以莎士比亚在俄罗斯文学的译介、影响和接受为重，对七位俄国作家、评论家有关莎士比亚评论的编译也只是点到为止。

《汇编》之后几年，我们看到了数篇中国学人对于莎士比亚俄国接受的研究文章。正如俄国现代文学始于普希金，学者对莎士比亚俄国接受的关注也始于普希金。张一东教授在纪念莎士比亚逝世 370 周年、普希金逝世 150 周年之际发表《从〈麦克白〉到〈波里斯·戈都诺夫〉》(1986)，首先揭开了莎士比亚与普希金这两部作品的内在联系，两部作品都是基于一定的历史事实而作，主人公在历史上都确有其人，情节也颇有相似之处。作者剖析普希金对莎士比亚从思想到技巧上的学习和突破，进而推动苏马罗科夫以来的俄国古典主义戏剧创作风格到现实主义的发展进程，同时还指出莎士比亚的成就集中于戏

---

1. 中国社会科学院外国文学研究所外国文学研究资料丛刊编辑委员会：《莎士比亚评论汇编》(下)，中国社会科学出版社 1981 年版，第 496 页。

剧，而普希金则首先是一位诗人。时隔二十余年，杨明明教授在《莎士比亚与普希金的〈鲍里斯·戈都诺夫〉》(2018) 一文中从人民性的角度，阐述了普希金如何"在莎士比亚的影响下最终形成自己的文化历史观与人民性思想，进而推动俄国文学向近代化与民族化转型"[1]的过程。在此基础上，该文致力于深挖莎士比亚对普希金等俄国作家影响颇深的原因，认为其不仅限于莎士比亚对"人性的深刻洞察与反思"，更在于剧作家"博大的人文主义情怀及对人民性与民族性的把握与呈现"。文中还简述了莎士比亚在俄国的早期传播，指出"在俄国作家中，大概没有人比普希金更亲近、更理解莎士比亚"[2]，并引用安年科夫的论断，认为正是"通过对莎士比亚作品的研读与思考，普希金走上了客观性、历史主义与批判性观察，最终成为其创作的主旨的是俄国的新旧日常生活"[3]。作为普希金最体现莎士比亚特征的作品，《鲍里斯·戈都诺夫》从体式到情节再到人物形象塑造，无不借鉴莎士比亚，作家本人更是毫不讳言地表示，"我是按照我们的父亲莎士比亚的体系创作了这部悲剧"[4]，同时普希金也"坚信自己这部作品在思想上与文学上的独立性与独特性，而这种独立性与独特性正是建立在作品深厚的民族性基础上的"[5]。

国内对于"普希金与莎士比亚"这一选题的研究，并不局限于这两部剧作，甚至不局限于戏剧，曾庆林教授的《论莎士比亚对普希金

---

1. 杨明明：《莎士比亚与普希金的〈鲍里斯·戈都诺夫〉》,《英美文学研究论丛》2018 年第 2 期，第 58 页。
2. 同上，第 60 页。
3. 同上，第 63 页。
4. 同上。
5. 同上，第 64 页。

浪漫主义和现实主义的双重影响》（1989）一文集中论述了莎士比亚对普希金在创作风格上的巨大影响，将这一议题向前推动了一大步。文章开篇肯定了普希金的世界高度，从某种意义上是"站在拜伦和莎士比亚两位巨人的肩上才取得成功的。拜伦的诗作曾激发了普希金磅礴的浪漫诗才，莎士比亚则在浪漫主义和现实主义以及两者结合的创作方法上给予普希金以巨大的影响"[1]。在作者看来莎士比亚对普希金浪漫主义以及浪漫主义与现实主义相结合的艺术手法的影响并未得到我国学者充分的重视。作者将莎士比亚对普希金的影响以流放南俄（1823）为界分为两个阶段，认为前一阶段"青年普希金从莎士比亚作品中吸取的主要是浪漫主义乳汁"[2]，从早期抒情诗到叙事诗，甚至在南方组诗中亦蕴含着"莎士比亚的冷静"，而在后一阶段随着俄国国内形势的变化和普希金年岁渐长，对于莎士比亚的接受走向了现实主义与浪漫主义相结合创作方法的模仿，而这种影响不仅表现于《鲍里斯·戈都诺夫》，在《叶甫盖尼·奥涅金》《铜骑士》《上尉的女儿》《黑桃皇后》等作品中都可窥探到。文章还进一步解释了为何普希金如此深受莎士比亚影响，皆因共同的诗人气质、相同的思想历程和同样的文学使命，作者认为："师法莎士比亚如同一剂催化剂，加速了普希金由浪漫主义向现实主义转化的进程，更带动后来的俄国作家实现群体的飞跃，大大缩短了俄国文学与西欧文学的距离，并为19世纪下半叶俄国文学赶过西欧文学奠定了坚实的基础！"[3]

---

1. 曾庆林：《论莎士比亚对普希金浪漫主义和现实主义的双重影响》，《国外文学》1989年第1期，第62页。
2. 同上。
3. 同上，第71页。

随着对普希金与莎士比亚关系的不断挖掘，该方向的集大成之作是张铁夫教授的长文《普希金与莎士比亚》，该文被单列一章收录进《普希金学术史研究》（2013）一书，全文分四小节：第一节"普希金——卓越的莎评家"，追述了普希金如何开始接触莎士比亚并在苏马罗科夫和卡拉姆津对莎士比亚接受的基础上，成为俄国最早的莎评家之一，具体阐述了普希金莎评的三个重要内容，即肯定莎剧的人民性、莎士比亚对"三一律"的破坏和莎剧人物丰富生动的性格特征，借用莎士比亚批判古典主义的戏剧原则，使得莎士比亚在俄国成为现实主义文学思潮的一面旗帜。第二节《鲍里斯·戈都诺夫》——莎士比亚化的艺术典范"中，指出了该剧莎士比亚化的三个重要标志，即打破古典主义的"三一律"、既忠于历史又忠于现实和人物性格复杂丰满鲜明生动，在作者看来该剧是"一部继承莎士比亚优秀传统的悲剧，同时也是一部在思想上和艺术上富有独创性的作品"[1]。第三节《努林伯爵》——对历史和莎士比亚的双重讽刺"，对比了普希金的《努林伯爵》和莎士比亚的长诗《鲁克丽丝受辱记》，展现了普希金对莎士比亚的关注从戏剧到诗歌、从推崇到讽刺的转变，作者认为普希金在创作时内容上有意地与莎士比亚的作品针锋相对、艺术风格上也迥然不同，其直接的创作动机是为了讽刺莎士比亚，但却不失为"创造性地学习莎士比亚的结晶"。最后一节《安哲鲁》——《量罪记》的诗化"，普希金因为担心俄国演员演不好该剧而没有直接翻译《量罪记》，而是选择根据该剧的内容跨体裁创作出自己最擅长的叙事诗作品，将一部五幕、十二场的戏剧改变结构、缩短篇幅改编成一篇

---

1. 张铁夫：《普希金与莎士比亚》，《普希金学术史研究》，译林出版社 2013 年版，第 224 页。

三部、二十七节的长诗，运用诗化的对话将叙事与抒情结合，在《安哲鲁》这部作品中把抒情诗、叙事诗和诗剧三种形式融为一体，并且普希金对自己的这部作品很是引以为豪。文末作者总结时重申了普希金对莎士比亚的真正态度："普希金在建立俄罗斯民族文学的过程中，对莎士比亚既有所师承，又有所批评，既有所借鉴，又有所发展，从而把俄罗斯文学推进到了一个新阶段。"[1]同时批评了该研究领域苏联莎评家阿尼克斯特等俄国学者所持的"'不承认主义'甚至沙文主义"的错误态度和观点。

2016 年时值莎士比亚逝世四百周年，世界范围掀起莎学热潮。李建军研究员发表《激赏与误读：论俄国文学家对莎士比亚的两歧反应》(2016) 上下两篇文章，上篇先是粗略梳理 19 世纪莎士比亚在俄罗斯的接受史，将这一过程较为全面地展现出来，将评论过莎士比亚的俄国作家和评论家大致分为以普希金、赫尔岑、别林斯基和杜勃罗留波夫为代表的"挺莎派"和以屠格涅夫和托尔斯泰为代表的"批莎派"。在作者看来普希金是俄国作家中对莎士比亚认识最深刻可靠的，别林斯基深刻揭示了莎剧内容上的广阔性和丰富性、莎士比亚在人文精神上的健全性和知识修养上的全面性，杜勃罗留波夫和车尔尼雪夫斯基符合实际地高度评价了莎士比亚和莎剧的崇高地位，是迄今为止我国学者对莎士比亚的俄国接受较为全面深入的研究。下篇则主要议及屠格涅夫和托尔斯泰对莎士比亚的评论。朱建刚教授继 2011 年发表《"莎士比亚或皮靴"：莎士比亚在 19 世纪 60 年代的俄国》(2011) 一文后又撰写了《俄国的"莎士比亚与鞋匠"之

---

1. 张铁夫：《普希金与莎士比亚》，《普希金学术史研究》，译林出版社 2013 年版，第 238 页。

争》(2016)，两篇文章都首先简要介绍莎士比亚在俄国的译介传播史，除了前人学者提到的数位俄国作家、评论家，还论及苏马罗科夫、卡拉姆津、皮萨耶夫、扎伊采夫、德鲁日宁、陀思妥耶夫斯基、高尔基等同样在莎士比亚接受史中至关重要的诸位作家、评论家，一定程度上补充和完善了莎士比亚在俄国的译介传播轨迹；随后，作者将注意力集中在19世纪初到60年代前后的莎士比亚在俄国传播的黄金时代，深入探讨对"莎士比亚与鞋匠"之争的观点，立足文学论争史料、结合俄国社会思想史背景分"对莎翁的否定、否定的背后和否定之否定"三部分条分缕析地详解了莎翁在俄国那一历史时期的命运。

从1748年苏马罗科夫创作《哈姆雷特》的同名剧作，到安年科夫将普希金的创作与莎士比亚的关系作为论述对象，对莎士比亚的译介和接受一进入俄国文学家、批评家的视野，就成了一个备受关注的领域。经过两百多年的探索发展，这一领域的研究成果丰富多样，却较少引起我国俄苏文学研究者的集中关注，研究成果或仅概括叙述时间跨度一两百年的译介史，或聚焦在某一位俄国作家与莎士比亚的关系，缺乏对这一领域的深入、系统研究，这些缺失的部分都是本书将集中关注和深入挖掘的内容。

本书以1748年莎士比亚首次出现在俄国文献中到重要莎评家别林斯基逝世为研究对象，从作家作品、文学期刊、书信往来和评论文章中提取有关莎士比亚接受的信息脉络，试图厘清莎士比亚俄国接受第一个一百年（1748—1848）的基本情况。英国文学作为一个整体或许不是对俄国文学影响最早、最深刻的国别文学，但是莎士比亚作为一名英国作家对俄国文学的影响却不逊于任何一个法国、德国作家甚至其他英国作家。从1748年苏马罗科夫首次在俄国刊物上提及莎士比亚的名字至今，俄国的莎士比亚接受已经走过两百多个年头。在最初的一百年间，俄国对莎士比亚的认识从无到有、由浅及深，从对莎士比亚个人的简要介绍到通过第三语言对莎剧的摘译、改写，从兼职的莎士比亚译者到专业译者，无论是译者、读者还是评论界对莎士比亚的兴趣都日趋浓厚，理解也逐渐深入。到1848年以后随着国际和国内局势的变化，对莎士比亚的讨论也逐渐突破文学领域而拓展到社会思想讨论，19世纪下半叶和19、20世纪之交又分别是对莎士比亚接受的两个重要阶段，十月革命后苏联时期对莎士比亚的研究和讨论才重新回到文学范畴。本书仅以莎士比亚进入俄国的最初一百年作为研究对象，希望通过对这一百年俄国文学对莎士比亚接受状况的耙梳，摸清这一百年间莎士比亚对俄国文学影响的基本状况，首先厘清莎士比亚单纯作为剧作家在俄国的译介和接受，为继续研究1848年以后莎士比亚本人及其作品中的人物形象在俄国社会、思想等更广阔领域中引发的讨论奠定基础。

18世纪上半叶在俄国的一些出版物上已经可以看到莎士比亚及其部分作品的名字，直到1748年苏马罗科夫以《哈姆雷特》为蓝本创作了自己的同名作品，然而接下来的三十年只能称为莎士比亚接受的潜伏期，直到18世纪八九十年代才迎来俄国莎士比亚接受的第一个高潮。在这一时期，从女皇叶卡捷琳娜二世到俄国知识分子的鼻祖拉吉舍夫，再到卡拉姆津等人，纷纷表现出对莎士比亚及其作品的浓厚兴趣，对其的译介也常常见于报端。一如18世纪俄国文学是19世纪的准备期一样，18世纪五十余年对莎士比亚从无到有、从少到多的译介为下一阶段莎士比亚对俄国文学的影响奠定了基础。在

1812年反法战争胜利和1825年十二月党人革命失败的影响下，19世纪初的俄国社会和文学发生了巨大的变化，浪漫主义文学思潮开始影响俄国，莎士比亚在俄国也成为借以反对古典主义的代表作家。首先在创作中体现出莎士比亚影响的是俄国民族文学的奠基人普希金，他也被认为是俄国第一位全方位的莎士比亚接受者，普希金的皇村同窗丘赫尔别凯则成了俄国文学史上的重要的莎士比亚译者，莎士比亚的重要代表作《哈姆雷特》也在19世纪初的俄国由弗龙琴科和波列沃伊以两种不同的原则翻译面世。尼古拉一世统治时期严苛的审查政策，使得俄国的文化中心逐渐由彼得堡转移到莫斯科，这种转变也体现在文学期刊上对莎士比亚的译介策略。19世纪中期的1838年到1848年被称为"非凡十年"，涌现出"四十年代人"这一特殊的群体，俄国的莎士比亚接受也进入了新的发展阶段。这一时期不但拥有了专业的莎士比亚译者，先后出版的不同译本也引发了文学评论家的热切关注。翻译方面一大批既有深厚文学素养又有过硬英语水平的译者开始投身莎士比亚剧作的翻译，使得这一时期的翻译成果斐然，为60年代出版俄国第一套《莎士比亚全集》做好了准备；文学评论方面则既重视国外莎学的译介和普及，又开辟了系统的俄国原创莎学，别林斯基、赫尔岑、鲍特金等文学评论家纷纷在文学杂志上发表对莎士比亚及其俄译本的评论文章，不仅推动莎士比亚在俄国的进一步传播，也促使俄国文学逐渐向现实主义方向发展。

　　一百年的俄国莎士比亚接受史中，普希金是第一位与莎士比亚建立全方位紧密联系的俄国作家，可以说，普希金既是俄国民族文学的奠基人，也称得上是俄国莎士比亚接受的奠基人。在莎士比亚的影响下，普希金不但以莎士比亚的历史剧为榜样创作了俄国历史悲剧的开山之作——《鲍里斯·戈都诺夫》，还借用莎士比亚叙事长诗《鲁克丽丝受辱记》的情节创作了《努林伯爵》，透过波尔金诺《四小悲剧》也依稀看得到莎士比亚的身影，《安哲鲁》的问世更是完成了对莎剧《一报还一报》的跨体裁再创作，一长串的作品为我们勾勒出普希金与莎士比亚的联系脉络。从莎士比亚那里俄国普希金不但得到了创作题材和体裁的启发，更完成了创作手法上从浪漫主义到现实主义的转变，从此开启了俄国文学现实主义的创作方向。在文学创作中贯彻莎士比亚原则的同时，普希金也经常发表对莎士比亚及其作品的看法，虽然没有撰写大部头的评论文章，但他对莎士比亚的热情也感染和影响了包括丘赫尔别凯在内的圈中好友，后者正是同时代最重要的莎士比亚译者之一。正是在普希金的宣传和推荐下，越来越多的作家和评论家开始关注和阅读莎士比亚。

19世纪中期文学评论的核心人物——别林斯基传承了普希金在文学评论领域对莎士比亚的热情。作为这一时期俄国文学批评的中心人物，别林斯基不但撰写了专门论述莎士比亚作品《哈姆雷特》的著名长文，对莎士比亚的其他悲喜剧、编年体历史剧和传奇剧等也多有论及，更经历了从深受欧洲莎士比亚研究观点影响到形成独立、完善的原创俄国莎士比亚论述的艰难转变过程。在对莎士比亚不断加深理解的过程中，别林斯基逐渐摆脱了俄国评论界一直以来所受的法国、德国等外国莎士比亚研究成果的影响，不再认为莎士比亚是浪漫主义的代表，而在现实主义美学思想的指导下形成了新的认识，历史主义开始在别林斯基的莎士比亚批评中占据主导地位。通过对以《哈姆雷特》为代表的莎士比亚作品的分析，别林斯基不但形成对莎士比亚本人和《哈姆雷特》作品本身的全新认识，更通过对长时期以来俄国不同莎士比亚译本的对比研究，发展了俄国有关翻译原则的理论。随着对"哈姆雷特"这个人物形象研究的进一步深化，别林斯基还开启了日后俄国文学和社会思想中有关"哈姆雷特主义"的讨论。

第 一 章
18 世纪俄国莎士比亚接受：半个世纪的积淀

    莎士比亚在世时见证了英国从都铎王朝到斯图亚特王朝的更迭，而与此同时俄国境内上也上演了从留里克王朝到罗曼诺夫王朝的政局变动，但莎士比亚并非在其生前就被译介到了俄国，而是直到逝世一个多世纪后的 18 世纪才进入俄国读者的阅读范围。作为文艺复兴时期的代表作家却直到启蒙运动时期才被译介到俄国，当俄国开始接受莎士比亚时，已经是经历彼得改革之后的一个全新发展阶段的俄国。18 世纪是俄国社会和文学的转型期、过渡期和准备期。这一时期是俄国社会在彼得一世改革推动下发生剧烈变动，形成近代俄罗斯民族-国家的时期，也是新的俄罗斯民族文学和文学批评形成的时期[1]。俄国文学用 18 世纪不到一百年的时间先后引入借鉴了西欧的古典主义、启蒙主义、感伤主义、浪漫主义等文学流派，走完西欧二三百年的文学发展历程。正如苏联文学史家所说，"不知道 18 世纪文学，就无从理解 19 世纪文学的发展过程"[2]，而要寻找 18 世纪文

---

1. 刘宁：《俄国文学批评史》，上海译文出版社 1999 年版，第 2 页。
2. 库拉科娃：《十八世纪俄罗斯文学史》，北京俄语学院科学研究处翻译组译，俄语学院出版社 1958 年版，导论第 3 页。

学发展的要义，首先要搞清楚的就是西欧文学对 18 世纪俄国文学的影响。在经历了乏善可陈的七个世纪的古代文学阶段（10 到 17 世纪）之后，18 世纪的头二十五年俄国文学终于在彼得改革的推动下开始了现代化进程，"彼得去世后不久，大俄罗斯文学便终于成为一种现代文学和西方文学"[1]。从 17 世纪之前的默默无闻到 19 世纪开始的黄金时代，俄国文学在整个 18 世纪究竟发生了怎样的巨变和飞跃，才使得 19 世纪的俄国文学成为欧洲文学史甚至世界文学史上备受瞩目的文学高地，在经历了以法为师、以德为师之后，英国又对俄国文学产生了怎样的影响，莎士比亚成为我们探究这一问题的重要切入口。

莎士比亚在 18 世纪的俄译名众多，有 Шакспир，Шекспер，Шекеспир，Шакеспир，Шакеспер，Сакеаспеар，Чекспер，Шакеспеар，Чексбир，Шакехспарь，Шхакеспи，等等，最终才确定为 Шекспир，在经历了三四十年代的间接提及之后，1748 年苏马罗科夫成为俄国首位叫响莎翁名字的文学家，然而接下来却是三十多年的潜伏期，直到 80 年代才迎来俄国莎译和莎评的第一个高潮期，整个 18 世纪的莎士比亚接受经历了从剧名到人名、从间接到直接、从台词到剧作的一个逐渐清晰、日益丰满的发展过程。

第一节　译介的最初阶段：从康杰米尔到苏马罗科夫

1731 年，几部莎剧的名称比它们作者的名字更早被介绍到俄

---

1. 米尔斯基：《俄国文学史》，刘文飞译，商务出版社 2020 年版，第 56 页。

国。据考证《哈姆雷特》和《奥赛罗》的剧名最早出现在由科学院主办的科普杂志《历史、谱系和地理注释公报》（«Исторические, генеалогические и географические примечания в Ведомостях», 1728—1742）的一篇名为《〈旁观者〉第一部分第六十一次访谈的翻译》（«Перевод LXI разговора из I части "Спектатора"»）的文章中 [1]，文中这两部剧名被作为严肃戏剧作品的代表间接提及。虽然这次提及既未涉及剧作的具体内容又是历经"英语-法语-德语"的第三手翻译，与原英语杂志《旁观者》（*The Spectator*，1711—1712/1714）文章中的内容相去甚远，以致引发译者和读者理解上的障碍，然而这种间接提及和借助中介语的译介方式却在早期的俄国莎士比亚接受中颇具代表性，真正涉及剧情的、译自英语的文章直到三十多年后才第一次出现。

尽管直到 18 世纪 40 年代末莎士比亚的名字对于大多数俄国人来说还是陌生的，我们仍然能够根据若干史实推断出一些开明的贵族知识分子有机会能够接触到他，首当其冲的恐怕就是俄国驻英国的外交官，俄国古典主义的奠基人康杰米尔（Антиох Дмитриевич Кантемир，1708—1744）便是其中一位。康杰米尔是有着深厚文学修养的大公之子，于 1730—1736 年出任俄国驻伦敦大使，随后调任驻巴黎大使直到去世。根据书信往来和巴黎图书馆的借阅记录来看，康杰米尔博览群书，包括翻阅了大量的英语和法语的莎评文章，其中就有伏尔泰的《哲学通信》（1734）。众所周知，该书的第十八封信《论悲剧》中包含有大量的莎士比亚评论，伏尔泰在这封信中不

---

1. Левин Ю.Д. Восприятие английской литературы в России. Л.：Наука，1990，С.255.

但称"就是这位作家（指莎士比亚）的功绩断送了英国的戏剧"[1]，还认为近代许多作家几乎都因为抄袭莎士比亚而未能取得更大的文学成就。而在康杰米尔看来，伏尔泰的评论是"令人反感的讽刺"[2]。这种判断或许与康杰米尔在巴黎与意大利演员、导演、戏剧理论家和作家路易吉·里科博尼（Luigi Riccoboni，1676—1753）的交往有关。1743 年，康杰米尔在巴黎出版了里科博尼的新书《戏剧的改革》（De la reformation du théâtre，1743），书中对包括俄国戏剧在内的整个欧洲戏剧的发展提出了改革方向和具体方案。[3] 虽然可供我们了解康杰米尔对莎士比亚的熟悉程度和批评态度的文献并不多，但至少可以推断，康杰米尔借助伏尔泰和里科博尼的作品，使得莫斯科和彼得堡的俄国读者已经结识莎士比亚，尽管彼时莎翁的形象还不清晰。

学术界普遍认为俄国最早正式论及莎士比亚的学者是古典主义剧作家苏马罗科夫（Александр Петрович Сумароков，1717—1777）[4]。苏马罗科夫是俄国第一位选择文学作为职业的学者，同时还是期刊业的先驱者和文学批评的先行者。莎士比亚的名字于 1748 年出现在苏马罗科夫的一本名为《两篇书信》（«Две епистолы»）的小册子的第二篇《论诗歌》（Эпистола о стихотворстве）中，文中首先将莎士比亚与弥尔顿等数位英国作家同列为"应该跟随的伟大作家"[5]，尽管他们

---

1. 伏尔泰：《哲学通信》，高达观等译，上海人民出版社 2014 年版，第 96 页。
2. 转引自 Алексеев М.П.Шекспир и российская культура. Л.：Наука. 1965. С.17.
3. Риккобони Луиджи.Реформация театра 1743 // Театральная жизнь в России в эпоху Елизаветы Петровны. Документальная хроника. М.，2005. Вып. 2, ч. 2. С.145.
4. Глинка С.С. Очерки жизни и избранные сочинения Александра Петровича Сумарокова. СПб. тип. С.С. Глинки и К°，1841，С.224.
5. Сумароков А.П. Две епистолы.СПб.，1748，С.9.

两者"未曾受过良好的教育"。值得注意的是，苏马罗科夫在注释中列出了莎士比亚准确的生卒年月，这一信息源于德文百科图书《约赫的学者简介词典》(«Jöcher's Compendiöses Gelehrten Lexicon»，1733)，而有关这一具体情况的法文信息则在几十年后才出现；有关"未曾受过良好的教育"的评价据信源于 1709 年在伦敦出版的第一套英文莎士比亚七卷本传记。苏马罗科夫《论诗歌》一文中上述两个颇具亮点的信息，帮助俄国读者建立了对莎士比亚一些基本信息的了解。而对于莎士比亚更深入的理解和认识则尚未摆脱法国和德国的影响，没能形成对莎士比亚的独立见解，正如布尔加科夫所说的那样，"苏马罗科夫只是重复了伏尔泰对莎士比亚众所周知的评论"[1]。

对苏马罗科夫更有意义的莎评当属法国古典主义作家、第一位莎士比亚法语译者德拉普拉斯（Pierre-Antoine de La Place，1707—1793）的《论英国戏剧》(«Discours sur le Théâtre Anglois»，1745)，该书第二卷包含了对《哈姆雷特》较为客观的翻译和转述，苏马罗科夫正是在此基础上于 1748 年在彼得堡出版了自己版本的《哈姆雷特》。在《哈姆雷特》的第一个"俄译本"中，原著中人物形象的分量和性格都被作者做了一定程度上的调整：哈姆雷特父亲的鬼魂被呈现得微不足道，每个主角都拥有了自己的红颜知己，哈姆雷特更是被塑造成一位意志坚强、行动果断的人，不仅赢得了对敌人的压倒性胜利，还与心爱的奥菲利亚终成眷属。这样的人物形象和情节设置并没有使当时的批评家们满意，评论家 B.K. 特列季亚科夫（Василий Кириллович

---

1. Булгаков А. С. Раннее знакомство с Шекспиром в России // Театральное наследие. Л., 1934，C.123.

Тредиаковский, 1703—1769）直指该剧与原著相去甚远，苏马罗科夫则正面回击，辩称"我的《哈姆雷特》，除了第三幕结束时的独白和克劳迪乌斯跪倒在地的情节，其他并不像莎士比亚的悲剧"[1]。也就是说，苏马罗科夫自认为是基于《哈姆雷特》的情节进行了再创作，其创作意图是在新作品和新条件下赋予莎士比亚的《哈姆雷特》新内容。[2] 故而，再创作者并不追求对原剧的还原度，无怪乎后世评论家普遍认为苏马罗科夫的《哈姆雷特》"根本不是翻译，而是一部关于同一莎士比亚情节的全新戏剧"[3]。布尔加科夫甚至指出"苏马罗科夫的《哈姆雷特》不能被认为是试图让俄国社会了解伟大英国剧作家的作品"[4]，当代俄国莎学家 Н.В. 扎哈罗夫也认为"诗人利用莎士比亚笔下英雄的个人主题和功能创作了他的俄国悲剧"[5]。

　　基于苏马罗科夫本人、同时代及后世评论家对这部所谓《哈姆雷特》译作的认识和评论，足见苏马罗科夫在面对莎士比亚这样文艺复兴巨擘时并不露怯。作为俄国第一位选择文学作为职业的学者，苏马罗科夫在借用外国文学作品题材创作的过程中，从一开始就有意融入了俄国民族特色和个人意志，不但摒弃了哈姆雷特难为俄国人接受的、软弱拖沓的性格特征，还将情节设置改变为俄国观众喜闻乐

---

1. Сумароков А.П. Полное собрание всех сочинений в стихах и прозе, ч. X, М., 1782, С.117.

2. Ivanova I.K. Shakespeare's Hamlet versus Sumarokov's Gamlet［M］. Dusseldorf LAP LAMBERT Academic Publishing, 2011：15.

3. Бардовский А. Русский Гамлет. Восемнадцатый век. Русское прошлое. Исторический сборник, вып. 4, Пгр., 1923, С.138.

4. Булгаков А.С. Раннее знакомство с Шекспиром в России // Театральное наследие. Л., 1934, С.52.

5. Захаров Н.В. Сумароков и Шекспир // Знание. Понимание. Умение. 2008（5）, С.25.

见的大团圆结局。可以说，从苏马罗科夫首次在俄国叫响莎士比亚名字开始，俄国莎士比亚接受就同时进行着翻译、介绍和改编、内化莎士比亚的过程。莎士比亚对苏马罗科夫作品的影响并不仅限于《哈姆雷特》，在他以后的作品中也能看到明显的模仿痕迹。比如哈姆雷特著名的独白"to be or not to be"在他的悲剧《辛纳夫和特鲁弗》（«Синав и Трувор»，1750）中，面对两位男主人公辛纳夫和特鲁弗兄弟的求爱，女主人公伊尔梅娜也发出了"to be or not to be"这样绝望的呐喊。甚至到苏马罗科夫即将辞世的几年间，他对莎士比亚作品的兴趣不仅没有减弱反而增强了，苏马罗科夫充分认识到了莎士比亚作为历史学家-剧作家的重要意义，曾表示将依照莎士比亚的范式创作戏剧《伪德米特里》，而他参照的莎剧则是历史剧《理查三世》，为了更多地向俄国展示莎士比亚，苏马罗科夫从莎剧中移植了很多[1]。比较莎士比亚的《理查三世》和苏马罗科夫的《伪德米特里》，可以看到伪装者的某些独白与莎士比亚的理查三世在台词上的亲密关系；而将同样向往权利又残酷暴虐的篡权者放置了宏大的人民背景中，也与莎士比亚善于将历史史实融入悲剧叙事中颇为相似。

　　总而言之，苏马罗科夫作为第一位在俄国推介莎士比亚的剧作家，将莎士比亚从18世纪三四十年代仅限于知晓英语、置身英伦的外交官的日常阅读中精选了出来，首先通过简短却富有信息量的文字介绍让俄国读者开始了解莎士比亚。在简要提及莎士比亚的同年，又改编了莎士比亚最具代表的典型剧作之一《哈姆雷特》，虽然有失原

---

1. Сцене из Шекспировой трагедии "Ричард III"，«Минерва»，М.，1806，ч. I. № 11，C.164.

貌却在上演后获得了广大俄国观众的认可，哈姆雷特的英名同他的作者一起开始了在俄国文学中漫长而曲折的传播历程。苏马罗科夫对莎士比亚历史剧创作手法的借鉴，更是为俄国戏剧创作开辟了广阔的发展空间。

第二节　三十年的潜伏期：涓涓细流

在苏马罗科夫 1748 年于《两篇书信》中首次提到莎士比亚并创作自己版本的《哈姆雷特》之后，在俄国出版物上几乎再难看到莎士比亚的名字，直到 18 世纪 60 年代俄国读者才开始相对频繁地接触到他的名字，同时，对他的评论和提及大多基于法国对其作品的评价，其次是德语和英语来源。文学杂志对莎士比亚的翻译和译介在莎士比亚的俄国接受史上起着举足轻重的作用，杂志上偶尔的、碎片化的、借助第三语的甚至并不准确的提及、引用是后期大规模译介莎士比亚作品的前提和基础，其中最重要的来源是英国散文家理查德·斯梯尔（Richard Steele，1672—1729）和好友英国剧作家约瑟夫·艾迪生（Joseph Addison，1672—1719）合办的讽刺-道德期刊《闲话报》（*The Tatler*）和《旁观者》（*The Spectator*）上发表的关于莎士比亚的文章 [1]。它们的法译本、德译本以及原件自 18 世纪 30 年代起开始出现在俄国，甚至在之后的一百多年都可以看到。杂志上各种文章的俄文译

---

1. Лазурский В.Сатирико-нравоучительные журналы Стиля и Аддисона. Из истории английской журналистики. Т. 2. Одесса，1916，С.139.

者们经常能够从这些原版杂志中见到有关莎士比亚及其剧中人物的讨论，而这些对莎士比亚的批评在俄国的发展异常重要。

1764 年在 В.Д. 先科夫斯基（Василий Демьянович Санковский，1741—?）创办的杂志《良愿》（«Доброе намерение»，1764—?）上，刊载了一篇直接引用莎剧《亨利四世》中台词的、译自英语的文章，译者是莫斯科大学的学生兼英语教师 М. 佩尔姆斯基（Михаил Пермский，1741—1770），尽管他很好地掌握了英语，但从译文中的错误来看他可能甚至没有读过英文版《亨利四世》原文[1]。显然引文中的台词并非译者着重关注的部分，在这篇道德说教的译文中，莎剧的台词只是作为了论据，而这个论据出自哪位作家、哪部作品，从译者到读者也并不真正关心。然而即便如此，这种源于英语原文的引用也突破了法语、德语等第三国语言的束缚，使得俄国读者有机会读到更加贴近英语原文的莎士比亚的文字。

М.И. 普列谢耶夫（Михаил Иванович Плещеев），曾于 1762—1773 年间任俄罗斯大使馆顾问，1775 年在《莫斯科帝国大学自由俄国协会文集试刊》匿名发表《一个英国迷写给莫斯科帝国大学自由俄国协会文集试刊委员的一封信》，正是在这封信中，普列谢耶夫第一次让俄国读者看到了"哈姆雷特独白"的真面目。普列谢耶夫出于对莎士比亚才华的敬仰，充分发挥作为外交官的语言优势，尝试将"光荣的哈姆雷特的独白"翻译成了俄语，并在对伏尔泰的法译本和英文原文比较后，尖锐地指出了伏尔泰在翻译这几句台词时的错误："我把这个译本和原文比较一下，我发现伏尔泰与莎士比亚进行了一场搏

---

1. Левин Ю. Д. Шекспир и русская литература XIX века, Л.: Наука, 1988, C.10.

斗，如果有人把它译回英文，没有人会知道这是莎士比亚的作品。我也发现几乎不可能像莎士比亚说英语那样讲法语，但至少你可以用俄语模仿它，当你无法保留它的力量和美丽时，至少可以保留它的精神。"[1] 他通过俄英两种语言合理的对比，敏锐地察觉到了两种语言的细微差别并给出了如今看来都非常贴近原文和具有音律美的俄文翻译，译文如下，让我们对比原文一同品鉴：

Иль жить или не жить, теперь решиться должно,	To be, or not to be, that is the question:
Что есть достойнее великия души:	Whether 'tis nobler in the mind to suffer
Фортуны ль злой сносить жестокие удары	The slings and arrows of outrageous fortune,
Или, вооружась против стремленья бед,	Or to take Arms against a Sea of troubles,
Конец их ускорить, окончить жизнь, уснуть,	And by opposing end them: to die, to sleep;
И тем всю скорбь пресечь, котора смертных доля...	No more; and by a sleep, to say we end

应该指出的是，在 18 世纪特别是下半叶，关于俄罗斯莎士比亚的信息来源虽然不够完整、不成体系但并不罕见。出自莎剧的引用越来越多地出现在了 18 世纪的俄国翻译文学中，借此莎士比亚的名字和他的作品的引文在相当广泛的读者群体中广为人知。莎士比亚的名字散见于当时的杂志评论文章、小说和故事中，在法国、德国和英国

---

1. «Письмо Англомана к одному из членов Вольного Российского собрания», «Опыт трудов Вольного Российского собрания при имп. Московском университете», М., 1775, ч. II, С.257—261.

等语种的翻译作品中都可以找到，虽然并没有专门的研究者出版莎作译著或是莎评专著，但是正是有了最初这些间接的、偶然的、碎片的提及和引用积少成多，为日后莎士比亚在俄国的影响力奠定了基础。

第三节　八九十年代的高潮期：汇聚成河

经过50到70年代三十年的潜伏期，零星散见于各类文学杂志、小说故事中的莎剧翻译和引用如同涓涓细流，终于在八九十年代汇聚成河，从女皇叶卡捷琳娜二世到俄国知识分子的鼻祖拉吉舍夫，从首次从英文翻译莎剧的卡拉姆津到文学期刊上丰富多样的莎译莎评，在18世纪的八九十年代迎来了俄国文学史上的第一个莎士比亚接受高潮。

一、从女皇到大臣的共同关注

正如俄国学者所说的那样，"由于缺乏与俄国古代文学传统的联系，莎士比亚的种子得以在俄国文化的肥沃土壤上播种，往往是借助行政和政治力量。"[1]18世纪80年代，在女皇和大臣的共同关注下，俄国人终于又对莎士比亚重新萌发兴趣。1783年俄国出现了《理查三世》的匿名翻译，随后莎士比亚热心的阅读者、翻译者和模仿者——叶卡捷琳娜二世女皇（1729—1796，1762—1796在位）于1786年创作了四部莎士比亚仿剧。作为与同时代法国文豪伏尔泰有着频繁联

---

1. Захаров Н. В. Начало культурной ассимиляции Шекспира в России. //Знание. Понимание. Умение. 2010（3），С.144—146.

系和交往的开明女皇，事实上早在 1776 年，女皇就订阅过法语版的《莎士比亚全集》，十年后又曾在书信中表示自己已读过德语版九卷本《莎士比亚全集》。正是在广泛阅读莎士比亚译作的基础上，激发了这位具有一定文学素养和美学品位的女皇的创作欲望。这四部莎士比亚作品仿作的第一部五幕喜剧《有衣服和篮子的感觉》(《Вот каково иметь корзину и белье》)，取材于《温莎的风流娘儿们》，为了便于俄语观众观看，女皇还特意为主人公起了俄语名字，该剧于 1786 年在彼得堡上演，成为俄国第一部冠以莎士比亚名字上演的剧作（苏马罗科夫的《哈姆雷特》并未冠以莎士比亚之名）。有趣的是该剧是莎翁奉伊丽莎白女王之命从《亨利四世》衍生而创作，据说颇受英国女王青睐，一百八十多年后这部具有早期女权思想的喜剧也激发了俄国女皇的创作欲望。接下来是模仿莎翁的《亨利四世》《亨利五世》写成的两部历史剧，分别与俄国的留里克和奥列格的两段历史有关。最后一部则是一部未及完成的喜剧《挥霍者》(《Расточитель》)，其内容部分改编自《雅典的泰门》。受供参考的德译本或法译本及个人文学造诣的限制，在大多数情况下，莎士比亚作品中那些难以翻译的文字游戏都被叶卡捷琳娜二世或完全省略，或以最简要概括事情本质的形式传达，但基本上足以反映原著的本意。[1] 总体来说，这四部仿剧艺术价值和文学成就都不高，却反映出 18 世纪 80 年代俄国统治者个人对英国文学尤其是对莎士比亚的关注和钟爱。

曾被叶卡捷琳娜二世痛斥为"比普加乔夫更坏的叛逆者"，同时也

---

1. Лебедев В. А. Шекспир в переделках Екатерины II. Русский Вестник, 1878（3），http：// az.lib.ru/s/shekspir_w/text_1878_shekspir_v_peredelkah_ekateriny_oldorfo.shtml.

被别尔嘉耶夫奉为"俄国知识分子鼻祖"的 A.H. 拉吉舍夫（Александр Николаевич Радищев，1749—1802）多次展现了他对莎士比亚戏剧的熟悉，给予了它们很高的评价，尽管拉吉舍夫对莎士比亚的关注只是局限在莎士比亚几部比较著名的悲剧。1790 年拉吉舍夫出版了《从彼得堡到莫斯科旅游记》，在《特维尔》一章中，作者将莎士比亚与许多古代和近代欧洲最著名的作家并列，称"外在的光芒可能会生锈，但真正的美丽永远不会消失。奥米尔、维吉尔、拉辛、沃尔特、莎士比亚、塔索等许多人都会被读到直到人类被摧毁为止"[1]。在这部鞭挞沙皇农奴专制的作品出版后，给拉吉舍夫带来的是先后来自三位沙皇的流放和监视，四十岁那年拉吉舍夫获保罗一世特赦结束了六年的流放生活但仍未被允许返回彼得堡，彼时拉吉舍夫已熟识法语、德语，或许是想通过学习英语从更多的英文作品中获取文学创作和人生道路的灵感，拉吉舍夫开始学习英语并阅读莎士比亚剧作的英文原文。拉吉舍夫写于流放期间的哲学专著《论人和人的死亡与不朽》（1792—1796）第一章中提到了莎士比亚戏剧《理查三世》和《麦克白》中的情景，让人们设想发生在理查三世和麦克白身上的事情，如果发生在现实生活中，我们会作何感想、作何反应[2]；在第三章中又引用了哈姆雷特的独白以哈姆雷特自比。在此基础上，拉吉舍夫提出戏剧印象会对人的心理生活产生影响，此时的拉吉舍夫已经开始在莎剧中寻求一种心理和道德的力量，探索莎士比亚作为心理学家和道德主义者的多重身份。

---

1. Радищев А.Н. Полное собрание сочинений, Т. I. М.-Л., Изд. АН СССР, 1938, С.353.
2. Радищев А.Н. Полное собрание сочинений, Т. II. М.-Л., Изд. АН СССР, 1938, С.55.

二、里程碑式的莎译者卡拉姆津

Н. М. 卡拉姆津（Николай Михайлович Карамзин，1766—1826）是莎士比亚俄国接受史上具有里程碑意义的重要翻译家和评论家。正如俄罗斯当代莎学家扎哈罗夫所说："卡拉姆津在俄罗斯莎士比亚的认知史上占有特殊的地位。"[1]1787 年卡拉姆津首次从英文翻译了莎士比亚的悲剧《裘力斯·凯撒》，该剧被认为是第一部直接由英语翻译到俄语的莎剧。苏联著名莎学家阿尼克斯特则指出了卡拉姆津在选择莎士比亚作品翻译时体现出的明显个人倾向，"卡拉姆津是在法国资产阶级革命爆发前的精神风暴气氛中接触莎作的，他之所以选择《裘力斯·凯撒》来翻译，本身就已经说明了这个问题。我们习惯把卡拉姆津看成像《苦命的丽莎》这一类引人流泪的小说作者，或《俄罗斯国家史》这样遵纪守法论著的作者，岂不知他已从莎剧共和党人物勃鲁托斯形象身上找到了理想人物。由此可见，俄国文化对待莎士比亚的态度，一开始便从崇高的社会道德理想方面突出表现出来了"[2]。可以说，卡拉姆津在感伤主义作品的创作和俄国国家史书写领域的成就一定程度上掩盖了他在莎士比亚接受领域的卓越贡献和激进的政治主张。

卡拉姆津对莎士比亚的兴趣始于他的幼年时期，他在同样对莎士比亚抱有浓厚兴趣的同时代人中并不孤单。匿名翻译出版《裘力斯·凯撒》之前的两年，卡拉姆津曾向他当时最亲密的朋友、翻译家、

---

1. Захаров Н.В. У истоков шекспиризма в россии：Н. М. Карамзин，А. А. Петров и я. М. Р. Ленц. //Знание. Понимание. Умение. 2009（3），С.119.
2. 阿尼克斯特：《莎士比亚的创作》，徐克勤译，山东教育出版社 1985 年版，第 7 页。

作家 A.A. 彼得罗夫（Александр Андреевич Петров，1760—1793）表达过打算翻译莎士比亚全集的意图。这一表态也得到挚友的热烈回应，同为莎士比亚的出色鉴赏者和崇拜者的彼得罗夫不无戏谑地称："如果你能够翻译莎翁全集，那么所有莫斯科的作者和译者都会垂头丧气、无书可出了，因为印刷厂都在忙着印刷俄罗斯的莎士比亚！"[1]遗憾的是，卡拉姆津的这一宏愿最终并未能实现，但当他在莫斯科感受到 Н.И. 诺维科夫的"友好学术协会"和印刷公司的创作氛围，尤其是结识了莎士比亚的狂热崇拜者雅各布·伦兹（Jakob Michael Reinhold Lenz，1751—1792）后，在伦兹的建议下卡拉姆津开始了对莎士比亚作品的翻译，并于 1786 年 10 月完成了《裘力斯·凯撒》第一部俄文版。

与之前的大多数俄国译者不同的是，卡拉姆津是基于英文原文的《裘力斯·凯撒》翻译了该剧的俄文版。卡拉姆津对莎士比亚的无限钦佩决定了他翻译莎剧的基本原则，他在该剧单行本的序言《关于莎士比亚和他的悲剧〈裘力斯·凯撒〉》中明确指出，应当"正确地翻译，而不是改变作者的思想"[2]，事实上卡拉姆津的译文与原文非常接近，几乎没有误解或曲解，充分向俄国读者传达了莎士比亚悲剧风格的独创性。卡拉姆津在莎译中取得的功绩得到他同时代人的注意和肯定，在同年出版的《戏剧词典》中盛赞"悲剧被认为是该作家原创和俄译的作品中最好的一部，其中翻译的准确性和我们所了解的英国

---

1. «Русский архив»，1863，кн.I，№ 5—6，C.478.
2. Карамазин Н.М. О Шекспире и его трагедии «Юлий Цезарь» // Избранные сочинения в двух томах. М.；Л.：Художественная литература，1964. Т. 2，C.81.

文学的稀有性值得尊重"[1]。另一个卡拉姆津与他的众多同时代人不同之处是，卡拉姆津对莎士比亚的评价更倾向于德国式的肯定，而反对法国式尤其是源于伏尔泰的批评论调，甚至不同于一些英国批评家的否定意见。根据卡拉姆津的说法，莎士比亚在其"优美而雄伟的作品中确实没有坚持戏剧原则，而这只不过是因为他的天性使然"[2]；在卡拉姆津看来，莎士比亚拥有天才的想象力，就像无法用麻雀去衡量老鹰，莎士比亚天才般的想象力已经突破人类思想的边界，他以天马行空的技巧去描绘各种各样的人物，使得他的戏剧像大自然一样充满了多样性。[3]

然而尽管卡拉姆津的《裘力斯·凯撒》是一部值得尊敬的、第一部直接翻自英语的上乘译作，却没有逃脱它悲惨的命运。在18世纪90年代初对共济会的残酷迫害中，这部以弑君为主要内容、由前共济会成员翻译并出版的作品被当局付之一炬。从此以后卡拉姆津没有再翻译过莎士比亚的作品，但是译者仍抱有对这位俄国剧作家的强烈兴趣，在他创办的《莫斯科杂志》（1791—1792）上发表的评论文章中经常提及莎士比亚，甚至在其原创作品中也频繁看到莎翁的影子。正是出于对莎士比亚的高度推崇和青睐有加，在卡拉姆津个人的诗歌创作中经常能看到莎士比亚的名字或是对其作品、人物的引用。在一篇名为《诗歌》（《Поэзия》，1787）的诗作中，卡拉姆津很自然地将莎士比亚与荷马、索福克勒斯、欧里庇得斯等古典主义作家

---

1. Алексеев В.А. Драмматический словарь. М.: Книга по Требованию，2021，С.163.

2. Карамазин Н.М. О Шекспире и его трагедии «Юлий Цезарь» // Избранные сочинения в двух томах. М.；Л.：Художественная литература，1964. Т. 2，С.81.

3. 同上。

及约翰·弥尔顿、爱德华·扬格、詹姆斯·汤姆森等新生代作家并列为"在创作剧本的时候最令人感动和占据他灵魂的诗人"之一。卡拉姆津在诗作中称颂道,"莎士比亚,大自然的朋友!/谁比你更了解人心?/谁能用这样的妙笔描绘它们?/在你的灵魂深处/找到了打开岩石所有伟大秘密的钥匙/并以他不朽的心灵之光/像太阳一样照亮了人生的黑夜之路!"[1] 几年后,在诗歌《爱的陌生感,或失眠》(«Странность любви, или Бессонница», 1793)中,卡拉姆津提到自己偏爱莎剧《仲夏夜之梦》中的仙后泰坦尼亚,并在脚注中推荐好奇的读者们去阅读该剧的第三幕第二场[2]。在《致德米特里的贺词》(«Послании к Дмитриеву», 1794)中,卡拉姆津则以《奥赛罗》为例,阐述了"爱情不独属于年轻人之间"[3] 的观点。诸如此类对莎士比亚本人及莎剧人物的提及,在卡拉姆津最著名的作品《一个俄国旅行者的来信》(«Письмах русского путешественника», 1791—1795)中也会看到。在去特维尔的最后一站,为了表现作者内心强烈的悲伤,卡拉姆津写道:"一路上没有一个快乐的念头在我脑海中掠过;……以至于我在一个乡村旅馆里,站在法国女王和罗马皇帝的画像前,就像莎士比亚所说的那样,我的心要哭出来了。"[4]

烧毁《裘力斯·凯撒》俄译本的火焰似乎点燃了卡拉姆津对莎士

1. Карамазин Н.М. Поэзия // Избранные сочинения в двух томах. М.; Л.: Художественная литература, 1964. Т. 2, С.10.

2. Карамзин М. Н. Странность любви, или Бессонница // Полное собрание стихотворений. М.-Л.: Советский писатель, 1966. С.126.

3. 同上,138。

4. Карамзин Н.М. Письма русского путешественника. // Избранные сочинения в двух томах. М.-Л.: Художественная литература, 1964. Т. 1, С.82.

比亚的热情，虽然没能实现试图翻译莎翁全集的壮志，但是莎士比亚从此却自由穿梭于卡拉姆津的诗歌和其他作品中，而他本人更曾远赴英伦观看莎士比亚主题的绘画展览、去伦敦的剧院观看《哈姆雷特》的演出。在这个意义上，卡拉姆津从未真正远离莎士比亚，反而越来越贴近真实的莎翁。

三、莎译、莎评的点点滴滴

到了 18 世纪八九十年代，俄国文坛涌现出越来越多的对莎士比亚表现出浓厚兴趣的作家、批评家、翻译家以及演员、导演等，他们纷纷在文学期刊或者文集中发表莎作俄译本和莎评文章，极大地丰富了莎士比亚在俄国的译介，这一时期可以被称为 18 世纪俄国莎士比亚接受的一个高潮期。1790 年由出色的俄国演员 В.П. 波梅兰采夫（Василий Петрович Померанцев，1736—1809）根据法译本翻译的《罗密欧与朱丽叶》出现在莫斯科出版的三卷本《莫斯科公共剧院戏剧作品集》中。在接下来的几年中，莎士比亚剧作的更多俄译本出现了，《理查三世》和《裘力斯·凯撒》出现了新的译本片段，И.А. 维利亚米诺夫（Иван Александрович Вельяминов，1771—1837）经过长期的努力于 1808 年首次翻译出了《奥赛罗》，作为一名优秀的军事将领却文学才华横溢，他的俄译莎剧大多译自法语版，在翻译中力求给戏剧语言以更大的言论自由、优雅和灵活，被同时代的期刊评论家认为语言纯洁而流畅。同年 Н.И. 格涅季奇（Гнедич Николай Иванович，1784—1833）在基于法译本翻译《李尔王》时出于同情心和责任感对剧情进行了改动，无私地捍卫了被李尔王诅咒的小女儿。С.И. 维斯科瓦托夫（Степан Иванович Висковатов，1786—

1831）的《哈姆雷特》于 1811 年在俄国问世，正如他自己认为的，与其说是翻译该剧，不如说是基于该剧的情节进行仿写，甚至不是直接仿写自莎翁，而是仿写在俄国颇具声望的法国莎译者让·弗朗索瓦·杜西（Jean François Ducis，1733—1816）的《哈姆雷特》译本，作为法国著名的剧作家、诗人、法兰西学院院士，虽然后世普遍认为其莎作译本有失准确，在同时代杜西却以莎士比亚译者闻名欧洲，其法文译本的莎士比亚译作成了很多欧洲国家翻译莎剧的基础。С.И. 维斯科瓦托夫（Степан Иванович Висковатов，1786—1831）的仿写也被认为是俄国对杜西莎士比亚译本的所有改编中自由度最高的，他努力使剧作遵循古典范式并加入了部分浪漫主义因素，同时谨慎地处理了《哈姆雷特》中弑君夺权的情节。

在众多莎作俄译本纷纷涌现的同时，18 世纪后期的文学杂志也刊登了一些译自外文的莎士比亚批评，这些批评清楚地彰显出两种针锋相对的趋势：一种是源自法国的对莎士比亚的伏尔泰式的否定和批判，另一种则是同样源自法国截然不同的对莎士比亚的推崇和赞叹。伏尔泰著名《哲学通信》（1734）的第十八封信《论悲剧》的译文刊登在 1793 年《圣彼得堡水星》（«Санкм-Петербургское Меркурие»，1793）杂志的第一期，这封信表达了伏尔泰早期对英国戏剧的观点，其中包含了对莎士比亚作品冗长而过低的评价，这一评价被很大一部分俄国评论家所接受。《论悲剧》中包含有大量的莎士比亚评论，伏尔泰在这封信中不但称"莎士比亚的作品中缺乏崇高品位和对悲剧创作原则的了解，就是这位作家（指莎士比亚）的功绩断送了英国的戏剧"[1]，

---

1. 伏尔泰：《哲学通信》，高达观等译，上海人民出版社 2014 年版，第 96 页。

还认为近代许多作家几乎都因为抄袭莎士比亚而未能取得更大的文学成就。

几乎与此同时，俄国读者还可以从 1796 年出版的《愉快而有用的消遣时光》«Приятное и полезное препровождение времени»，1794—1798）杂志上看到一系列来自法国的、有关莎士比亚的其他论调的翻译文章。继首位法语译者德拉普拉斯之后的法国重要莎士比亚译者勒图纳尔（Le Tourneur，1736—1788）于 1776—1782 年出版了二十卷本莎士比亚法语译本，在翻译数量和质量上都超越了前辈译者。二十卷本《莎士比亚全集》中第一卷前言中《莎士比亚的一生》一文摘录的译文、该文结论部分的译文《评莎士比亚》以及有关莎士比亚部分生平的文章，被《愉快而有用的消遣时光》杂志的主要撰稿人 B.C. 波德希瓦洛夫（Василий Сергеевич Подшивалов，1765—1813）准确而全面地翻译过来。在这些文章中，俄国译者完全传达了法国莎士比亚译者对莎士比亚的赞颂，一致认为"莎士比亚是人类伟大的艺术家，在他的作品中包容了整个人类"。[1]18 世纪末的俄国文学杂志中，可以看到同样出自法国作家或译者却几乎完全不同的对莎士比亚的评论，既有 18 世纪 30 年代伏尔泰式的否定抨击，又共存着四五十年后法国莎士比亚译者对莎士比亚的重新认识，而所有这些译介文章汇聚在一起，则为俄国读者更深入地认识、理解莎士比亚及其作品提供了多种借鉴。

赫尔岑曾在《往事与随想》一书中毫不客气地讽刺过俄国追逐欧

---

1. Евгеньев-Максимов В. Е. и др. Очерки по истории русской журналистики и критики, Т. I. Л.: Изд-во Ленинградского гос. ун-та им. А. А. Жданова，1950，стр. 150.

洲的思潮：“为了形成一个公国，俄罗斯需要瓦兰吉亚人；为了成为一个国家，俄罗斯需要蒙古人；为了成为一个帝国，需要彼得大帝的欧罗巴主义，它所有的过程都是追随别人献出自己。”[1]回顾历史，俄国走在重要变革期的时候似乎都借助了外部力量，而这样的外部力量也仅作用于国家的统治阶层，尤其是在18世纪头二十五年的彼得大帝改革之后，俄国社会向东还是向西、上层和下层的撕裂和矛盾开始在社会的方方面面显现，最终也波及俄国文学。18世纪的俄国文学还没有完全完成其世俗化转变，现代俄国文学的开端即世俗文学的传统在18世纪20年代中期至40年代末的时候建立。[2]古典主义时期的俄国文学既是俄国文学从籍籍无名到异军突起的过渡，更是对俄国民族文学的长久积累和对世界各国文学的广泛接受并行的阶段。19世纪俄国文学能够在短时间内突飞猛进、后来居上，足以引起对这段漫长的、前普希金时期文学阶段历史意义的重视和挖掘。以莎士比亚为代表的英国文学继德国文学、法国文学之后踏上俄国的土地，从文艺复兴时期走来却带有浓厚的启蒙意味，18世纪的俄国文学急行在西欧用一两百年才走完的道路上，古典主义、启蒙主义、感伤主义、浪漫主义、现实主义等诸流派或依次、或轮番同时涌入俄国，迅速推动俄国文学跨越了时空的错位、跟上了世界文学的脚步。

在莎士比亚的作品中，俄国作家看到了一种新的文学作品创作典范，剔除限制性的创作规则、自然而真实地再现历史或生活，通过对莎士比亚作品的译介，翻译文学在18世纪有了质的新特点，并且

---

1. 赫尔岑：《往事与随想》（中册），人民文学出版社1998年版，第165页。
2. 米尔斯基：《俄国文学史》，刘文飞译，商务出版社2020年版，第59页。

使翻译文学的发展与原创文学的发展开始密切联系起来。然而 18 世纪俄国对包括莎士比亚在内的英国文学的译介并不一帆风顺，正如俄罗斯当代比较文学家 Ю.Д. 列文于 1994 年 1 月 7 日在伦敦大学举办的"国际当代人文研究协会"的年度会议上的讲话中提到的那样，"在研究 18 世纪俄国对英国文学的看法时，我们遇到了一个特殊的困难。法语和德语是我们广泛使用的主要外语；只有少数最开明的俄国精英会说英语，主要是那些有机会访问英国的人"[1]。想要真正认识和理解莎士比亚及其作品对于 18 世纪的俄国译者和作家确实并非易事，如同要跨越英吉利海峡一样，首先要面临的是语言的障碍，尽管早在 17 世纪中期俄英两国就建立起了直接的联系，在莎士比亚在世时莫斯科的大使们或许正是因为语言障碍使自己被排斥在了莎士比亚的剧院之外，然而即便是到一个多世纪后的 18 世纪中期，能够直接用英语阅读莎翁作品的也仅仅是局限于精通英语的外交使节和极少数的贵族作家，包括莎作在内的英国文学作品主要从法语、德语翻译成俄语，有时甚至借助意大利语和波兰语等其他语言，在俄国与英国建立直接而密切的文化和文学联系之前，借力法国或是德国成为一种普遍的现象，这些翻译往往缺乏明确的原始来源，代以"从法国翻译"或"从德国翻译"这样的备注。借助中介语言进行转译也是不同国家、不同民族文学相互交流最初阶段的常态，对外国文学进行改写和改编更是不同民族、不同区域文学交流中常常出现的状态。[2] 18 世纪散见于各大文学杂志的莎剧和莎评亦具备此种特征，然而 18 世纪俄

---

1. Левин Ю.Д. Английская литература в России XVIII века // Вопросы литературы. 1996 （1）, C.185.

2. 张冰：《中俄文学译介的"迎汇潮流"》，《俄罗斯文艺》2020 年第 3 期，第 98 页。

国文学对于莎士比亚的接受不仅要跨越语言的障碍，更重要的是要跨越一个多世纪英国、法国、德国等西方国家对莎士比亚的并不顺畅的解读过程，可以说 18 世纪中叶才被译介到俄国的莎士比亚已经模糊了他最初的模样，而是一个被多方解读过的莎士比亚，俄国作家不仅通过法语、德语去阅读莎士比亚作品，更是通过伏尔泰和德国启蒙者的评论去认识莎士比亚，而进入俄国后莎士比亚才被赋予了新的解读和意义。

期刊作为一种现代化和城市化的产物，从一开始就介入文学传播中，在 18 世纪俄国的莎士比亚接受当中，文学期刊的作用显得尤其突出，文学期刊几乎参与了莎翁在俄国翻译、评价的全部进程。第一位把莎士比亚介绍到俄国的学者苏马罗科夫就是一位杂志先驱，或许正是在办刊的过程中开拓了苏马罗科夫的关注视野，通过对伏尔泰的深入了解逐渐探寻到了海峡对岸的英伦；在长达三十年的潜伏期中，18 世纪 60 年代以来俄国文学杂志对法、德尤其是英国文学杂志文章的译介成为俄国莎译和莎评的主要形式，莎士比亚以其在西欧各国文学杂志上持久的影响力进一步影响着俄国；八九十年代俄国莎士比亚传播的高潮阶段，同样离不开文学期刊的加持，从叶卡捷琳娜女皇创办的官方杂志到诺维科夫的讽刺杂志，再到这一时期集大成的卡拉姆津，文学期刊上越来越多的莎译和莎评作品，在专门的莎作翻译者和莎评专著出现之前，文学期刊几乎是莎士比亚在俄国传播最主要的阵地。

纵观莎士比亚从 1748 年到 18 世纪末在俄国的传播轨迹，可以看到在半个世纪的时间里，莎翁的名字和作品在俄国逐渐清晰，从剧名到人名、从台词到全剧、从借助第三语言到英文直译，不论是莎翁本人的形象还是莎剧作品的人物形象都更直接和近距离地矗立在俄国作家、批评家和读者面前，在历经 1748 年苏马罗科夫的仿写《哈姆雷特》到之后三十年零星的、偶然的散见于各大文学杂志，再到八九十年代从女皇、大臣再到俄国文学代表人物乃至整个文学界对莎翁、莎剧的热译、热评，一如 18 世纪是 19 世纪俄国文学的准备期一样，这五十年的从无到有、从少到多的莎士比亚接受也成了 19 世纪莎士比亚对俄国文学后续影响的重要基础。

从普希金到别林斯基

第二章
19世纪初的莎士比亚翻译和评论

　　19世纪初是俄国发生深刻历史变革的历史阶段，从1812年反法战争的胜利中，俄国政府在整个欧洲树立了光辉的形象，然而俄国知识分子却在这场胜利背后认识到了农奴制的封建俄国与资本主义的欧洲之间的差距，进而这一批"1812年的产儿"也成了发动十二月党人运动的主要力量。1825年十二月党人运动被尼古拉一世血腥镇压后，整个俄国社会包括文学界风云突变，严苛的审查制度下文学期刊不得不曲折地表达自己的心声。19世纪，浪漫主义思潮席卷全球，以莎士比亚为师几乎是欧洲各国浪漫主义文学的一致选择，19世纪初的俄国文学也不例外。在某种意义上，正是对莎士比亚异质性戏剧因素的引入，使俄国浪漫主义者在与古典主义针锋相对的激烈交战中确立了自己一系列的美学范式，最终使浪漫主义彻底取代古典主义成为新的文学主流。俄国作家之所以在发现莎士比亚时都欣喜若狂，是因为他的每一项特质与古典主义针锋相对：不同于字模句仿、单面崇高的片面真实，莎士比亚的真实观师法自然、正反结合；莎士比亚不拘泥于"三一律"的形式自由，书写时代精神、美学风格质朴强力，而古典主义死守"三一律"，缺乏当代精神，形式主义文风典雅无力。

19世纪初俄国文学经历了从古典主义到浪漫主义，又从浪漫主义到现实主义的急速发展过程。19世纪的头二十五年，由于1812年卫国战争后民族意识的觉醒和贵族革命的准备，再加上西欧浪漫主义文学的影响，政治领域的十二月党人运动与文学、艺术领域的浪漫主义同步进行、相得益彰，这是一种社会现象的两个方面。俄国浪漫主义文学上升到主导的地位，"浪漫主义已成为进步，自由和独创性的旗帜"[1]。而从1825年开始至19世纪30年代末，则是俄国现实主义文学从萌芽、形成到完全确立的时期，彼得一世和叶卡捷琳娜二世改革后的俄国裹挟着阶层、各职业人群急速向前发展，俄国社会和俄国文学在内外力的共同作用下在短时间内发生了巨大变化。从19世纪开始，俄国的文学家往往身兼多职，或者说俄国各阶层往往具有深厚的文学素养，作家、翻译家、评论家、革命家、社会活动家、军事家这些看似独立的身份成为同一个人的不同侧面，这种情况也体现在这一时期的莎士比亚译者和评论者身上。在俄国的莎士比亚接受和传播史上，19世纪20年代和30年代的下半期是一个非常重要的时期，伟大的英语剧作家从只被知识渊博的知识分子中受过最充分教育的那部分才知晓，经过这一时期的翻译和评介，到40年代逐渐被所有俄国读者所认识。

第一节　三足鼎立的莎士比亚译者

18世纪莎士比亚作品经过俄国各界人士对其的自由改写、仿写

---

1. Мордовченко Н.И. Русская критика первой четверти XIX века. М.-Л.：Изд. АН СССР.，1959，С.143.

和从其他语言的翻译，发展到 19 世纪已不能满足俄国作家和读者的需求，至此"莎士比亚必须以其纯粹的形式出现，剔除任何外来的混合物，呈现出一个真正的莎士比亚，除此之外别无他物"[1]。不同的译者纷纷感受到了这种需求，1827 年至 1828 年，几乎同时又彼此独立地开始对莎士比亚作品的翻译工作了，其中贡献最突出的包括著名十二月党人诗人丘赫尔别凯、并不为人知的官员兼测量员 M.P. 弗伦琴科和哈尔科夫大学的文学教授们。

19 世纪初的头 20 年，俄国对莎士比亚的兴趣出现了新的增长，但是很难说俄国读者阅读到的莎作准确地传达了原作的意思。[2]这一时期的流行趋势是从英语原文翻译莎士比亚，不从原文翻译的作品被认为是有缺陷的，这种从原文翻译的需求，体现了译者和读者对莎士比亚作品本质内容和英语艺术特色更高的追求，同时译者和评论家也注意到试图跨越历史、民族和语言障碍完成翻译所面临的困难，这标志着俄罗斯的翻译文学进入一个新的阶段，并直接导致翻译原则的彻底改变。在否定过往自由改写的同时，对莎士比亚作品的翻译又呈现出另一种对立倾向，那就是过于追求字面主义（буквализмы）或称文字主义，对于翻译字面意思准确性的极致追求，完全剥夺了译者合理再创作的权利和可能性，使得译者的任务禁锢在了尽可能准确地传达原作意思中，又将莎剧翻译引向另一个极端。还有一个必须指出的问题是，无论是第一位集中翻译莎士比亚作品的十二月党人作家丘赫尔别凯，还是文学爱好者、地理学家弗伦琴科，以及哈尔科夫大

---

1. Галахов А.Д. Шекспир в России. Санкт-Петербургские ведомости. 1864（89），С.360.

2. Muttalib F.A. Shakespeare and his Hamlet and Russian Writers of the First Half of the Nineteenth Century. 2000（1）：41.

学的莎学教授们，不管他们译作之间的区别大小、相对的优点和缺点如何，所有的译本都有一个共同点——就是他们的莎士比亚译本都是供书斋阅读的，都属于学术翻译的范畴，译文使用晦涩难懂的诗句写就，虽然都力图传达莎士比亚戏剧的情感和特色，但并不适合舞台表演。

一、十二月党人译者丘赫尔别凯

十二月党人被称为"1812年的产儿"，他们往往集贵族军官、革命家、思想家、文学家甚至翻译家于一身，缔造了被低估的十二月党人文学成就。十二月党人创立的文学团体主要有"俄罗斯文学爱好者协会"（1816—1825）和"绿灯社"（1819—1820），创建的文学刊物有《北极星》（《Полярная звезда》，雷列耶夫和马尔林斯基主编）和《谟涅摩辛涅》（《Мнемозина》，丘赫尔别凯和弗·奥陀耶夫斯基主编），他们都曾团结同时代众多优秀作家，包括普希金和格里鲍耶陀夫等。十二月党人的文学倾向及其政治观点是一致的，认为文学应反映时代精神，表现爱国的和革命的思想感情，诗人应关心人民命运，鼓舞战士斗志。十二月党人批评贵族社会崇拜外国，主张文学的民族独创性，反对单纯模仿英国和德国诗人；同时认为民间文学是诗歌的最好的源泉，赞成具有反抗精神和革命性的积极浪漫主义倾向；在文学语言问题上，要求文学作品能为全体人民所理解，十二月党人的文学活动为俄国文学发展浪漫主义和向现实主义发展作了准备。

19世纪20年代初进入文学领域的十二月党人作家是俄国浪漫主义文学的先驱，他们将创造力从规则的枷锁中解放出来，要求创造一种新的文学——一种可以表达民族精神的、与众不同的文学，浪漫主义者在与破旧的古典主义经典的斗争过程中自然而然地求助于作品完全不受任何限制的莎士比亚。正是在这一时期，在与十二月党人密切相关的先进文坛中，形成了对莎士比亚的新态度，普希金和别林斯基后来也依赖于此。十二月革命前后十二月党人对于莎士比亚的看法经历了巨大的转变，在1825年之前十二月党人圈子里的文学人物对莎士比亚的看法普遍是天真浪漫的，莎士比亚的历史主义对他们来说仍然是陌生和不可理解的，唯一的例外是普希金，反映在他于1825年完成的历史剧《鲍里斯·戈杜诺夫》等一系列作品中。别斯图热夫在回忆起义前夕时曾写道："在那个决定性的夜晚，解决了'生存还是死亡'这个两难的问题。"[1] 十二月党人在起义失败后才开始获得历史思维，现实以猛烈而残忍的方式教会了他们这一点，起义被镇压后他们转变了对莎士比亚的看法，认为莎士比亚是一位描绘历史灾难、政治动荡和民众起义的作家。在十二月党人文学家中，与莎士比亚联系最密切、最能代表这种转变的，当属丘赫尔别凯。

В.К. 丘赫尔别凯（Вильгельм Карлович Кюхельбекер，1797—1846）与莎士比亚的联系是一个复杂而变化的过程。这其中既涵盖丘赫尔别凯早期从德语、后期源于英语原文的大量莎士比亚译作，作品类型也有一个从早期喜剧向后期悲剧、历史剧转变的过程，包括早期在莎士比亚作品基础上进行的戏剧创作，还囊括后期重要的莎士比亚评论文章《论莎士比亚的八部历史剧，尤其是〈理查三世〉》。丘赫尔别凯出身贵族，1817年与普希金同年毕业于皇村中学，并与挚友都曾在外交部工作，两者同样的出身和求学、工作经历让他们有了趋

---

1. Азадовский М. К. Воспоминания Бестужевых. М.-Л.: Издательство академии СССР, 1951: 65.

同的价值取向和文学品位。早在求学皇村中学的 1815 年末，丘赫尔别凯就已经开始诗歌创作，早期诗歌追随茹科夫斯基的哀歌传统，20年代初以浪漫主义反对感伤主义，强调公民性。需要特别指出的是，1821 年丘赫尔别凯和格利鲍耶多夫一起在高加索地区服役，后者极大地影响了丘赫尔别凯的审美观点，人们普遍认为，正是格利鲍耶陀夫向丘赫尔别凯介绍给了莎士比亚的文学遗产。[1]1825 年 10 月丘赫尔别凯加入十二月党人组织"北方协会"，十二月党人起义失败后被流放西伯利亚，友人格利鲍耶陀夫也受到起义失败牵连遭遇政治流放远驻波斯。

以十二月党人诗人丘赫尔别凯等为代表的俄国浪漫派诗人呼吁以莎士比亚为典范建立独具俄国特色的民族文学，最初他本人主要通过德语翻译来认识莎士比亚，尽管那时他还不会说英语，但从那时起，莎士比亚就成为他文学观和日常生活的一部分。丘赫尔别凯对莎士比亚的接受是以讽刺模仿的形式开始的[2]，1825 年丘赫尔别凯首先创作了"戏剧笑话"《莎士比亚的精神》(《Шекспировы духи》)，作者对真正的浪漫主义诗歌做出了自己的探索，他把莎剧《仲夏夜之梦》和《暴风雨》中的奇幻人物混合在一起，移植到国内的文化土壤上，赋予人物俄国色彩。这部作品之前有一个序言，作者在其中解释了他的写作意图："这整个戏剧性的笑话只是为家庭演出稍微勾勒出来的，如果我不希望的话，我永远不敢发表它，只是为了在某种程度上使俄

---

1. Савченко О.В. Грибоедов И Шекспир：из истории изучения Шекспира в России начала XIX века // Вестник удмуртского университета. 2015（6），C.60—67.

2. Захаров Н.В. Кюхельбекер и шекспир//Знание. Понимание. Умение. 2008（5）：Филология.

国读者熟悉莎士比亚的浪漫主义。"[1] 该剧的主人公是一位诗人，整日沉浸在想象的世界中，梦想在现实中能看到莎士比亚戏剧中的奇幻人物。他有一个姐姐、一个妹妹，姐姐阿丽娜有三个孩子，妹妹名叫尤利娅，兄妹三人还有一个叔叔弗洛尔·卡尔贝奇。诗人沉迷于莎士比亚戏剧中的瑰丽想象，因不屑于在姐姐生日时为大家献诗，被叔叔、姐妹和侄女们假扮莎剧人物欺骗，最终为每一位家庭成员都献上了诗歌。在这部共计两幕、十四场的喜剧中，作者借诗人之口为大家介绍了莎士比亚剧作中的多位人物，如来自《仲夏夜之梦》的奥伯伦、泰坦尼亚和普克，来自《暴风雨》的阿里尔和卡利班等，体现了作者意在普及莎士比亚作品的创作意图。在最后一场戏的结尾，诗人在得知自己被欺骗后，以一段独白指责家人欺骗诗人只会换来无谓的胜利，作者借诗人之口表达了对诗人崇高使命的赞扬和对日常生活世界的蔑视。丘赫尔别凯借莎士比亚作品中的人物形象向俄国读者介绍了传奇剧这种戏剧样式，并在自己的作品中进一步发展了这种样式。这部作品虽然没有得到包括普希金、马林斯基在内的友人的肯定，却因其对一切浪漫事物的内在热情，赢得了《莫斯科电讯》的完全认可，评论家认为该剧与莎士比亚喜剧的联系特别有价值："如果考虑到莎士比亚在我们国家鲜为人知，将会有很多读者感谢该剧提供了有关莎士比亚的有趣细节。神奇的想象披上了莎士比亚关于精灵和巫师的民间信仰外衣，使读者惊叹于莎士比亚对人类心灵的深刻了解、对激情冲动的描绘，还有他的作品在人类思想和内心所有表达模式中无法模仿的和谐"[2]。

---

1. Кюхельбекер В.К. Шекспировы духи. Драматическая шутка в двух действиях. СПб., 1825，C.32.

2. Кюхельбекер В.К. Шекспировы духи. Драматическая шутка. «Московский телеграф», 1825，Ч. VI，№ 22，C.197.

直到 1825 年发表《莎士比亚精神》，丘赫尔别凯还在感慨"我们对莎士比亚的了解太少了"，十二月党人革命被镇压后，被判入狱的丘赫尔别凯开始了翻译莎士比亚的进程。在入狱的第一年他在两个月内就学会了用英语流利地阅读，终于可以不借助第三种语言翻译莎士比亚，同时他关注的体裁也从充满幻想的喜剧转移到《麦克白》和历史剧，不得不让人感慨时过境迁。狱中的丘赫尔别凯开始将莎士比亚视为"亲密的人、永恒的伴侣"，在他的日记和信件中，经常通过莎士比亚的影像棱镜折射出俄国文学、历史以及发生在他个人身上和身边的事件，尽管失去了人身自由，丘赫尔别凯仍然饱含对民族文学深沉的爱，寄希望于通过无私的奉献为祖国的文学而努力。正是基于此，丘赫尔别凯逐渐确立了通过翻译莎士比亚剧作使俄国公众熟悉这位伟大英语剧作家的意图，他认为莎士比亚尚未被正确地翻译成俄语，在他之前没有俄国文学家像他这样集中从事过与莎士比亚有关的翻译工作。丘赫尔别凯开始坚持不懈地翻译莎士比亚戏剧，在学者对诗人幸存的手稿、日记和书信进行整理的基础上，我们甚至可以重建起他翻译莎士比亚作品的年表：

时　间	作品名称	备　注
1828 年 9—10 月	理查二世	粗略翻译
1828 年 11—12 月	麦克白	撰写序言，后经修改
1829 年秋—1830 年 1 月	亨利四世	未知是否全译
1832 年 5—9 月	理查三世	1835—1836 年修订
1834 年 8—9 月	威尼斯商人	不完整

丘赫尔别凯清楚地表明了译文选择的趋势：他主要对历史剧感兴趣，那些讲述了为争取权力而进行的血腥斗争，对王位的篡夺，被加

冕的罪犯的暴行、政变、内部战争和民众起义的等历史题材剧作。在翻译数部历史剧的同时，丘赫尔别凯还翻译了讲述篡夺王位罪行的悲剧《麦克白》，此外他还想翻译《李尔王》，这部剧也主要围绕王权及其继承问题展开。对所翻译剧本的选择显然与诗人所处的政治境遇息息相关。丘赫尔别凯仔细研究了莎士比亚戏剧的艺术特征，在文章和日记中多有论及：在 1828 年出版的《麦克白》的序言，盛赞莎士比亚"（也许是）最伟大的浪漫主义诗人"[1]。在 1832 年秋天结束了《理查三世》的翻译后，丘赫尔别凯撰写了一篇重要的莎评文章——《论莎士比亚八部历史剧，尤其是〈理查三世〉》«Рассуждение о восьми исторических драмах Шекспира и в особенности о Ричарде III», 1832）[2]。

几乎与当代莎学家格莱恩经过重新考虑莎士比亚时代的编年史资料和舞台实践得出的结论[3]一致，丘赫尔别凯将莎士比亚的八部历史剧视为一首完整的历史史诗——"始于理查二世从王位上被推翻，终于亨利·理查和伊丽莎白·约克两朵玫瑰的和解。"[4]在这篇论述中，丘赫尔别凯分析了剧作家的创作技巧，阐明了他的风格特点，并论及自己的翻译原则，这一切使得《莎士比亚八部历史剧集》成为普希金

---

1. Мысли о Макбете，трагедии Шекспира. «Литературной газете»，1830，Т.I.，31 января，№ 7，С.52.

2. 八部历史剧分别是《理查二世》《亨利四世》（上下）、《亨利五世》《亨利六世》和《理查三世》三部曲。

3. Grene N. Shakespeare's Serial History Plays [M]. Cambridge：Cambridge University Press，2002：2.

4. Рассуждение о восьми исторических драмах Шекспира，и в особенности о Ричарде Третьем. Международные связи русской литературы：Сборник статей / Под ред. акад. М. П. Алексеева М.-Л.：Изд-во Акад. наук СССР. 1963，С.290.

时代俄国莎士比亚主义的一个非常重要和有趣的丰碑。[1]作者首先概述了本人翻译的莎士比亚八部历史剧的情节，尤其是其中有关《理查三世》的论述是对其译本的介绍和总结，他试图放弃法国古典主义和德国浪漫主义的偏见来描述剧作家的特征，利用谈论英国国王更替的事实，通过对莎士比亚历史剧的介绍为君主的理想形象提供了丰富的素材。在论及莎士比亚这八部历史剧的表现力时，丘赫尔别凯认为它们平分秋色，但在人物描写方面《理查三世》占据首位，甚至在最伟大的基督教诗人的所有创作中也几乎占据首位。[2]而谈到莎士比亚的艺术风格，丘赫尔别凯认为有两个显著的特征：一是在对话中善用文字游戏，尤其是在剧情发展到矛盾激烈的地方；二是经常引经据典，利用民间典故描述历史事件和风土民情。译者强调一定要保留莎士比亚艺术风格的这两个特点，否则译文就会是不准确的、没有色彩的。丘赫尔别凯同时指出，要将文字游戏从一种语言转移到另一种语言并不容易，只有使用目标语中最贴近作者意思的表达方法和语言形式才能传达原作中文字游戏的意思。而关于译文注释中提到的那些略显晦涩的参考和典故，在丘赫尔别凯看来虽然它们引起了一些阅读上的不便，却是不宜省略的。丘赫尔别凯在翻译中刻意回避俄国化，以有意识地最准确复制原著而著称，与他秉承同样翻译原则的弗龙琴科几乎于同一时间独立开展对莎士比亚的翻译，两者奉行的翻译原则对俄国整个翻译文学都具有深远影响。

---

1. Рассуждение о восьми исторических драмах Шекспира, и в особенности о Ричарде Третьем. Международные связи русской литературы：Сборник статей / Под ред. акад. М. П. Алексеева М.-Л.：Изд-во Акад. наук СССР. 1963，C.290.
2. 同上。

对莎士比亚的研究和翻译，也在丘赫尔别凯的原创作品上留下了印记。在丘赫尔别凯的浪漫悬疑小说《伊佐尔人》(《Ижорский》，1829—1833）中，作者试图将俄国民间神话和其他欧洲民间信仰以及莎士比亚剧中的鬼魂形象杂糅在一起创造一个浪漫的神话。丘赫尔别凯的同时代人注意到了《伊佐尔人》与莎士比亚传奇剧的联系，在作品发布后不久，М.Ф. 奥尔洛夫即写信给 П.А. 维亚泽姆斯基称："是已故的莎士比亚先生启发了这位诗人，无论他是谁，如果其他一切都与这一场景相符，那么这将是一部与《仲夏夜之梦》和《暴风雨》相提并论的优秀作品！"[1] 丘赫尔别凯还将创作兴趣转向戏剧故事，他的作品《商人的儿子伊万》(《Иван, купецкий сын》，1832—1842）脱胎自《伊佐尔人》，剧中出现了与《麦克白》中的女巫安息日有很大相似之处的灵魂安息日的场景。丘赫尔别凯还创作了一部《驯悍记》的仿作——《在石头上发现了一把镰刀》(《Нашла коса на камень》)，他的创作理念是将这部莎士比亚的喜剧彻底俄国化，故事发生的地点也被安置在了金帐汗国，在这场闹剧中作者故意将莎士比亚原作中的情节和俄国民间传说的元素和现代性融合在一起，俄国农奴生活的特点也体现在闹剧中。十二月党人起义之后，丘赫尔别凯的创作意识主要与莎士比亚的历史剧作联系在一起，尤其是在阅读了卡拉姆津的《俄国国家历史》后，和皇村好友普希金一样，他试图从卡拉姆津的史学研究中收集到的创作资料，在俄国历史上发生过的政治冲突的驱动下创作悲剧。

---

1. Письма М.Ф. Орлова к П.А. Вяземскому（1819—1829）. // Литературное наследство，Т. 60, КН. 1, М., 1956, С.40.

总而言之，丘赫尔别凯与莎士比亚的联系几乎涉及了可能的方方面面，从十二月党人起义之前通过德、法等语言对莎士比亚喜剧的关注、译介和模仿，到深陷囹圄之后，直接使用英语对莎士比亚历史剧的阅读、翻译和评论，可以说虽然诗人的人身自由和政治境遇受限，却并没有阻碍诗人从莎士比亚作品中获得艺术上的提高和精神上的支撑，甚至可以这样认为，恰恰是人生和仕途的逆境给予了两者特别的机缘，丘赫尔别凯在这一时期翻译、钻研莎士比亚历史剧的过程中，确立了逐字逐句、尽量接近原文的翻译原则，探讨了历史剧中反映出的历史发展规律，对后来的俄国翻译文学的发展和对俄国发展道路的走向，都具有一定的指导意义。

二、《哈姆雷特》的重要译者弗龙琴科

丘赫尔别凯作为俄国这一时期莎士比亚的主要译者，由于自身的处境和兴趣，将主要的译介精力投入莎士比亚历史剧中，而对像《奥赛罗》或《罗密欧与朱丽叶》之类的剧目并没有太多关注，甚至像《哈姆雷特》这样的剧目也并未进入丘赫尔别凯的视野，不过对于同时代的《哈姆雷特》译本丘赫尔别凯并不吝赞赏，认为译者将其译得"非常完美"，那便是弗龙琴科所译的《哈姆雷特》俄译本。М.П. 弗龙琴科（Михаил Павлович Вронченко，1802—1855）的本职工作是一名军事测量师和地理学家，他在俄国文学界的名气主要归功于他的翻译活动，他几乎将欧洲所有最伟大作家的作品都译成了俄文，比如莎士比亚、歌德、席勒、拜伦、托马斯·穆尔、爱德华·扬和密茨凯维奇等，其中莎士比亚戏剧的翻译是弗龙琴科翻译作品的核心。他将差不多所有业余时间都投入翻译工作中，并为自己设定了"研究伟大

艺术家的美，并在可能的情况下将它们吸收到俄国文学中"的目标[1]，正如尼基坚科所说："他的翻译不是偶然的选择，而是一件严肃的工作，他认为这是他的文学事业。……他有一个经过深思熟虑的翻译系统，在研究了作者先前被翻译过的所有相关内容之后，他试图尽可能准确地理解其创作的直接而真实的含义，他的主要目的就在于找出作者的真实想法"[2]。

弗龙琴科从 1827 年初开始翻译《哈姆雷特》，于当年 11 月完成，很快摘录发表于《莫斯科电讯》，1828 年以单行本出版，随后他又对译文进行重大修订并发行了新版本；在出版《哈姆雷特》俄译本之后，弗龙琴科立即着手翻译《麦克白》，1833 年悲剧的第一幕出版了，三年后弗龙琴科提交了完整的译本以备审查，但因悲剧中包含的弑君情节被禁，这导致在很长一段弗龙琴科的《麦克白》译本只能在朋友之间传阅，直到 1837 年他才设法使该书面世。弗龙琴科在这两部莎剧的翻译中都阐述和实践了自己的实证主义翻译原则，拒绝评论性、哲学化的译法，这在他对莎士比亚的翻译中发挥了积极作用，矫正了之前俄国莎士比亚翻译中过度自由化的倾向。弗伦琴科在他的《哈姆雷特》译本序言中鲜明地提出了自己的翻译原则，在概述了莎士比亚的个人经历和其作品版本的演变后，译者罗列了自己在莎译中遵循的六大原则，此处概括如下：

（1）即使以牺牲俄罗斯诗歌的流畅度为代价，也要尽可能地接近原文，不要改变其内容或顺序，以诗歌形式翻译诗歌、以散文形式翻

---

1. Никитенко А.С. Михаил Павлович Вронченко. ЖМНП，1867，Ч. CXXXVI，№ 10，C.22.
2. 同上。

译散文；

（2）在表达方式上，既要忠实原文，又要不失礼节；

（3）可以以牺牲所表达想法的忠诚度为代价来传达文字游戏；

（4）在晦涩难懂的地方有必要加入必要的注释以帮助读者理解；

（5）放弃一些如今看来没有太大意义的古诗句；

（6）在注释中放置所有必要的文本解释内容，其中可以包括评论家的观点和猜测、历史新闻、双关语等文中由于某种原因没有精确翻译的部分。[1]

弗龙琴科的《哈姆雷特》译本因为坚持实证主义的翻译原则而非常准确，在 19 世纪 30 年代的俄国翻译自由化的风气中，在俄国甚至在欧洲率先开始建立一种新的翻译方式，弗龙琴科的翻译原则在当时具有一定的创新性，因而获得了普遍的认可和广泛的共鸣。弗龙琴科在译文的很多地方敏锐地传达了思想准确性，保留了原作的精神和诗意，向读者传达了莎士比亚思想的复杂、深度和意义，还尤其擅长悲剧的抒情段落，别林斯基就曾经盛赞道："一般来说，在戏剧变成抒情并需要艺术形式的地方，不可能与弗龙琴科先生抗衡。"[2]尼基坚科则表示："我们记得弗龙琴科翻译的《哈姆雷特》给我们当时受过教育的年轻一代留下了多么强烈的印象！莎士比亚的精神首先渗透到人们的脑海中，因为它描绘出了人类心灵和命运的深刻而难以想象的奥秘，从而在他们心中激起了对诗意真理的热切同情。"[3]这样的肯定和

---

1. Гамлет. Из Шекспира. 1828 переводъ Съ Англійскаго М.П. Вронченко, http：//www.biblioteka-poeta.ru/gamlet-iz-shekspira/vronchenko-m-p/.

2. Белинский В.Г., Полное собрание сочинений, Т. II, Изд. АН СССР, М., 1953, С.434.

3. Никитенко А. С. Михаил Павлович Вронченко（Биографический очерк）. ЖМНП, 1867, Ч. CXXXVI, № 10, С.35.

从普希金到别林斯基

赞誉得到同时代文学评论家的附和，纷纷表示正是由于弗龙琴科非凡的语言天赋加上对英语深入的了解、对原意的执着追求，才使得《哈姆雷特》第一次以真实的面貌展现在俄国读者面前，正如普列特尼奥夫后来所说，"在弗龙琴科的译本出现后，那些没有读过原著的人才明白哈姆雷特和他的命运是什么"[1]。

尽管得到了评论家的热捧，一些普通读者还是因其文体特征而对弗龙琴科的《哈姆雷特》译文望而却步，对准确性的极致追求常常导致译者偏向字面主义、使用笨拙和暴力的语言而缺乏诗意的表达，古老的词汇加上复杂生硬的句法、不合时宜的缩写表达等常使弗龙琴科的翻译变得晦涩而不可读。正像别林斯基所说的那样："弗龙琴科先生翻译的优点正是《哈姆雷特》俄文版只取得小范围成功的原因！正确理解如此宏大的作品显然超出了我国读者的理解能力。"[2]或许正因为如此，弗龙琴科在翻译《麦克白》时对自己的翻译风格进行了一定的调整和演变，在新的翻译作品中，他给了自己更多的自由，更专注于语言，很少出现大转折和使用古旧的词汇。在某些情况下，他拒绝传达特别复杂的莎士比亚比喻，简化复杂的表达，允许在一些无关紧要的地方一定程度上偏离原文，手稿中的修改痕迹还表明弗龙琴科努力使人物的演讲具有会话性，多亏了这种改变，使得《麦克白》的翻译语言更加具有可读性、更自然而有诗意。总而言之，弗龙琴科是第一个将新的翻译原则和方法应用于莎士比亚作品的人。屠格涅夫最准确地确定了他的功绩即他的翻译活动对俄国莎士比亚接受的意义：

---

1. Плетнев П.А. Сочинения и переписка, Т. II, 1960, С.443.
2. Белинский В.Г. Полное собрание сочинений, Т. VIII, 1955, С.190.

"作为准备工作，他的翻译总是大有裨益：他向公众介绍了精彩的作品，激励和鼓舞了他人，他的《麦克白》和《哈姆雷特》以一种相当准确的翻译风格而著称。我们不能忘记，对莎士比亚的热爱实际上是由他在我们的读者圈中引起的。"[1] 尽管弗龙琴科译本的缺点也显而易见，那就是过于追求字面意思，而使得这部剧作一定程度失去其本来面貌。与之形成鲜明对比的《莫斯科电讯》的主编波列沃伊的《哈姆雷特》译本，因为对内容相当程度的精简和以舞台表演的角度出发进行翻译，获得广大读者和观众的认可，真正让《哈姆雷特》从书斋走向剧场，也走向了更广大的受众群体。

三、哈尔科夫大学派译者

哈尔科夫大学校长 И.Я. 克罗内伯格（Иван Яковлевич Кронеберг，1788—1838）教授是 19 世纪 30 年代俄国莎士比亚接受史上的一位特殊人物，他在一定程度上被认为是俄国的第一位莎士比亚学者。[2] 克罗内伯格生于莫斯科，在德国接受教育，赴耶拿大学学习哲学和文学并获得博士学位。他在哈尔科夫大学教授拉丁文、罗马和德国文学史并担任校长，为提高教学水平做出了自己的贡献。他的学术兴趣主要集中在古典文学、哲学和美学，其中包括对莎士比亚和歌德的研究，年轻的别林斯基对莎士比亚的看法深受克罗内伯格的影响，别林斯基曾反复提到他是莎士比亚的专家，称"他撰写了数篇关于欧洲经典作品的论文"[3]，

1. Тургенев И.С. «Фауст», трагедия. Соч. Гете. Перевод... М. Вронченко. Полное собрание сочинений и писем, Сочинения, Т. I, М.-Л.: Изд. АН СССР, 1960, С.255.

2. Алексеев М.П. Шекспир и российская культура. Л.: Наука. 1965. С.255.

3. Белинский В.Г. «Гамлет». Трагедия В. Шекспира, перевод А. Кронеберга（1844）. Полное собрание сочинений, Т. VIII, 1955, С.191.

并强调"克罗内伯格发表了很多令人难忘的观点，而且他是第一个发表这些观点的人"。[1] 克罗内伯格是一位典型的"书斋学者"，几乎没有在杂志上发表文章，他以合集的形式在哈尔科夫出版了自己的作品，其中包括两期《阿玛耳忒亚》（«Амалтея»，1824—1826）、十份《宣传册》（«Брошюрки»，1830—1833）和四期《密涅瓦》（«Минерва»，1835）等，受发行量影响不太为人所知。克罗内伯格撰写的有关莎士比亚戏剧的文章旨在普及这位剧作家的作品，让俄国读者了解那些尚不为他们所知的戏剧，包括《莎士比亚的历史剧》《仲夏夜之梦》《麦克白》《冬天的故事》等，以及最初出现在《宣传册》中的格言摘录。其中《莎士比亚的历史剧》一文最引人注意，曾两次被莫斯科的杂志转载。[2]

　　克罗内伯格的《莎士比亚的历史剧》（«Исторические пьесы Шекспира»，1830）刊登在《宣传册》的第二期上，文章篇幅不长，整体内容与丘赫尔别凯的《论莎士比亚八部历史剧》（1832）有些相似（丘赫尔别凯可能在莫斯科的杂志上读到过前者的文章），认为这八部历史剧可以被看做是"一个整体、一场雄伟的悲剧"[3]，从推翻理查二世带来了许多暴行和痛苦，随着理查三世的最终倒台厄运结束了。克罗内伯格有关《仲夏夜之梦》一文展现了莎士比亚的浪漫幻想，整部喜剧是诗人披着舞台外衣的"梦"，幻想在美妙的舞蹈中编织出心灵的世界、恋爱中的年轻人和朴实的工匠，当一切都像一场美

1. Белинский В.Г., Полное собрание сочинений, Т. IV, 1954, С.13.

2. «Московский телеграф», 1830, Ч. XXXI, № 4, С.488—501.
　　«Отечественные записки», 1841, Т. XIX, № 11, ОТД. VI, С.3—7.

3. «Московский телеграф», 1830, Ч. XXXI, № 4, С.488.

梦一样消失的时候剧目也结束了。克罗内伯格在有关《麦克白》的论文中展示了心理学的复杂性、神秘性和多样性——这是他对莎士比亚的最广泛研究，在这篇文章中克罗内伯格追随了德国浪漫主义作家弗朗茨-克里斯托夫·霍恩（Franz-Christoph Horn，1781—1837）对莎士比亚戏剧的诠释，认为麦克白和他妻子一系列行为的主要动机之一即他们相互之间充满激情的爱。在有关《冬天的故事》的论文中，克罗内伯格认为，创作该剧时莎士比亚已接近老年，剧作家将其"游历整个地球，过去和未来几个世纪的经历融为一体，演绎了地球的所有色彩"[1]。

　　在德国接受的教育决定了克罗内贝格学识的特点，对德国浪漫主义美学思想的依赖显而易见，尽管有时候需要借助外国思想充实自己，但他同时也指出这些思想"应该只被看作是增加自己土壤肥力的肥料和助力结出自己果实的种子"[2]。克罗内贝格认为莎士比亚是浪漫主义思想的主流，他对剧作家的态度是热情和称赞的，对他来说这位英国剧作家是："浪漫精神世界中的真正魔术师。他是个谜，就像大自然一样！他是不可理解的，像大自然一样富有威严、无穷无尽而又多姿多彩！"[3]克罗内伯格强调莎士比亚艺术的自由元素，它能将读者带入对生活的恣意追求，冲破所有压迫形式获得真正的自由。除此之外，克罗内贝格还重视莎士比亚深刻的心理主义、幻想和诗意，在他1835年发表的第五十四篇札记中可以看到相关论述。文中作者指出："如果你想了解人心的所有曲折和人们的相互作用——转向莎士比亚；

---

1. «Брошюрки», 1832, № 7, C.30.

2. «Брошюрки», 1831, № 6, C.6.

3. «Брошюрки», 1831, № 1, C.9.

　　　　　　　　　　　　　　从普希金到别林斯基

如果你想知道每一种心态，从冷漠到愤怒和绝望的疯狂、过渡和阴影——转向莎士比亚；如果你想通晓精神疾病、忧郁症、精神错乱、梦游等——转向莎士比亚。你想知道精灵的神奇世界，从仁慈的天才到怪物——转向莎士比亚；想知道诗的甜美、魅力、力量、崇高、深邃、包罗万象的理性和创造性想象的魔力——转向悲剧的泰坦莎士比亚"[1]。

由于克罗内伯格对莎士比亚深刻的体会和阐述，在1864年庆祝剧作家诞辰三百周年的时候，文学史家A.Д.加拉霍夫（Алексей Дмитриевич Галахов，1807—1892）指出克罗内伯格是俄国莎士比亚研究的奠基人。另外，他对俄国莎学还有一个更大的贡献，就是在哈尔科夫大学成立了一个莎士比亚研究小组，主要成员之一是他的儿子A.И.克罗内伯格（Андрей Иванович Кронеберг，1814—1855，下文称小克罗内伯格），他在儿子身上培养了对《哈姆雷特》的深刻的爱，小克罗内伯格后来因翻译莎士比亚的悲剧和喜剧而闻名。另一位重要成员是克罗内伯格的同事、俄国文学教授B.A.雅基莫夫（Василий Алексеевич Якимов，1802—1853），雅基莫夫作为莎士比亚的翻译家，曾立志翻译莎士比亚的所有戏剧（尽管未能完成），他所取得的成就代表了他那个时代的特征，1833年他在圣彼得堡出版了莎士比亚的两部戏剧《李尔王》和《威尼斯商人》的俄译本。在第一卷的序言中，雅基莫夫概述了自己的翻译信条是从事翻译要远离任何对才华和文学荣耀的要求，相比较而言保持耐心更重要，关于翻译的原则他写道："翻译者应该试图保留原文中的一切，在可能的情况下，要将

1.《Минерва》，Ч. I，C.251.

诗句逐字逐句地翻译成诗句，并尽可能保留原文的韵脚。"[1] 基于这样的翻译理念后来他还翻译了《奥赛罗》《辛贝琳娜》《仲夏夜之梦》和《随心所欲》。

需要再次指出的是，这一时期无论是丘赫尔别凯、弗龙琴科还是雅基莫夫出版及未出版的莎士比亚剧作译本，不管他们的内容差异和相对优劣，都不是为了阅读，亦不适合舞台表演，真正让莎剧走向舞台拥有了更多观众的，是《莫斯科电讯》的主编和主要评论家波列沃伊的《哈姆雷特》译作。

第二节　备受文学杂志瞩目的莎士比亚

1825 年十二月党人革命后直到 19 世纪 30 年代末，文学期刊在莎士比亚在俄国的大众化过程中发挥了主要作用，正是在这一时期，俄国文学期刊的类型得以形成和确立，它的地位开始逐渐取代年鉴和藏书，并且直到 19 世纪末几乎没有改变。致力于宣传莎士比亚或以某种方式与莎士比亚产生联系的期刊文章的数量每年都在稳定增长，杂志上对莎士比亚的引用正在成为一种时尚，1836 年果戈理甚至不无讽刺地说："评论家无论谈论什么书，都一定会从莎士比亚入手，而他却根本没有读过莎士比亚。但是谈论莎士比亚已经成为一种时尚，因此，让我们谈论莎士比亚吧！从这一点来看，我们现在将开始拆解摆在我们面前的那本书，让我们看看我们的作者如何与莎士

---

1. Король Лир. Трагедия в пяти действиях. Сочинение Шекспира. Перевел с английского Василий Якимов. СПб., 1833, С.III.

比亚相对应的！"[1] 然而即使是这种讽刺性的攻击也证明了莎士比亚在杂志中的受欢迎程度的增长以及他作为一种审美标准的确立，在十二月党运动被镇压后，尼古拉一世统治下的俄国，尤其是在残酷无情的首都，开展文学和文化生活变得异常艰难，俄国文化生活中心暂时迁至莫斯科，这种迁移时常被同时代和后人提及。普希金在《从莫斯科到彼得堡的旅行》(1833—1835) 中就写道，"彼得堡的文人大部分已经不是文人，而是企业家和精明的文学买办。渊博的学识、对艺术的热爱，还有众多天才，无可争辩地集中在莫斯科，莫斯科的刊物打败了彼得堡的刊物"[2]。果戈理在《1836年的彼得堡笔记》中也表达了同样的想法："莫斯科杂志谈论康德、谢林等；圣彼得堡杂志只谈论公众和良好的愿望。在莫斯科，杂志与时代同步，但总是拖期；在圣彼得堡，杂志与时代没有同步，却按时按点出版。莫斯科文人是在花钱（生活），彼得堡文人是在挣钱（发财）。"[3] 米尔斯基在《俄国文学史》中也提到："1831年（杰里维格逝世、普希金成婚）之后，彼得堡的文学前台被一些庸俗人士和骗子所占据；在莫斯科，则由新派知识分子的亚当们所把持，他们尊重普希金可敬的旧作，却不接受他的传统，鄙视他的友人，拒绝阅读他的新作"[4]。莫斯科的文学杂志逐渐取代首都彼得堡的文学杂志成为代表当时俄国文学发展方向的前沿阵地，而文学杂志的主编往往承担着杂志主要撰稿人的重任。莫斯科的

---

1. Гоголь Н.В. О движении журнальной литературы в 1834 и 1835 годах. Полное собрание сочинений, Т. VIII, Изд. АН СССР, 1952, C.174.

2.《普希金文集（文学论文）》，冯春等译，上海译文出版社1999年版，第252页。

3.《果戈理全集》第6卷，冯春等译，河北教育出版社2002年版，第109页。

4.《俄国文学史》，刘文飞译，商务出版社2020年版，第105页。

文学杂志《莫斯科电讯》（《Московский телеграф》）、《莫斯科导报》
（《Московский вестник》）、《雅典娜》（《Атеней》）、《莫斯科观察家》
（《Московский наблюдатель》）和《望远镜》（《Телескоп》）等为这一
时期莎士比亚在俄国的传播提供了场所。

一、《莫斯科电讯》主编、舞台版《哈姆雷特》译者波列沃伊

别林斯基曾经评价 Н.А. 波列沃伊（Николай Алексеевич Полевой，
1796—1846）任主编的《莫斯科电讯》（1825—1934）杂志"毫无疑
问是俄国自新闻界开始以来最好的杂志"[1]，与竞争对手《莫斯科导报》
和《莫斯科观察家》不同，《莫斯科电讯》是一个具有民主倾向的、
百科全书式的杂志，为相对广泛的读者而设计，它以充满活力的浪漫
主义宣传出现在俄国文学中，莎士比亚的普及是这种宣传的一个重要
组成部分。《莫斯科电讯》的出版人波列沃伊是一位资产阶级民主观
点的拥护者，在他的文学批评活动中受到法国左翼浪漫主义者的指
导，他所称的"新法国学派"代表的文章曾系统地出现在杂志上，读
者正是从他们那里了解到有关莎士比亚及其对现代文学意义的信息，
并得到了主编的强力推荐。

早在 1825 年，《莫斯科电讯》就发表了一篇译自法文的匿名文章
《高乃依、莎士比亚和阿尔菲里》（《Корнель，Шекспир и Альфиери》），
文中称赞莎士比亚是"一个充满激情的喜剧家、一位才华横溢的悲剧
家"[2]；《莫斯科电讯》翻译刊登了一系列法国浪漫主义的重要宣言，给

---

1. Белинский В.Г. Николай Алексеевич Полевой. Полное собрание сочинений，Т. IX，
   1955，С.693.
2. Корнель，Шекспир и Альфиери. «Московский телеграф»，1825，Ч. I，№ 3，С.204.

予了莎士比亚极大的关注，例如雨果著名的《克伦威尔序言》(Préface de Cromwell，1827)、阿尔弗雷德·维尼（Alfred de Vigny）翻译的《奥赛罗》、法国浪漫主义者德布罗意（de Broglie）的长文《论 1830 年法国的戏剧艺术状况》(On the State of Dramatic Art in France)，以及埃克斯坦（Ferdinand Eckstein，1790—1861）创办的法国杂志《天主教徒》(«Le catholique») 上有关莎士比亚的四篇文章。这些文章构成波列沃伊在《莫斯科电讯》上发表自己莎士比亚批评文章的背景。

波列沃伊对莎士比亚的作品反复思考，并在各种问题上反复求助于他，波列沃伊认为："莎士比亚的世界是不可估量的，就像宇宙一样；他的诗是五彩斑斓的，就像光一样。他像个巫师：和他说话的人，就是他永远的仆人。"[1] 在波列沃伊眼中，莎士比亚与歌德、荷马和但丁一样，都是包罗万象的诗人，超越了大多数作家的片面性，波列沃伊盛赞："除了莎士比亚，没有人知道如何用哲学深入人心，如何渗透到各个世纪的人物中，并用诗歌表达这一切。"[2] 在波列沃伊看来莎士比亚是最伟大的浪漫主义诗人、是一位天才，认为"浪漫主义世界是从他的创作中发展起来的，正如从荷马的作品中发展出古代古典诗歌的世界一样"[3]。作为浪漫主义诗人，对于波列沃伊来说，莎士比亚不是在被动地反对古典主义，而且在有效地对抗它、积极地克服它。在雨果之后，波列沃伊认为戏剧诗是最高形式的诗歌，莎士比亚

1. Полевой Н.П. Шекспирова комедия Midsummer night's dream (Сон в летнюю ночь). «Московский телеграф», 1833, Ч. LIII, № 19, С.371.

2. Полевой Н.П. О романах Виктора Гюго и вообще о новейших романах. «Московский телеграф», 1832, Ч. XLIII, № 2, С.234.

3. Полевой Н.П. Рецензия на «Гамлета» в переводе М. Врченко. «Московский телеграф», 1828, Ч. XXIV, № 24, С.497.

就是其中的化身：莎士比亚的喜剧饱含他欢快的想象，历史剧展现他深邃的心灵，悲剧则蕴藏着包罗万象的心。波列沃伊认为，莎士比亚洞悉一切，而"按时间顺序浏览莎士比亚的戏剧，你似乎就是在阅读他灵魂的秘密历史剧"[1]。波列沃伊对人民历史的兴趣也引起他对莎士比亚历史剧的关注。在波列沃伊看来这位剧作家的天才在于他知道如何以迷人的戏剧性画面描绘历史事件，能够在其中找到史实和创作的统一性。创作以历史为基础的文学作品可以犯考古学或年代学上的错误，就像莎士比亚的一些作品中那样，然而所有的情节设置和细节呈现必须符合主要思想，因而具有了可信度。波列沃伊据此提出了莎士比亚在 19 世纪的重要性的问题，认为莎士比亚的文学遗产鲜活而有效，从中可以获取各种各样俄国文学需要的养料和经验。

　　莎士比亚的名字出现在《莫斯科电讯》页面上的概率非常高，并且总是以赞美、钦佩和崇敬的语气被提及。为了普及莎士比亚，《莫斯科电讯》刊登了一系列莎士比亚作品的俄译本，其中包括弗龙琴科翻译的《哈姆雷特》《麦克白》和《李尔王》的摘录，雅基莫夫翻译的《李尔王》和《威尼斯商人》等。总体来说，《莫斯科电讯》很少关注诗歌的出版，但对莎士比亚却例外，1833—1834 年该杂志上唯一出现的诗歌作品是弗龙琴科翻译的《麦克白》的摘录。《莫斯科电讯》还刊登了莎士比亚作品的插图，以丰富俄国读者对莎士比亚作品的感性认识。波列沃伊对莎士比亚在俄国的推广传播做出的贡献不仅限于在《莫斯科电讯》上对其不遗余力地宣传，1837 年上演并以单行本出版的波列沃伊版的《哈姆雷特》译本，在俄国莎士比亚作品翻

---

1. «Московский телеграф», 1833, Ч. LIII, № 19, С.382.

译史上留下浓墨重彩的一笔，正是波列沃伊的《哈姆雷特》俄译本真正帮助这部剧作从书斋走向了舞台，他在实践中驳斥了当时社会所认为的莎士比亚的作品不是为我们这个时代写的，因此不适合舞台、不能在公众面前取得成功的普遍看法。波列沃伊版的《哈姆雷特》俄译本于 1836 年翻译完成，1837 年 1 月 22 日在莫斯科剧院首演，莫哈洛夫担任主角，几乎同时以单行本出版发行。

波列沃伊的《哈姆雷特》俄译本即使在他那个时代也被认为是相当随意的，莎士比亚的戏剧被删减了近四分之一篇幅，并根据译者自己的理念稍微改变了人物形象和性格，尤其是哈姆雷特。波列沃伊在歌德对哈姆雷特判断的基础上将其发展到极致，认为"莎士比亚以人性的普遍思想当做这部作品的基石，这一思想我们每个人都很熟悉，它就是：与责任相对立的人性意志的薄弱，而哈姆雷特的个性就是这种思想的化身"。根据他的说法，整个悲剧是"哈姆雷特与影子的斗争，或者换句话说，是人类软弱意志与艰巨而不可推卸的责任的斗争；但这是雅各布与天使的斗争，哈姆雷特一定筋疲力尽，被如此强大的对手所压制"[1]。波列沃伊认为哈姆雷特是一个意志薄弱的人，这影响了他的翻译，译者在某些情况下有意无意地将自己的观点转嫁在了主人公哈姆雷特身上，波列沃伊在翻译《哈姆雷特》时，用他自己的方式诠释和改变了王子的形象和整个悲剧，将哈姆雷特的弱点、意志的无力、缺乏决心作为主要特征。例如，在与演员会面后的一段独白中，莎士比亚笔下的哈姆雷特在一阵自嘲中称自己为："无赖和卑

---

1. Соловьев С.П. Двадцать лет из жизни Московского театра. «Театральная газета», 1877, 5 сентября, № 81, C.255; 8 сентября, № 84, C.266.

微的奴隶""沉闷而浑浊的混蛋";波列沃伊则选用了描述软弱、无足轻重的词语代替了这些表达:"我是多么微不足道的生物"、"我一文不值,是一个卑鄙的人"。可以说,"无足轻重(ничтожный)"这个词成为哈姆雷特演讲的主旋律,成为他周围世界的主要特征。与莎士比亚笔下的英雄哲学智慧、精明和机智不同,波列沃伊笔下的哈姆雷特是一个焦躁不安、心烦意乱的人,他的哈姆雷特不仅鄙视人,还为他们的命运悲痛和担忧。尼古拉一世的时代使俄国受过教育的阶层特别容易受到丹麦王子苦难的影响,丹麦王子在宫廷中为已故的英雄父亲悲伤,在篡位者凯旋之前恭敬地爬行。在哈姆雷特痛苦的思想和阴郁的绝望中,这个社会看到了其道德苦难的反映,波列沃伊感受到并理解这一点:"我们理解他的痛苦,这在我们的灵魂中产生痛苦的共鸣,就像我们身边亲人的痛苦一样,我们和哈姆雷特一起哭,也为自己哭。"[1]

在认为"软弱"是哈姆雷特最主要特征的同时,波列沃伊也将哈姆雷特比作他那个时代的英雄,在译者心目中"我们像兄弟一样爱哈姆雷特"、"即使他有弱点,我们也很珍惜他,因为他的弱点是我们弱点的本质,他用心感受、用头脑思考"[2]。哈姆雷特在舞台上变成"多余的人",被反思所腐蚀,这是一系列俄国哈姆雷特的祖先,这些哈姆雷特是在该国的不同政治时期产生的,这是波列沃伊翻译成功的主要原因,也是译本在舞台上长盛不衰的秘诀,大多数的俄国读者和观众都需要借助波列沃伊的阐释来想象和理解这位丹麦王子的形象。社

---

1. «Театральная газета», 1877, 5 сентября, № 81, C.255.

2. «Театральная газета», 1877, 8 сентября, № 84, C.266.

会动机在翻译中得到加强，例如哈姆雷特关于"丹麦是一座监狱"的话，俄国读者或观众自然而然地转移到尼古拉一世统治下的俄国，译文对丹麦的提及被大大减少或替换为"祖国"一词，显然是为了加强与俄国现实的联系。哈姆雷特无能为力的形象，在某种程度上反映出波列沃伊自身被沙皇专制摧残的精神悲剧，就像赫尔岑所说的那样，"他在抵达彼得堡后的第五天就成了一名忠诚的臣民"[1]。波列沃伊可以谦卑地与布尔加林合作，同时深知自己堕落的程度，他在丹麦王子的演讲中倾诉着自己的悲伤、辛酸和愤怒，甚至似乎忘记了哈姆雷特是王子，而是更接近波列沃伊故事中的主人公——有精神天赋的平民在浪漫地反对庸俗和没有灵魂的社会。

在翻译原则方面，波列沃伊认为不应过分追求准确性，称弗龙琴科对《麦克白》的翻译是"错误的，因为他对原文过于忠实"[2]。波列沃伊的《哈姆雷特》译本有很多缩写，独白大部分被删减，他力求清晰，简化了复杂的图像、摧毁了神话回忆、删除了需要评论的细节，他的主要目标是创造一种自然的口语文本，使悲剧适合舞台、使扮演活生生的人成为可能、使观众可以理解，而他成功地做到了这一点。哈姆雷特的独白是该剧最大的成功之一，而波列沃伊几乎将莎士比亚的独白减半（从三十六行减到十九行），删除与神话中海波龙、木星、火星和水星的比较，简化、删除部分复杂的短语、隐喻和难以理解的段落。但同时译者实现了舞台演讲的自然活泼，为了便于戏剧制作，

---

1. Герцен А.И. Москва и Петербург. Собрание сочинений в тридцати томах，Т. II，1954，С.39.

2. Полевой Н.А. Очерк русской литературы за 1837 год. «Сын отечества и Северный архив»，1838，Т. I，ОТД. IV，С.50.

波列沃伊将悲剧从几个小角色中解放出来，并缩减场景的数量。

波列沃伊的《哈姆雷特》译本一经上演并出版，立即引起激烈的争论，不可避免地被与弗龙琴科的译本进行比较。1837 年秋天，《莫斯科观察家》发表了一篇文章，描绘了年轻人"在浓烟中"争论哈姆雷特的场景，争论的焦点集中在是否需要准确的翻译，称"莎士比亚需要被翻译两次——一次为了阅读、一次为了表演，在后一种情况下，要求哈姆雷特用大家都熟悉的语言说话，因为表演过程中没有时间发表评论"[1]。《读者文库》上也出现了热烈的评论，有评论家写道："从来没有一个译本的《哈姆雷特》像波列沃伊的译本那样光彩照人、那样对俄语产生如此巨大的影响，该译本极好地把握了原著的精神！"[2] 普列特尼奥夫在发表于《北方之花》的《莎士比亚》一文中首先肯定了波列沃伊的译本，又进一步指出其译本缺乏诗意，"与旧译本相比，《哈姆雷特》的新译本构词更容易、词组更清晰、句法更圆润，可见这部作品是由一个善于处理语言的作家完成的。但它只传达了原著赤裸裸的意义，冷漠地错过了构成莎士比亚的色彩、生动性、完整性等一切个性"[3]。

别林斯基于 1838 年春对波列沃伊的翻译与弗龙琴科翻译的详细对比分析，文章刊登在当年《莫斯科观察》杂志的 5 月号上，是之前发表的系列文章《哈姆雷特·莎士比亚的戏剧·莫哈洛夫饰演的哈姆雷特》的延续。尽管别林斯基在文中也指出了波列沃伊翻译的许多重要的不足之处，如削弱了原文的本质特征、不合理的缩减和简化等，

1. «Московский наблюдатель», 1837, Ч. X, ноябрь, КН. 1, С.123.

2. «Библиотека для чтения», 1837, T. XXI, № 4, ОТД. VI, С.45.

3. Плетнев П.А. Сочинения и переписка, T. I, 1885, С.299.

但仍对波列沃伊的翻译给予了很高的评价，认为他的翻译非常优秀，称"他的翻译取得了圆满成功，让莫哈洛夫有机会展示他巨大才能的全部力量，将《哈姆雷特》推上了俄国的舞台——而这就是他在文学上、舞台上和大众教育事业上的功绩"[1]。别林斯基还强调："在波列沃伊先生的翻译中，很明显，他试图传达的是精神，而不是文字。"[2]针对别林斯基对翻译的高度评价引发了众多反对的声音，当年8月20日莎学家 И.Я. 克罗内伯格写信给别林斯基称，他发现波列沃伊的翻译"非常任性，处处只是莎士比亚思想的替代品"[3]。克罗内伯格认为："为了警告那些被这个翻译的荣耀所诱惑会想到开始对其他莎士比亚戏剧进行类似翻译的人，他所有的缺点和错误都应该显示出来：他违反了对鬼魂的信仰，不理解哈姆雷特、克劳狄斯、福丁布拉斯、罗森克兰茨和吉尔登斯特恩的性格，尤其通过减少说话、改变现象和场景融合的做法，是不成功的。不能打开莎士比亚的书就翻译，而应该经过长期、详细的研究，人们不仅必须能够读懂表面意思，还必须能够读出字里行间的深意。"[4]巴纳耶夫也于1838年10月11日写信给别林斯基，宣称不同意他的观点："你对这个翻译浪费了很多赞誉，但在我看来，这是不值得的。波列沃伊把迷人的奥菲莉亚扭曲成一个穿着太阳裙的俄国女孩。你不能原谅他！"[5]

1840年，别林斯基对波列沃伊的《哈姆雷特》译本的看法发生根本性的变化，并抓住一切机会表达他的否定看法。先是1840

1. «Московский наблюдатель», 1838, ч. XVII, май, КН. 1, С.80.

2. 同上。

3. Белинский В.Г. Письма, Т. I, СПб.: тип. М.М. Стасюлевича, 1914, С.411.

4. 同上。

5. Белинский В.Г. Белинский и его корреспонденты. М., 1948, С.199.

年 1 月在针对波列沃伊的《俄国文学特征》(«Очерки русской литературы»）的评论中，别林斯基就称该版本的《哈姆雷特》翻译是"歪曲、失真和平平无奇的"、是"对杜西译本的返工"[1]；同年，针对《俄国剧院剧目》第三期重印波列沃伊的《哈姆雷特》，别林斯基甚至借用了 И.Я. 克罗内伯格和巴纳耶娃的论断，称该译本为充满幻想的杂耍，并将其与杜西和苏马罗科夫那些不恰当的改变相提并论。这一时期的别林斯基极力贬低已经彻底加入布尔加林和格列奇阵营的波列沃伊，甚至在给鲍特金的信（1840 年 12 月 30 日）中写道："我可以原谅他缺乏美感，原谅他对哈姆雷特的歪曲，甚至对普希金、果戈理、莱蒙托夫、马林斯基的严重误解，但他与恶棍、告密者、财政官员、街头涂鸦者的友谊，使我们的文学正在消亡、让真正的人才受苦，一切高尚和诚实的东西都被剥夺了权力——不，兄弟，如果我来世遇到波列沃伊，我会背对着他，否则会往他脸上吐唾沫。"[2] 很显然，别林斯基因为文学以外的原因修正了对波列沃伊译本的态度和看法，但在后来的多篇文章中仍坚持重复：波列沃伊通过对《哈姆雷特》的改写，将莎士比亚的悲剧变成了浪漫的情节剧，从而为大众所理解，是推动《哈姆雷特》在舞台上和发行上取得成功的原因。

有关波列沃伊的《哈姆雷特》俄译本的批评甚至一直持续到 19 世纪末，这种持续的关注和争论也恰恰说明该译本强大的生命力，波

---

1. Белинский В.Г. Собрание сочинений. В 9-ти томах. Т. 2. Статьи, рецензии и заметки, апрель 1838—январь 1840. Ред. Н. К. Гей. Подготовка текста В. Э. Бограда. Статья и примеч. В. Г. Березиной. М., Художественная литература, 1977. http://az.lib.ru/b/belinskij_w_g/text_2250.shtml.

2. Белинский В.Г. Полное собрание сочинений, Т. XII, 1956, С.8.

列沃伊译本中的"哈姆雷特"形象成了莎士比亚在俄国认知史上的一个重要里程碑。译者通过简化戏剧语言，降低了悲剧的哲学深度，浪漫化了丹麦王子的形象；另一方面，通过简化莎士比亚的悲剧，波列沃伊使它不仅为少数业余爱好者而且为广大的戏剧观众所理解，并由此决定性地促进了莎士比亚在俄国戏剧剧目中地位的确立。即使是后来与波列沃伊反目的别林斯基也不得不承认，《哈姆雷特》不仅在圣彼得堡和莫斯科，而且在偏远省份也受到热烈欢迎，它的广泛成功不得不说与波列沃伊的改编有关。他通过改编把哈姆雷特从莎士比亚式的基座上拽了下来，使《哈姆雷特》更接近大多数俄国公众，否则《哈姆雷特》不可能从莎士比亚的全部作品中脱颖而出，给读者留下如此强烈的印象。

二、摆脱德国莎评影响的《莫斯科导报》主笔舍维廖夫

在《莫斯科电讯》出现后不久，莫斯科又出现了另一本竞争对手杂志《莫斯科导报》(«Московский Вестник»，1827—1830)，它是由"爱智者小组"(группа любомудров)创办的，成员包括维涅维季诺夫兄弟、М.П. 波戈金、С.П. 舍维廖夫、А.С. 霍米亚科夫、基列耶夫斯基兄弟、Н.М. 罗扎林，等等。爱智者小组是 1823 年出现在莫斯科的哲学团体，倾向于将哲学思想框架与自由主义政治取向结合起来，在十二月党人起义后该组织解散。在美学领域，《莫斯科导报》与《莫斯科电讯》一样也提倡浪漫主义，但它鼓吹一种与德国理想主义哲学相关的德国式浪漫主义，在哲学团体解散后小组成员逐渐将兴趣转向美学领域，莎士比亚与席勒、歌德一道成为某些哲学家的替代者，他们对莎士比亚最初的认识也借助德国文学界，对莱辛、赫

尔德、歌德、施莱格尔等对莎士比亚的评论非常熟悉。在杂志创刊的 1827 年就收录了两篇重要的德文莎评译作：第一卷第三期中收录了舍维列夫摘译自歌德的《威廉·迈斯特》中有关《哈姆雷特》的分析，这篇名为《哈姆雷特的性格》[1] 的摘译实际上是向俄国读者揭示哈姆雷特性格深度和悲剧戏剧性的第一次尝试，借以修正在之前的俄译本中被扭曲的丹麦王子形象；当年的第三卷第十、第十一期又连载了 A.W. 施莱格尔（August Wilhelm von Schlegel，1767—1845）的《论戏剧的三一律》[2]，在这篇文章中，莎士比亚的作品被引以为真实而非形式统一的典范，施莱格尔以《麦克白》为例说明，如果剧作家将行动置于时间统一的狭隘范围内，对悲剧的破坏性有多大，悲剧将完全失去其崇高意义。

　　未来的斯拉夫主义者霍米亚科夫非常熟悉莎士比亚，波戈金曾回忆说他可以"轻松地朗诵莎士比亚的悲剧中的一百首诗"[3]；И.В. 基列耶夫斯基（Иван Васильевич Киреевский，1806—1856）对莎士比亚的钦佩可以在他对普希金的长诗《波尔塔瓦》的评论中看到，他在其中指责诗人"有时有一种与莎士比亚式的创作者应该处于的精神状态不一致的感觉冲动"[4]，他的兄弟 П.В. 基列耶夫斯基于 1833 年翻译了《奥赛罗》和《威尼斯商人》；而他们中最引人瞩目的莎士比亚鉴赏家当属 С.П. 舍维廖夫（Степан Петрович Шевырёв，1806—

1. Шевырёв С.П.Характер Гамлета（из Гетева романа «Вильгельм Мейстер», гл. 3 и 13, кн. IV）. «Московский вестник», 1827, ч. I, № 3, C.217—226.

2. О трех единствах в драме.（Из Шлегелевой теории драматического искусства）. «Московский вестник», 1827, ч. III, № 10, C.149—166; № 11, C.256—274.

3. «Москвитянин», 1846, ч. III, № 5, C.186.

4. Киреевский И.В. Полное собрание сочинений, Т. I, М., 1861, C.28—29.

1864）。1828 年这位《莫斯科导报》公认的理论家发表了评论莎士比亚的原创文章，文中流露出作者对莎士比亚的热情钦佩，让人联想起对年轻的舍维廖夫有着重大影响的施莱格尔对莎士比亚的崇拜。舍维廖夫写道："如果古人读过莎士比亚的悲剧，他们就会正确地创造出关于新普罗米修斯的传说。不，他们会惊奇地说，莎士比亚比普罗米修斯还伟大——莎士比亚进入了人类的实验室，从中偷走了它的原始形态。"[1]

舍维廖夫在一篇论歌德历史剧《葛兹·冯·伯利欣根》（Götz von Berlichingen）的文章中专门谈到了莎士比亚，舍维廖夫指出莎士比亚的意义在于他帮助欧洲戏剧，尤其是德国戏剧推翻法国学派的桎梏。继德国浪漫主义批评试图维护其在掌握和理解莎士比亚方面的首要地位之后，舍维廖夫认为莎士比亚似乎已经成了一名德国民间诗人，德国人比英国人更了解他。舍维廖夫看到了莎士比亚对德国诗歌的重要性，尤其是对歌德而言，因为这位英国剧作家是艺术与生活融合的典范，创造了多方面的人物形象。在舍维廖夫看来，莎士比亚开创了让艺术更接近历史和生活的伟大壮举，他戏剧中的人物不再只是具有单一的性格，而是具有了人类灵魂的复杂性，而要表现这种复杂性不仅要求剧作家深入了解人类的灵魂和性格，还要求对人类的整个身体和道德有深刻的了解。根据舍维列夫的说法，歌德比他的英国老师走得更远，使这部历史剧的主人公不仅是重要的历史人物，而且是各种各样、各个阶层、各种生活职位的人。舍维廖夫还特别关注莎士比亚作品的道德意义，这反映在他未发表的文章《莎士比亚传记和对其天

---

1. Шевырёв С.П. «Московский вестник», 1828, ч. X, № 13, стр. 10.

才独特性格的一般看法》的手稿中，在文章的开头舍维廖夫批评了在法国"暴力文学"的追随者中普遍存在的对莎士比亚的看法，在他看来表现恐怖并不是莎士比亚的目的，而是实现道德目标的一种手段，"莎士比亚是一个完全遵循道德的作家。他知道恐惧如何可以瞬间打击一个人，但只有对他的心说话，才有可能永远战胜他；他知道如何在我们心中灌输对恶行的仇恨，使罪犯与人类疏远，再次唤起对他们的同情，通过良心谴责的力量将他们归还给我们"[1]。

　　1829年舍维廖夫出国，在意大利和瑞士生活了三年，寻访古迹、研究古代和新文学，其中莎士比亚在他的研究中占有重要地位；1830年夏天，他阅读了德译本莎士比亚的历史剧，包括《理查二世》《亨利四世》《亨利五世》《亨利六世》《理查三世》等。这一时期舍维廖夫对寻找莎士比亚历史剧和普希金的历史剧《鲍里斯·戈杜诺夫》之间的对应关系特别感兴趣，然而阅读译文并没有让他满意。1831年夏天，舍维廖夫开始在一位熟悉莎士比亚作品的英国人的指导下阅读莎剧原文。跨越了语言的障碍后，舍维廖夫开始仔细研究莎士比亚的创作，琢磨每个词的意思、观察语言和诗歌的特点，将原作与德、法译本进行比较，在脑海中思考将莎士比亚译为俄文的可能性。在突破了语言的障碍后，舍维廖夫也卸去了借助德国批评家来认识莎士比亚的隔膜，对莎士比亚已经远非盲目崇拜，而是充满了批判性的评论，不仅指出了戏剧结构的缺点，比如在《威尼斯商人》中结局太快、太牵强，还发现戏剧中的不合时宜的说法并与试图为其辩护的施莱格尔争论，尤其是很多关于语言的评论。一方面舍维廖夫对充满双关语、比

---

1. Шевырёв С.П. «Московский вестник», 1828, ч. VII, № 2, С.239.

喻等的牵强附会、自命不凡的表达表示不屑，另一方面对无味、粗鲁和淫秽感到不适。舍维廖夫同时也解释了莎士比亚语言特殊性的原因，一定程度上是为了取悦那些文化程度不高的观众，在莎士比亚的时代这种语言普遍盛行。

在阅读中，舍维廖夫还注意到真正的莎士比亚与德国浪漫主义者对它的解释之间的巨大差异，"从莎士比亚的第一页就可以看出，我们对他的认识太德国化了，我对莎士比亚的思考方式正在完全改变，我发现德国人并不理解他，或者更准确地说，只是把他按德国的方式理解。我对所有意见都处于发酵状态：一切对我来说都以某种方式重生，一个新的、从我们自己的俄国根源中重生"[1]。对舍维廖夫来说，将莎士比亚理解为"现实生活的诗人"（«поэта практической жизни»）是一种新提法，这暂时还不是对他作为现实主义者的承认，但在这种理解中已经包含现实主义的倾向。随着对莎士比亚作品阅读次数的增多，在莎士比亚作品所表现出的现实的完整性和多样性中，舍维廖夫看到了莎士比亚超越时代的伟大之处。

舍维廖夫对《哈姆雷特》的解读也很独到："在《哈姆雷特》中，莎士比亚将自己的知识提升到抽象理论的水平，达到了生命中无法解开的最高奥秘，例如灵魂不死等。在这场悲剧中，莎士比亚想揭示生命海洋的最深处，这就是为什么它如此黑暗和神秘的原因。"[2] 在阅读《哈姆雷特》时，舍维廖夫曾经想撰写（后未成形）一本莎士比亚作品阅读指南，在作者的写作设想中这本书"完全可以证明莎士比亚是

---

1. Шевырёв С.П.Письма от 14 июля и 17（5）сентября 1831 г.: ИРЛИ, ф. 26, № 14, лл. 160, об. 163.

2. Шевырёв С.П.ГПБ, ф. 850, IV, 1, лл. 79, об. 80.

一位'现实生活的诗人'，而且将成为一本优秀的实用指南。它将成为定义莎士比亚人物的教科书，可以说这些将是我关于莎士比亚的历史美学的记录或辩护词"[1]。早在1830年舍维廖夫就放弃了之前谢林式的独立自由诗人的思想，并意识到诗人与人民之间的必要联系。在舍维廖夫看来，"伟大的诗人不创造语言，而是在人们中无意中听到它，用他的思想和灵魂来复兴它，然后向人们提供他自己的材料，但被他提炼和更新，诗人是普通大众，这解释了荷马、莎士比亚、但丁、罗蒙诺索夫的出现"[2]。这种将人民视为民族创造力最内在源泉的观点已经包含斯拉夫主义学说的雏形，舍维廖夫曾经批评德国人将莎士比亚理想化，而俄国人需要结合自己国家的情况来解释莎士比亚，然而他的若干有关莎士比亚的翻译和评论文章未能按计划成形，未能对莎士比亚给出更多的俄国阐释。

三、《现代人》主编普列特尼奥夫的莎学贡献

在莎士比亚的俄国译介史上，《现代人》（«Современник»）的三任主编可谓薪火相传。创刊人普希金被认为是俄国莎士比亚接受的第一人，后二十年的主编之一 Н.А. 涅克拉索夫（Николай Алексеевич Некрасов，1821—1877）于1865—1868年间和 Н.В. 格贝尔（Николай Васильевич Гербель，1827—1883）一起出版俄国历史上第一套《俄国作家译莎士比亚戏剧全集》（«Полное собрание драматических произведений Шекспира в переводе русских писателей»）。而在普希金去世后执掌《现代人》九年的主编——

---

1. Шевырёв С.П.ГПБ，ф. 850，IV，1，лл. 79，об. 75.
2. Шевырёв С.П. Стихотворения. Библиотека поэта. Л.：Советский писатель，1939 С.Х—ХI.

П.А. 普列特尼奥夫（Петр Александрович Плетнев, 1792—1865）在
20 年代末曾尝试翻译《罗密欧与朱丽叶》中的台词选段，分别匿名
发表在 1828 年和 1829 年的《北方之花》上。值得一提的是，这两
篇译文几乎是普列特尼奥夫仅有的两篇翻译作品，其他的外国作家的
作品并没有对他产生同样的吸引力。然而他对莎士比亚接受更重要的
贡献是积极参与了 30 年代的莎士比亚宣传，通过选登一系列的译介
文章不遗余力地将莎士比亚推送给俄国读者，在莎翁俄国接受史上画
下了浓墨重彩的一笔。他对莎士比亚的钦佩达到相当的程度，甚至坦
言："当我第一次读莎士比亚时，我甚至有一个想法：愿意终生与莎
士比亚独处。毕竟，他解决了哲学、口才和诗歌的所有问题，当他说
的一切都更加充分和深入时，为什么要从别人那里寻找呢？"[1] 普列特
尼奥夫虽然不是那个时代的主要批评家之一，他的文学批评不依赖任
何扎实的哲学和美学等理论基础，他曾自我评价说："我的理论并不
充实，也没有对理论进行过深入研究，理论是从观察、对话和对事物
及其后果的关注中进入我的思想的。"[2] 虽然缺乏理论指导，但普列特
尼奥夫具有不可否认的批判技巧和艺术才华，这是他与当时最伟大的
俄国作家交流的结果，其中就包括这一时期俄国主要的莎士比亚译者
丘赫尔别凯和普希金，普列特尼奥夫对莎士比亚的阐释，在某种程度
上也反映了两者的观点。

　　早在 1824 年普列特尼奥夫就注意到了莎士比亚作品的客观性，

1. Письмо к Я.К. Гроту от 4 февраля 1841 г.: Переписка Я.К. Грота с П.А. Плетневым,
   т. I. СПб., 1896, С.227.

2. Майков Л.Н. Памяти П.А. Плетнева. //Историко-литературные очерки. СПб., 1895,
   С.267.

这是俄国批评家首次论及此。在普列特尼奥夫看来，"在莎士比亚的悲剧中，美丽的大自然被呈现在一面清晰的镜子中，镜子中的每个人都根据自己所处的生活环境来感受、思考和说话"。[1] 1837年普列特尼奥夫在《莎士比亚》一文中详细介绍了莎士比亚的特征，该文与三篇莎士比亚译作巴纳耶夫的《奥赛罗》、弗龙琴科的《麦克白》和波列沃伊的《哈姆雷特》共同刊登在1837年10月《俄国残疾人报》（第44期）的文学副刊上，文中对这三篇译文一一做了评述，该文是普列特尼奥夫唯一的一篇莎评专文。在作者看来，莎士比亚的才华最主要和最显著的特征是"对分析的热情"，即在所有状态、位置和条件下对人类灵魂的研究，无论是在孤独中、在家庭中还是在公共生活中，莎士比亚仿佛了解每一个人最深藏的灵魂，好像我们所有的情感和激情都在他的心中流淌着。[2]莎士比亚的所有哲学都是源于对生命的了解，他的形而上学是实践智慧的结晶，在他那里一切都是生活、一切都是诗歌。普列特尼奥夫称即使莎士比亚的传奇剧也不同于其他作者，它们同样担负着他所有其他作品的共同意义，那就是揭示人类灵魂的所有秘密。对于正确理解莎士比亚，普列特尼奥夫在他的文章中提出的关于剧作家的民族和历史条件的思想非常重要，即要注意到莎士比亚是一位16世纪的英国诗人。在谈到英国生活的独特性时，普列特尼奥夫指出莎士比亚深刻洞察了这种独特性，或者更准确地说与它合二为一，以这种独特性的所有形式和精神缔造了这位诗人的创作，并进一步说在这个天才身上英格兰和16世纪在生活和语言上留

---

1. Плетнев П.А. Сочинения и переписка，Т. I，СПб.，1885，С.148.

2. Плетнев П.А. Шекспир.«Литературные прибавления к Русскому инвалиду»，1837，30 октября，№ 44，С.430.

下了他们奇异的特征。所谓低俗与高贵的混合、感人中的玩笑、庄重中的淫秽——这一切都将读者带到了那个其他民族并不了解的风土人情中，在这里普列特涅夫重复了他提出的关于莎士比亚完全客观性的想法。

在 30 年代的批评风气下，普列特尼奥夫难得地拒绝了德国或法国对莎士比亚的浪漫主义诠释，在《现代人》上发表的莎士比亚戏剧翻译文章不像同年代其他杂志那样源于德国或法国浪漫史，而是属于英国激进浪漫主义者威廉·哈兹里特（William Hazlitt，1778—1830），在他的美学中有强烈的民主和现实主义元素，并强调了莎士比亚对现实的忠诚，即剧作家与时代的联系。普列特尼奥夫称哈兹里特的书《莎士比亚戏剧中的人物》(Characters of Shakespeare's Plays，1817) 是一本非凡的书，非常具有启发性。1839—1841 年先后在五期《现代人》(依次是 1839 年的第 13、14、15 期，1840 年的第 19 期和 1841 年的第 23 期) 中刊载了五篇论莎士比亚的批评文章，这五篇文章分别译自《莎士比亚戏剧中的人物》一书的前言和第一、二、四、五章。在前言之前的推介中，普列特尼奥夫称作者为"爱国者、形而上学者和批评家"，盛赞"没有一个英国作家能在吸引读者思考的伟大艺术上超越他，他的思想可以作为读者的指导和批评的典范，尤其是现在向公众提供的文章中"[1]，但同时并不讳言该书中有一些不完美和错误之处，但书中丰富的思想和生动的表达足以令人惊奇。该书前言即指出"促成本书写作的另一个原因是表达民族主义的情绪和嫉妒之心，让一个外国批评家（此处指德国批评家施莱格尔）来解释

---

1. «Современник»，1839，Т. 13，С.124.

我们英国人为什么钟爱莎士比亚是有伤我们的自尊心的"[1]，而不同于 30 年代的其他杂志译介德国、法国浪漫派对莎士比亚的研究，普列特尼奥夫显然更看重英国本土批评家的研究成果，强调莎士比亚对现实的忠实，与时代的联系性、客观性，而译介英国批评家的英国文学评论也为俄国批评家提供了一定意义上的示范，有利于俄国文学评论的进一步发展。然而，随着时间的推移，普列特尼奥夫在 40 年代逐渐持保守立场，对俄国文学中新发展动向的关注热情退减，迫使他放弃对莎士比亚的进一步阐释，但无论是他个人撰写的有关莎士比亚的论述还是经他编译的英国莎学著作，都为后来俄国的莎士比亚接受道路点亮了灯火。

总结莎士比亚在 19 世纪初，尤其是十二月党人革命后的译介历程，可以看到这一时期的莎士比亚主要被当作浪漫主义的代表作家，在对莎士比亚进一步的译介和理解的过程中，俄国文学实现了从古典主义向浪漫主义的发展过渡。德国和法国浪漫主义作家、评论家对莎士比亚的看法深深影响了俄国文学，施莱格尔首次完成了十七部戏剧的充分翻译，为莎士比亚在德国的普及发挥了重要作用，并长期为包括俄国在内的各国译者树立了榜样。就像别林斯基所说，多亏了德国人，使得整个欧洲都认可了莎士比亚。在法国，早期浪漫主义者对莎士比亚的兴趣变成了一种带有某种政治色彩的真正崇拜，莎士比亚成为反对古典主义的代表人物，甚至组织社会斗争的精神象征。关于莎士比亚的文章成为浪漫宣言和斗争宣言，这一特征也深刻影响了日后

---

1. «Современник», 1839, Т. 13, С.124.

俄国文学家、思想家和革命家对文学的态度。诡异的是，英国本国的文学评论家发表的莎士比亚评论对俄国的影响似乎最小，只有30年代末、40年代初几篇来自威廉·哈兹利特才华横溢的著作《莎士比亚戏剧中的人物》的文章出现在俄国期刊上。

随着时间的推移，19世纪初的俄国涌现了一批莎士比亚译者，新一代的译者多数通晓英语，能够阅读英语原文莎作并译为俄语，不借助第三国语言来进行翻译，极大地提高了翻译的准确性，也更能传达原作者的思想内容和艺术风格。十二月党人文学家的优秀代表丘赫尔别凯堪称俄国的第一位莎译者，尤其是在革命失败后诗人自学英语、潜心翻译，不但翻译成果卓著，发表了有分量的莎评作品，同时提出了翻译要忠于原文，要逐字逐句地翻译，最大限度地还原原文的意思和风貌。这种翻译原则也得到了同时期《哈姆雷特》的译者弗龙琴科的赞同和贯彻，虽然现在看来两位译者的莎作译本读来生硬晦涩，但相对于之前对莎士比亚作品的肆意改编篡改，忠于原文的翻译原则具有相当的进步性，也使得俄国读者终于能够阅读到原汁原味的莎士比亚作品。另一位重要的《哈姆雷特》译本来自《莫斯科电讯》的主编波列沃伊，他的译本虽然比不上弗龙琴科的译本详实，但在译者适当的改编下，这个版本的《哈姆雷特》不但通俗易懂更非常适合舞台表演，在俄国戏剧舞台上取得了巨大的成功，也极大地普及了该剧在俄国观众中的知名度，并且直到19世纪末都常演不衰。当然，有关两个译本的讨论也一直持续，可以说是各有优劣。

除了通过对莎士比亚作品的集中翻译，进而确立了忠于原文的翻译原则，这一时期在莎士比亚接受上的突破当属俄国第一位莎学家克罗内伯格的出现。克罗内伯格教授学养深厚，孜孜不倦，不但潜心钻研剖析莎作，还在任职的哈尔科夫大学组建莎士比亚研究小组，成员中的雅基莫夫贡献了新的莎剧俄译本，他的儿子小克罗内伯格日后也成为举足轻重的莎士比亚译者。克罗内伯格公开发表的期刊文章虽然不多，但是通过组建莎士比亚研究小组和加强与同时代评论家的书信交流，在激发同时代人对莎士比亚翻译研究兴趣的方面功不可没。《哈姆雷特》的重要译者波列沃伊身为19世纪初重要文学杂志《莫斯科电讯》的主编，在自己的刊物上登载了大量法国、德国莎评文章，同时也在翻译中实践和拓展了雨果、歌德等对莎士比亚作品，尤其是《哈姆雷特》的看法，最终使得自己的译本《哈姆雷特》在当时的俄国戏剧舞台上大获成功。十二月党人革命失败后的俄国，尼古拉一世加强了对出版物的审查，凡是在刊物上介绍、宣传外国文学作品和评论的几乎都会受到关照，更不允许评论家发表自己的看法，这一时期的文学刊物的主要评论家纷纷在力所能及的范围内尽力为俄国公众翻译、介绍包括莎士比亚在内的浪漫主义作家，以适应俄国读者日益高涨的阅读需求。《莫斯科导报》的主要评论家舍维廖夫大力译介德国浪漫主义评论家的作品观点，彼得堡的《现代人》杂志主编普列特尼奥夫则具有前瞻性地推介了英国本土评论家的莎评作品，为俄国文学界打开了更广阔的莎士比亚研究视野。

　　总而言之，经历了1812年卫国战争和1825年十二月党人革命的洗礼，俄国上卜各个方面都进入了一个新的发展阶段，莎士比亚及其作品在文学家、评论家和俄国读者中的形象也更真实、更立体，对于莎士比亚的译介也慢慢开始超脱语言和地域的障碍，不但以从英语直接翻译莎士比亚为主流，还萌发出了原创的莎士比亚评论，为1838—1848"非凡十年"莎士比亚接受在俄国的深化拓展又向前迈进了一步。

普希金被视为俄国民族文学的奠基人，引领俄国文学从古典主义经由浪漫主义走上现实主义道路，在此过程中一个重要的推力就源于普希金对各种外国文学的吸收和借鉴，表现在他异于和超越前人的对外国文学俄国化的深刻理解和自觉实践。普希金被誉为"俄国的拜伦"，这主要涉及拜伦对普希金诗歌创作和浪漫主义的影响，与此同时莎士比亚对普希金的影响则更侧重戏剧创作和现实主义，而现实主义元素则是普希金对俄国文学更深远的贡献所在。就像普希金是俄国文学开端的开端，莎士比亚在俄国的全方位接受也始于普希金，虽然普希金并没有留下太多莎评文章（既因为诗人英年早逝，也因为本身评论作品有限），莎士比亚化作品在其全部作品中也不占很大比例。但如别林斯基所言，什么事情一与普希金联系起来就变得重要起来，从其为数不多的评论文章、若干未完成的论文提纲、来不及或不被允许发表的书信或笔记中，还是能够窥探和感受到诗人对莎士比亚的重视和推崇。著名苏联莎学家阿尼克斯特高度肯定了普希金在莎士比亚评论方面的地位，认为"莎士比亚的名字在普希金的书信文论中多次出现。把这些议论汇集在一起，不仅可以组成一个完整的戏剧诗学体系，而且可以构成一整套一般现实主义艺术的诗学体系"[1]。虽然阿尼克斯特刻意忽略两位作家出现的时间先后，错误地强调了普希金与莎士比亚是两个艺术天才的创作交流，拒绝运用比较文学影响论的精神来看待两者的关系，但阿尼克斯特对普希金莎评家地位的认定无疑是中肯的。

继十二月党人之后，普希金为自己设定了创作俄罗斯民族文学的任务，他的莎士比亚主义成为一种纯粹出于文学态度的世界观，诗人的莎士比亚接受不仅仅是追随文学时尚，他的文学志趣推动了他个人思想和文学生涯的向前发展，正是在莎士比亚的影响下，普希金形成了成熟的历史观和世界观，也引导他的文学创作从浪漫主义向现实主义过渡。普希金最初将莎士比亚理解为一种浪漫主义艺术，但同时又与人民息息相关，普希金在此基础上寻求发展与其时代任务相关的艺术体系，他认为作品的客观性、人物生活的真实性和正确的时间形象是莎士比亚风格的主要特征，最终引导普希金走上了现实主义的创作道路，完成了从拜伦崇拜到莎士比亚崇拜的转变，而这转变的轨迹可以在普希金不同时代的作品中找到端倪。诗歌《匕首》（1821）中布鲁特的形象与莎士比亚戏剧《凯撒大帝》的主人公有关。普希金的祖先汉尼拔·阿卜拉姆（《彼得大帝的黑奴》，1827—1829）经历过摩尔人奥赛罗般嫉妒的折磨。莎士比亚的典故出现在诗歌《纪念》（1828）的结局中。在诗歌《卡尔梅其卡》（1829）中，莎士比亚被讽刺地呈现为一种附庸风雅的对象。莎士比亚被称作"《麦克白》的创造者"在普希金的《十四行诗》（1830）中被提及，而在后来的诗歌

---

1. 阿尼克斯特：《莎士比亚的创作》，徐克勤译，山东教育出版社1985年版，第8页。

《我对有名无实的权利并不重视》（1836）中，普希金引用了《哈姆雷特》著名的感叹词。在《埃及之夜》（1835）和《吝啬的骑士》（1830）中可以看到莎士比亚对普希金人物即兴演唱主题的影响，而在普希金的《驿站长》《莫扎特与萨列里》（1830）、《美人鱼》则发展了莎士比亚剧作中的一些主题和人物。在未完成的剧本《骑士时代的几个场景》（1835）的草稿中，与主人公商人马丁名字一同出现的是莎士比亚戏剧中《暴风雨》的主人公凯列班的名字。总而言之，除了明确与莎士比亚作品相关的那些作品外，普希金作品中受到的莎士比亚的影响也屡见不鲜。

第一节　从拜伦崇拜到莎士比亚主义的转变

　　普希金一生中曾两度遭受流放，1820 年 5 月至 1824 年 6 月被流放南俄，1824 年 7 月又转而流放米哈伊洛夫斯科耶村直至十二月党人革命失败后的 1826 年初结束流放。经历两次流放，诗人的世俗生活从首都到外省又回到首都、从青年到中年、从未婚到准备结婚，文学创作也由浪漫主义发展到现实主义，从诗歌发展到叙事诗、小说和戏剧，经历了个人生活、文学生涯最重要思想认识的巨大转变。流放南俄时期是普希金浪漫主义诗歌创作的高潮时期，从浪漫主义到现实主义过渡的前期，与其说普希金从在南俄流放起开始接触到莎士比亚，不如说从这一时期开始拥有了阅读莎士比亚的心境。1823—1824年间，普希金在敖德萨期间与 M.C. 沃龙佐夫（Михаил Семенович Воронцов）伯爵相识，彼时普希金是被流放者，而沃龙佐夫是新罗西斯克和比萨拉比亚总督，且受沙皇指令负责监督普希金的行动。沃龙佐夫的父亲曾任俄国驻英国大使，父亲和叔叔的藏书被认为是俄国最丰富的私人藏书之一，生于伦敦并在伦敦接受教育到成年的沃龙佐夫继承了数量庞大的家族藏书，正是这位精通英语、爱好文学的伯爵建议普希金去敖德萨图书馆阅读由法国文学评论家、历史学家佛朗索瓦·基佐（Francois Guizot，1787—1874）和法国历史学家、翻译家阿梅迪·皮绍（Amédée Pichot，1795—1877）于1821年编辑出版的法文版《莎士比亚全集》，该版本的莎翁全集也许是普希金在南俄流放时期开始研究这位伟大英国剧作家的起点。

正是这一版《莎士比亚全集》帮助普希金建立起对莎士比亚及其作品的最初认识，随着对莎士比亚研究的加深，也促使诗人逐渐对法国文学和文化的偏好，对整个欧洲包括意大利人、英国人、西班牙人等各个民族在过去几个世纪创造出的文学遗产及其价值形成了独立客观的判断。在这个版本的第一卷中，基佐的长篇介绍性文章《莎士比亚的一生》（«Жизнь Шекспира»）颇为详细地分析了莎士比亚戏剧原则，并对戏剧艺术的本质进行了一般性的探讨。这篇文章的重要意义在于，它在19世纪20年代的俄国文坛非常流行，对于普希金来说，这篇文章也意义重大，普希金正是基于这篇文章形成了自己关于戏剧的理论立场。基佐在文中以充分的理由断言戏剧起源于民间表演，甚至猜测只是随着时间的推移戏剧才成为社会精英的最爱，从而逐渐脱离了民间表演获得独立。文中还分析了莎士比亚历史剧的特点和体裁特征，指出了莎士比亚历史剧对英国历史剧资料的依赖，特别是霍林谢德的《历史剧》。

对普希金来说同样重要的是法国19世纪浪漫主义的早期代表作

家、文学理论家德·斯塔尔夫人（Madame de Staël, 1766—1817）的作品，这位作家与基佐一样受到德国批评家和美学思想的影响，尤其是曾参与莎士比亚戏剧的德译工作的德国文学评论家、德国耶拿学派创始人之一的奥古斯特·威廉·冯·施莱格尔。斯塔尔夫人的《论文学与社会制度的关系》(«De la littérature Considerée dans ses rapports avec les Institutions sociales») 一书于 1800 年在巴黎出版，其中专辟一章对莎士比亚进行了阐释，文中将一个名为俄国的伟大历史现象与富有创意的、杰出的莎士比亚戏剧进行了比较，根据德斯塔尔夫人的说法，"1812 年的俄国类似于一部莎士比亚的历史剧，这部历史剧固有的所有伟大特征都站在捍卫祖国的人民一边"[1]。斯塔尔夫人的这种观点显然引起了普希金的共鸣，诗人从中敏锐地捕捉到了莎士比亚看待社会冲突和生活斗争的广阔历史进程视角。普希金后来在和杰尔维格的通信（1826 年 2 月 15 日）中写到："我们不要像法国悲剧家那样迷信或片面，让我们用莎士比亚的眼光看待被击败的十二月党人的悲剧。"[2] 由此我们可以看出，莎士比亚对于普希金的指引，不再只是限于文学或戏剧影响力，甚至成为思想意识方面的强大推动力，助推了诗人关于俄国历史进程、国家生活和人类命运的思考。正如扎哈罗夫教授总结的那样：普希金的莎士比亚主义不同于大多数同时代其他作家的莎士比亚崇拜和莎士比亚化，诗人对莎士比亚的文学迷恋充满了深厚的精神内涵。普希金对莎士比亚主义带有世界观层面的思考，

---

1. Дурылин С.Н. Г-жа де Сталь и ее русские отношения. «Литературное наследство», Т. 33—34, 1939, М., С.267.

2. Пушкин А.С. письмо к А.А. Дельвигу от 15 февраля 1826 г. из Михайловского // Полное собрание сочинений, Т. XIII. М.: Изд. АН СССР, 1937—1949, С.259.

它已经从一种以时代趣味为导向的对莎士比亚纯文学的崇拜，上升到哲学层面。[1]

　　流放南俄期间的 1823 年 12 月 8 日，普希金在敖德萨完成了《叶甫盖尼·奥涅金》的第二章，在第三十八节中诗人引用了《哈姆雷特》中的英语原文"Poor Yorick!"并对引文做了注释，指出该句系哈姆雷特对小丑头骨发出的惊叹，此处引用是普希金开始阅读莎士比亚作品的最早例证。而普希金第一次直接提到莎士比亚的名字是在一封他写给丘赫尔别凯的信中，这封信普希金于 1824 年 3 月至 5 月写于敖德萨。信中普希金写道："阅读莎士比亚和《圣经》时，圣灵有时令我心满意足，但我更喜欢歌德和莎士比亚。"[2] 而在 1825 年 7 月下旬一封发自米哈伊洛夫斯科耶村的致友人信中，普希金甚至感叹道："莎士比亚多么了不起！我无法清醒过来。与他相比，拜伦的悲剧是多么肤浅啊！读完莎士比亚后，我感到头晕目眩，就好像在凝视深渊！"[3] 随着阅读和认识的逐渐深入，普希金对莎士比亚的情感已经从喜爱上升到崇拜，虽然现在已经很难确定普希金在 1824—1825 年间接触莎士比亚作品的顺序，但从其作品、书信往来及评论文章中也可以确定，此时普希金已经不仅研究了莎士比亚的所有主要戏剧，而且还研究了他的十四行诗。出版于 1824 年的一卷莎士比亚戏剧作品的英文原版至今珍藏在普希金藏书中，虽然那个时候普希金还不掌握英

---

1. Захаров Н.В. Шекспиризм в творчестве А.С. Пушкина//Знание. Понимание. Умение 2014（2），C.236.

2. Пушкин А.С. Полное собрание сочинений，T. XIII. M.：Изд. АН СССР，1937—1949，C.92.

3. 同上，第 197 页。

语，学习英语是直到结束流放返回彼得堡之后的事情，而到 1828 年以后普希金才可以更自由地阅读英文原版的莎士比亚剧作。

开始于两次流放期间的莎士比亚戏剧研究，引发了普希金对许多重要且非常具有话题性的历史、政治和心理问题的思考，同时使他以强烈的内在兴趣去反思俄罗斯民族应该拥有什么样的历史悲剧、什么样的民族文学。普希金以莎士比亚的作品为例，思考历史曾经如何解决篡夺权力、人民与统治者的关系、罪与罚、个人的良心与公益、不同社会环境中的爱与恨等问题，尤其特别注意反复阅读《哈姆雷特》《麦克白》《理查三世》以及莎士比亚的一些历史剧，对它们的仔细研究可以在普希金后来创作的作品和岁月中找到痕迹。一般认为历史学家卡拉姆津的《俄国史》为普希金提供了创作素材，而莎士比亚为他提供了创作形式，加上普希金积极运用莎士比亚戏剧诗学的原理，从而摆脱了古典主义惯例也远离了浪漫主义手法，普希金沿袭了英国剧作家的历史主义原则，创作出了若干部经典的俄国民族戏剧、长诗作品，推动了普希金个人文学生涯的发展和整个俄国文学的进程。

一、第一部莎化剧《鲍里斯·戈都诺夫》

正如英国莎士比亚学者丹·布林的《莎士比亚与历史书写》一文开篇概括的那样，"莎士比亚与历史的故事源远流长"[1]，普希金受莎士比亚影响创作的第一部作品正是一部历史剧。《鲍里斯·戈都诺夫》（《Борис Годунов》，1824.11—1825.11）是普希金根据莎士比亚的创作手法创作的第一部作品，就像霍林谢德的《历史剧》为莎士比

---

1. Dan Breen. Shakespeare and History Writing［J］. Literature Compass，2017，14（1）：1.

亚提供了创作素材，为普希金提供历史依据的是卡拉姆津1824年刚写就出版的《俄国史》的第十、第十一卷，诗人也在《鲍里斯·戈都诺夫》的卷首将该作献给卡拉姆津。在流放南俄期间系统阅读了莎士比亚作品后，转而被软禁在父母领地的普希金在阅读到了优秀的俄国历史著作后，将两者精妙地联系到了一起。在普希金看来鲍里斯·戈都诺夫执政期间是俄国历史上最富有戏剧性的一个时代，于是一部深受莎士比亚历史剧创作启发、同时完全按照莎士比亚戏剧创作原则写就的、俄国历史上第一部历史悲剧应运而生。作者本人曾多次明确表示该剧受到的来自莎士比亚的深刻和直接影响："我根据我们的父亲莎士比亚的体系安排了我的悲剧，并在他的祭坛前向他献祭了古典主义的两个统一，而几乎没有保留第三个（指没有遵循古典主义的三一律，笔者注）。"[1]"我以莎士比亚为榜样，只刻画时代和历史人物，而不追求舞台效果和单独表现悲怆，悲剧风格是混合的。"[2]"我不受任何世俗的影响地模仿莎士比亚自由而广泛的人物刻画风格，用粗线条而简单的类型建构剧情。"[3]正如张铁夫教授概括的那样：在批判古典主义文学、建立现实主义文学的过程中，普希金不仅在理论上肯定莎士比亚的戏剧原则，而且在实践上提供了一个莎士比亚接受的卓越艺术范例。[4]

《鲍里斯·戈都诺夫》于1831年初在解除了对它施加了近六年

---

1. Пушкин А.С. Полное собрание сочинений, Т. XI. М.: Изд. АН СССР, 1937—1949, С.66.

2. 同上，С.46.

3. 同上，С.140.

4. 张铁夫：《普希金与莎士比亚》，《普希金学术史研究》，译林出版社2013年版，第218页。

压力的审查禁令后出版，对于普希金的同时代人和后来的读者来说，《鲍里斯·戈都诺夫》对莎士比亚作品的依赖是非常明显和引人注目的，这种依赖性长期以来也一直是集中讨论和专门研究的主题。普希金这部悲剧最初的评论者大多对它反应冷淡甚至敌视，早期批评者大多认为悲剧的各个场景之间没有任何联系，并认为它不适合舞台。《鲍里斯·戈都诺夫》最仁慈、最有见地的批评家之一 И.В. 基列耶夫斯基则尖锐地指出："在普希金的悲剧中，他们不仅没有注意到它的主要优点和缺点是什么，他们甚至不明白它的内容是什么。"[1]在基列耶夫斯基看来，普希金没有屈尊于读者的阅读水平，他写道："如果普希金不是像莎士比亚在《麦克白》那样，而是向我们展现出对鲍里斯心理的更多影响；如果不是由一名俄国修士在黑暗的牢房中对戈都诺夫宣判命运和未来，而是由诗人为我们塑造莎士比亚式的女巫。那么他将更容易被理解同时被报以极大的热情所接纳。"[2]随着时间的流逝，《鲍里斯·戈都诺夫》中体现出的普希金哲学和历史概念的独立性和独创性得到了后世研究者的认可，普希金以一种新的方式呈现了莎士比亚的戏剧原则。普希金不仅创作了具有原创性和独立性的作品，他对莎士比亚的诠释是这位伟大的英国剧作家文学遗产发展的一个新阶段，而这正是普希金的独创性和世界意义所在。

在张铁夫教授看来，《鲍里斯·戈都诺夫》的莎士比亚化有三个重要特征：打破了古典主义的"三一律"，时间、地点灵活多变；将既忠于历史又忠于现实的描绘作为自己的艺术目标；人物性格复杂、

1. Киреевский И.В. Обозрении русской словесности за 1831 год，Европеец，1832，С.81.
2. Киреевский И.В. Полное собрание сочинений，Т. II，М.，1911，С.46.

丰满、鲜明、生动。[1] 普希金首先从莎士比亚手中接过反抗古典主义的武器勇敢革新戏剧形式，全剧剧情发展的时间跨度长达七年之久，通过剧情延续时间的长久而曲折表现了政治斗争的漫长和曲折跌宕；全剧的二十五场戏变换了二十处布景，通过拉伸和延展戏剧的时间和空间，还原了这段历史复杂多变、波澜壮阔的本来面貌；而全剧登场人物更是多达四五十之多，其中性格鲜明的就有一二十人，对主角鲍里斯·戈都诺夫的刻画更是参照麦克白的性格特征，既野心勃勃又内心矛盾。普希金从时间、空间、人物三个层面都打破了古典主义的三一律，同时首次将关注的目光投向了人民和历史。正如别林斯基在《诗歌的属和种划分》（1841）中写的那样，"《鲍里斯·戈都诺夫》是一部在莎士比亚戏剧之后值得排在第一位的创作，它对莎士比亚的敏锐诠释和创造力达到了当时的最高点。普希金凭借俄国历史资料创造了莎士比亚式戏剧的最佳典范之一，并且留下了许多关于伟大英语剧作家的作品非常机智、细微和深刻的判断"[2]。莎士比亚和普希金对历史事实的艺术阐释，对相隔数百年的人类历史生活和人类对历史、文学、哲学等科学的深入研究和探索，让读者看到两者不同凡响又交相辉映的璀璨光芒。

二、创造性改编之作《努林伯爵》

完成《鲍里斯·戈都诺夫》的创作一个月后，普希金写下了长诗《努林伯爵》（«Граф Нулин»，1825.12），创造性地学习和讽刺了莎士比亚的作品《鲁克丽丝受辱记》，这首诗的诞生与普希金对莎士比亚

---

1. 张铁夫：《普希金与莎士比亚》，《普希金学术史研究》，译林出版社 2013 年版，第 223 页。
2. Белинский В.Г., Полное собрание сочинений, Т. V, С.59.

研究的深入有很大关系。在普希金 1830 年写的一篇名为《关于〈努林伯爵〉的札记》中，明确谈到了该诗的创作由来与莎士比亚"一篇相当差的诗作"[1]《鲁克丽丝受辱记》直接相关。根据札记的内容，普希金在 1825 年末身居米哈伊洛夫斯科耶村时读到了莎士比亚的这部作品《鲁克丽丝受辱记》，随后产生了一系列假设以及后续连锁反应，诗人设想如果鲁克丽丝能想到给塔昆纽斯一记耳光，他是否会羞愧离开，这样鲁克丽丝也不必自刎，她的父兄也不会去寻仇报复，布鲁图斯也就不会驱逐皇帝，于是整个世界和历史甚至都会被完全改写。普希金本着历史发展有其自身规律的观点，显然对莎士比亚在该剧中将罗马政权的更迭归咎于王子奸污鲁克丽丝这样一个偶然事件颇为不满，加之不久前耳闻了邻县诺沃尔热夫斯克发生的一件类似事情，于是"无法抗拒这双重诱惑，产生了模仿莎士比亚这段故事的念头，并用两个早上就写成了这篇小说"[2]。长诗《努林伯爵》的创作初衷被交代得清楚细致，其中不仅反映出了普希金与莎士比亚创作该剧时不同的历史观、人民观，同时也体现了俄国贵族女性在普希金心目中的形象性格，两方面促使普希金用很短的时间就将莎士比亚作品中的情节嫁接到了当时的俄国，并且最初将作品清高地命名为《新的塔尔昆》（«Новый Тарквиний»），即 19 世纪的俄国塔尔昆。

事实上，普希金将莎士比亚的《鲁克丽丝受辱记》这样一部充满悲愤的历史题材悲剧，抽离出了最基本的情节，通过戏仿改写成了一部喜剧。长诗一开头是女主人公丈夫的外出，留下妻子娜塔莉亚·巴

1.《普希金全集（六）·评论》，邓学禹、孙蕾等译，浙江文艺出版社 2012 年版，第 220 页。
2. 同上。

甫洛夫娜在家百无聊赖，既不上心家务琐事，对阅读古典主义小说也缺乏兴致。就在此时男主人公努林伯爵的马车铃声在这个冷僻的乡村由远及近又似乎转而离去，让女主人公流露不舍，正在这时伯爵的马车却翻了，才有了努林伯爵一行人的登门拜访。男主人公被普希金塑造成一副外国人形象和做派，他"一直咒骂神圣的俄国 / 非常想念美丽的巴黎"[1]，在白日的接触中男女主人公可谓相谈甚欢。然而当夜晚努林伯爵潜入女主人公房间动了邪念之后，巴甫洛夫娜瞬间清醒，在惶恐中挥手就给了努林伯爵一记耳光，迫使他第二天清早面对女主人公的早茶和她归家的丈夫热情的挽留时仓皇而逃，落跑伯爵沦为女主人公夫妇的笑柄。《努林伯爵》从情节设置到人物塑造都不复杂，作者想要表达的创作目的也与莎士比亚的《鲁克丽丝受辱记》有了一定差别，更像是一篇讽刺鞭挞当时俄国贵族青年无所事事、言行轻薄的滑稽戏，行文中一些对男女主人公服饰的描写甚至还招致审查机关和御用文人的刁难和攻击。

然而诗人对指责却不以为意，还赋诗回击论敌的论调乱说一气、不知所云。别林斯基也高度评价了《努林伯爵》轻松调侃的笔调："这种粗野的批评，他们在头脑里完全没有想到，这些夸张而堂皇的诗歌加在一起也远远抵不过《努林伯爵》的一页！"[2]莎士比亚的原作激发了普希金的创作灵感，再结合身边的人和事，"普希金重构手法中的结构和戏仿的意识在《努林伯爵》中得到了最完整的表现。这

1.《普希金全集（三）·长诗 童话诗》，余振、谷羽等译，浙江文艺出版社 2012 年版，第279 页。
2.《别林斯基选集》第 4 卷，满涛、辛未艾等译，上海译文出版社 1991 年版，第 519 页。

78　　　　　　　　　　　　　　　　　　　　从普希金到别林斯基

也是普希金解构思维的极佳个案"[1]。《努林伯爵》成为普希金继《鲍里斯·戈都诺夫》之后从浪漫主义向现实主义方向发展的又一探索之作，就像苏联著名文学史家 Б.М. 艾亨鲍姆（Борис Михайлович Эйхенбаум，1886—1959）在《论〈努林伯爵〉的策略》(О замысле «Графа Нулина»）一文中指出的那样，"《努林伯爵》毫无疑问完全是普希金创作演变的一个特定阶段，是他与传统浪漫主义诗歌的传统进行的斗争。这虽然是伟大诗人向新的风格和流派迈进的第一步，但已经完全是决定性的一步"[2]。此外，艾亨鲍姆还试图发现《努林伯爵》与丘赫尔别凯的戏剧《莎士比亚的精神》(1825）之间的联系，将普希金的这篇仿作解释为"对丘赫尔别凯的一种回答或反对"[3]。从此作者的笔下鲜少再出现如南方诗歌中对旖旎风景的描写、对浪漫爱情的追求，转而开始关注俄国历史上和当下面临的问题和困境，一定程度上完成了创作手法和内容上从浪漫主义到现实主义的转变。

三、波尔金诺《四小悲剧》中的莎士比亚元素

1826 年初尼古拉一世统治初期，沙皇为表示对普希金的恩典将他召回首都，直到 1837 年普希金逝世的十年间诗人都一直生活在彼得堡。普希金在米哈伊洛夫斯科耶村的流放岁月中对莎士比亚的勤勉、深思熟虑的研究，在随后的几年中继续进行并没有减弱，反而随着时间的推移而加强。莎士比亚作品对普希金戏剧的影响并没有被幽

---

1. 孔朝晖：《普希金叙事体长诗重构现象探微》，《陕西师范大学继续教育学院学报》2006 年第 2 期，第 83 页。

2. Эйхенбаум Б.М.О замысле «Графа Нулина» О позии.Л.：Советский писатель 1969：169.

3. 同上，第 176 页。

居米哈伊洛夫斯科耶村时期创作的两部作品《鲍里斯·戈都诺夫》和《努林伯爵》耗尽，它还显露在 1830 年波尔金诺之秋写的四小悲剧中：中世纪题材的《吝啬的骑士》、奥地利的《莫扎特和萨利耶里》、西班牙民间传说中的《石客》和英国环境下的《瘟疫流行时的宴会》。四部充满异域风情的小悲剧，曾被孔朝晖教授拿来与莎士比亚的《麦克白》《奥赛罗》《安东尼与克里奥佩特拉》《李尔王》等四部剧对应，认为四小悲剧从主题上几乎是莎翁这四部重要悲剧的抽象精缩版，重点探讨了导致人类不幸的几种基本欲望——贪婪、嫉妒与轻信、情欲和刚愎自用，等等。[1] 吝啬的菲利普男爵不肯接济儿子阿贝尔骑士，最终招致贪婪的骑士对他的仇视，与父亲开展了决斗并引发父亲的死亡；莫扎特的朋友、作曲家萨里耶利出于嫉妒朋友的才华，不惜用毒药杀害才华出众的友人，而善良的莫扎特却对此毫无防备；《石客》中则展现了西班牙登徒子唐璜的处处留情、不知节制，甚至在被自己杀害的骑士团长的石像旁勾引其遗孀，而女主显然也没有抵御住杀父仇人的诱惑，最终二人被上门到访的石像客人所惊吓、双双殒命；被时疫困在波尔金诺的普希金，或许将自身情况带入英国背景的《瘟疫流行时的宴会》，瘟疫夺去了很多人的生命，自负的主席却执意在家大开宴席，与宾客把酒言欢放声高歌，全然忘记了自己死于瘟疫的母亲和妻子。可以说，四部作品篇幅短小、情节简单却主题深刻、小中见大，更像是普希金践行个人现实主义创作手法和戏剧原则的练笔习作。

---

1. 孔朝晖：《普希金叙事体长诗重构现象探微》，《陕西师范大学继续教育学院学报》2006 年第 2 期，第 81 页。

四小悲剧与莎士比亚作品的相似特征在普希金的同时代就已经颇为引人注目。早在 1841 年舍维廖夫在一篇关于普希金作品身后版本最后一卷的文章中就指出,《石客》的两个场景与《理查三世》的一个场景非常接近。[1] 剧中第三场和第四场分别发生在骑士团长的石像旁和唐娜·安娜房间的两场戏中,唐璜千方百计引诱团长遗孀安娜的场景,确实与莎士比亚悲剧中葛罗斯特对爱德华王的遗孀安夫人的纠缠有些相似。舍维廖夫写道:"唐璜与唐娜·安娜交谈的场景,让人想起《理查三世》中葛罗斯特(后来的理查三世)和威尔士亲王爱德华的遗孀安夫人之间对话的场景,甚至连假装手持利剑用狡猾的手段取得胜利的细节,唐璜和葛罗斯特也惊人一样。情形完全相同,作者甚至不是刻意模仿而是仅凭记忆,就无意识地在一些特征中与世界上第一位戏剧天才达成了共识"[2]。莎士比亚和《吝啬的骑士》中的相似段落也被注意到,别林斯基就认为,"这部戏剧是一部伟大的作品,完全不逊于莎士比亚本人的天才,既以主要戏剧人物性格的一致性著称,又通过悲剧的可怕力量和惊人的诗句增强了表现力"[3]。普希金在这部作品中传达的中世纪西欧的生动气息,以及他在卷首伪称该剧出自 18 世纪英国作家申斯通,长久以来使得俄国评论家相信还存在一部西方原版的《吝啬的骑士》,可以说作者用他传神的描绘蒙蔽了评论家的慧眼。

---

1. Шевырев С.П. Сочинения Александра Пушкина. Томы IX, X и XI. «Москвитянин». 1841. Часть V. № 9. Критика, C.240.
2. 转引自 Архангельский К.П. Проблема сцены в драмах Пушкина.(1830—1930)Владивосток: тип. Д.-Вост. гос. ун-та, 1930, C.8—11。
3. 转引自 Волькенштейн В.М. Драматургия. М.: Сов. писатель, 1960, C.73。

第三章　莎士比亚的全方位接受者——普希金　　　　　　　　　　81

四、对莎剧的诗化改写之作《安哲鲁》

普希金作品中莎士比亚化的进一步发展使普希金的另一本杰作——《安哲鲁》的出现成为必然，叙事长诗《安哲鲁》是对莎士比亚剧作《一报还一报》的诗化改写，诗人原本打算翻译该剧，但因为担心俄国找不到适合的演员来饰演该剧遂转为以该剧为基础改写为叙事诗。普希金对自己的这首长诗非常满意，称"我们的评论家没有注意这部作品，并且认为这是我最差的作品之一，其实我没有写出任何更好的作品"[1]。有趣的是，《一报还一报》同样长期以来受到的关注微乎其微，在莎士比亚《第一对开本》中被称为"最后一部喜剧"，两部密切相关的作品的同样不受关注和好评，也引发了研究者的兴趣，俄罗斯当代莎学家沙伊塔诺夫就曾经发表过有关两者的著名文章《两部"不成功的作品"：〈一报还一报〉与〈安哲鲁〉》。我国学者凌建侯教授据此文又撰写了长文《沙伊塔诺夫论〈安哲鲁〉的长篇小说化倾向》，详细论述了普希金在莎剧《一报还一报》基础上创作出的长诗《安哲鲁》体现出的莎剧的体裁间性特色，以及该诗的长篇小说化倾向对19世纪40年代以来俄国长篇小说的繁荣的奠基和指引作用。[2]

在这首长诗中，普希金的莎士比亚化发展到了最高点，可以说到《安哲鲁》的出现，普希金实现了对莎士比亚的创作体裁和创作手法"评论-仿作-超越"的三级跳。在普希金的再创作中，对原文进行了非常准确和忠实的翻译，保留了莎士比亚的动作场景，却将故事的发

1.《普希金论文学》，张铁夫、黄弗同等译，漓江出版社1983年版，第173页。
2. 凌建侯：《沙伊塔诺夫论〈安哲鲁〉的长篇小说化倾向》，《欧亚人文研究》（中俄文）2020年第4期，第31页。

生地还原到意大利。用普希金的话来说，他对安哲鲁这个人物形象的兴趣如此之大，以至于他放弃了对《一报还一报》的直接翻译，诗人完全被重新创作这部作品的任务所迷惑，不愿意放过在同一给定主题内进行独立创作的可能性。而普希金为何放弃戏剧形式而诉诸叙事长诗，安年科夫以叙事是诗人创作思想的最后一个方向来解释，称该举动显示出诗人对叙事诗体裁的偏爱，张铁夫教授则指出原因在于"叙事诗比戏剧更概括、更集中、更凝练"[1]。莎士比亚喜剧的题目《一报还一报》可以追溯到《旧约》和《新约》的对立，《旧约》中的"以牙还牙"、"以眼还眼"与《新约》中"你们不要论断人，免得你们被论断"、"你们用什么量器量别人，也必用什么量器量给你们"的相反表达。普希金在删减莎士比亚剧中最后一幕的同时也修改了剧名，洛特曼指出了影响普希金另选诗名的内在原因，在莎剧中《一报还一报》的标题被认为是对正义的道歉，根据行为报应在每个人身上；而在普希金的《安哲鲁》中，主要场景是表现老杜卡对安哲鲁的仁慈。[2]

《一报还一报》分五幕共十七场，《安哲鲁》则分三章二十七节，两者内容情节类似，凌建侯教授将其总结为"与公爵有关的三次调包"[3]：公爵决定由安哲鲁临时代替自己执政，由玛丽安娜代替伊丽莎白赴约以及用一个强盗的头颅代替了克劳迪奥的头颅。虽然基本情节类似，但是普希金在人物性格塑造上还是表现出了与莎士比亚的不同，例如

---

1. 张铁夫：《普希金与莎士比亚 // 普希金学术史研究》，译林出版社 2013 年版，第 236 页。

2. Лотман Ю. М. Пушкин. Биография писателя. Статьи и заметки 1960—1990. «Евгений Онегин». Комментарий. СПб.：Искусство-СПб.，1995：250.

3. 凌建侯：《沙伊塔诺夫论〈安哲鲁〉的长篇小说化倾向》，《欧亚人文研究》（中俄文）2020 年第 4 期，第 31 页。

在莎士比亚的作品中，公爵临时离开王位是特意为了考验安哲鲁的道德和纯洁；普希金笔下的老杜克是自愿下台，真诚地认为是时候让他的位置给更值得的安哲鲁了。在真假虚实之间，两个安哲鲁的心态和表现有着微妙的变化和区别，莎士比亚笔下的公爵将所有至高无上的力量暂时移交到安哲鲁手中，这令人恐惧同时也附着考验；而获得了无限权力的普希金笔下的安哲鲁显然不受这种约束，他统治时期恐吓邪恶的意图演变成了真正的暴政。莎士比亚笔下的安哲鲁在与被拒绝的玛丽安娜的关系中虚伪而贪婪，普希金笔下的主人公在读者面前则开诚布公，他作为一名行政官僚，在所有事务中都将法律条文放在首位。与莎士比亚不同，普希金还增加了克劳迪奥的罪恶感和责任感，如果在《一报还一报》中他已经和朱丽叶订婚了，他们只是在等待婚礼完成，那么在长诗《安哲鲁》中克劳迪奥则被塑造为一个轻薄的贵族公子哥和诱惑者。总而言之，通过借用莎士比亚戏剧《一报还一报》的内容，普希金完成了叙事长诗《安哲鲁》的跨体裁再创作，两部作品都堪称各自的优秀作品的代表。

从流放南俄时期开始接触莎士比亚作品的译本、研究莎士比亚，到幽居米哈伊洛夫斯科耶村创作出数部深受莎士比亚影响的莎化作品，再到返回彼得堡后开始学习英文、阅读莎士比亚作品原文，可以肯定地说随着了解的一步步深入，普希金对莎士比亚的热情甚至掩盖了他年轻时的理想，即他对另一位英国浪漫主义诗人拜伦的热爱。关于普希金偏爱的改变，达维多夫曾经写道："革命的南方、海洋的自由元素，对拜伦的热情被抛弃了，并开始学习另一门深刻的反浪漫主义课。"[1] 传记

---

1. Давыдов С. Пушкин и христианство//Transactions of the Association of Russian-American Scholars in U.S.A. Vol.25. N.Y.，1992—1993，p.79.

作家安年科夫也指出普希金对莎士比亚的崇拜，最终熄灭了普希金心目中在之前就已经大为动摇的从前对拜伦的推崇。阿尼克斯特经过对普希金看待雨果和拜伦浪漫主义戏剧态度研究后，也得出同样的结论，"1824 年至 1825 年普希金特别仔细地研究了莎士比亚戏剧的原理，当有关想法成熟时《鲍里斯·戈都诺夫》也就应运而生，而在创作过程中，普希金最终决定只有莎士比亚才能成为他的老师"[1]。莎士比亚的历史剧和卡拉姆津的俄国史著作改变了普希金对自由、对君主、对国家走向和宗教道德的看法。在普希金的认识中，莎士比亚以其塑造人物的现实主义手法，刻画出一个个多才多艺又矛盾对立的人物形象，彻底地击败了浪漫主义者。所有莎士比亚笔下的人物在浪漫主义者的作品中都无法找到，这些作品夸大了激情、强调了片面，使主人公的形象和性格变得扁平、单一。在对莎士比亚的学习、接受过程中，普希金逐渐摆脱了浪漫主义的创作原则，开始从俄国史实中、从俄国现实中观察、挖掘、探寻创作题材，开始尝试现实主义的创作手法、叙事诗和小说这样的创作体裁，使个人的文学创作进入了一个新的阶段，也带动和促进 19 世纪初的俄国文学逐步进入一个新的发展阶段。正如苏联莎学家阿尼克斯特所言："在西方，莎士比亚更多的是对浪漫主义的发展起了作用；与西方不同，莎士比亚在俄国却成了现实主义文学思潮的一面旗帜。"[2]

普希金对莎士比亚贯穿一生的兴趣在普希金生前就出现在文学批评中，诗人的同时代人就已经将普希金与莎士比亚（以及其他世

---

1. Анникст А Теория драмы в Росси от Пушкина до Чехова. М.：Наука，1972，С.44.
2. 阿尼克斯特：《莎士比亚的创作》，徐克勤译，山东教育出版社 1985 年版，第 11 页。

界天才）进行了比较。完全致力于莎士比亚对俄国诗人影响问题的第一部著作是П.В.安年科夫的《亚历山大时代的亚历山大·谢尔盖维奇·普希金》(《Александр Сергеевич Пушкин в Александровскую эпоху»)第八章开头的"莎士比亚主义"(шекспризм)一节，安年科夫创造的"莎士比亚主义"这个词很准确地描述了普希金对莎士比亚的热情。文中写道："对莎士比亚的崇拜，最终熄灭了之前已经大为动摇的拜伦崇拜，这对普希金来说是一个进步吗？答案是肯定的。首先，新的方向大大缩短了诗人与俄国民间艺术和思维的距离，使他更接近俄国民间精神的道路。很难想象在莎士比亚的研究中，人们会忽视作为诗人幻想和思想教育者的一般民族因素的重要性。"[1]安年科夫以"莎士比亚主义"为标题开启了俄罗斯莎士比亚主义研究的探索。在安年科夫的阐释中，普希金及其他俄国作家的莎士比亚主义应该被理解为一种艺术和审美观念的综合体，体现了莎士比亚对历史和现代、过去和未来的观点和理解，即普希金所说的"莎士比亚的观点"。莎士比亚影响的主要本质结果是，它使普希金以一种客观的历史方式来理解和表现时代、人物和事件。这些是莎士比亚的艺术发现（人物的概念、历史的概念、机会在历史中的作用、风格的融合等），普希金在莎士比亚的作品中意识到了这一点。而当代俄罗斯莎士比亚研究专家、莫斯科国立人文大学莎士比亚研究中心负责人扎哈罗夫教授就"莎士比亚主义"这一术语给出了在当下俄罗斯的解释。他称"莎士比亚主义"是一种思想-美学原则，

---

1. Анненков П.В. Александр Сергеевич Пушкин в Александровскую эпоху. Мн.: ЛИМАРИУС, 1998: 206.

体现了俄罗斯和欧洲文化之间通过学习和掌握莎士比亚的创作遗产而形成的一种对话，是一种需要作者与莎士比亚保持精神契合的创作态度。[1]

总体来讲，正如张铁夫教授所言，"普希金在建立俄罗斯民族文学的过程中，对莎士比亚有所师承，又有所批评，既有所借鉴，又有所发展，从而把俄罗斯文学推进到了一个新阶段。这就是普希金对莎士比亚真正的态度。"[2]无论是作品的莎士比亚化，还是发表的莎士比亚批评，普希金对莎士比亚的热爱极大地促进了英国文学在俄国的普及，19世纪20年代中期以来，除普希金外，丘赫尔别凯、维亚泽姆斯基、格里博耶多夫、别斯图热夫等同时代作家都萌发了对莎士比亚的兴趣。英国文学正在俄国变得时尚，成为俄国作家最重要的艺术灵感来源之一。在俄国大地上形成莎士比亚崇拜的一个重要因素是，随着国内翻译理论的发展，人们对这位英国剧作家的作品越来越感兴趣。所以，除了普希金的老师——茹科夫斯基和卡拉姆津（前者曾经计划翻译莎士比亚的《麦克白》和《奥赛罗》，后者则早在1787年就从英文翻译了《尤里·凯撒》），诗人最亲密的朋友、皇村同窗杰尔维格、丘赫尔别凯以及维亚泽姆斯基都从事翻译活动。类似的现象也出现在其他民族文学中，对莎士比亚的崇拜成为许多进步思想和事业实现的催化剂，而普希金的莎士比亚主义模式成为19世纪上半叶俄国文化的一个基本特征。

————————

1. Захаров Н.В. Шекспиризм в творчестве А.С. Пушкина.//Знание. Понимание. Умение. 2014（2）, С.237.
2. 张铁夫：《普希金学术史研究》，译林出版社2013年版，第238页。

第二节　普希金的莎士比亚评论：榜样和父亲

普希金为数不多的有关莎士比亚的两次集中论述分别是《鲍里斯·戈都诺夫》序言的草稿和《努林伯爵》的写作札记，在这两篇文章中分别阐述了他本人如何在莎士比亚的影响和启发下创作了这两部作品。《鲍里斯·戈都诺夫》作为普希金创作的唯一一部历史悲剧，体现了作者创作手法和题材上两方面的转变，而这两方面的转变都深受莎士比亚历史剧的影响。普希金直言，创作该剧"遵循莎士比亚的榜样，仅限于大力描写时代和历史人物，而不去追求舞台效果和浪漫主义的激情。这部悲剧的风格是混合的。当我要塑造普通、粗鲁的人物时，风格就可能是粗狂通俗的"[1]。正是莎士比亚创作时所保持的对生活的尊重和对人性的保留，激励普希金打破以往俄国戏剧创作中为了追求舞台效果而把生活和人物理想化的错误倾向，才得以塑造出《鲍里斯·戈都诺夫》中包括主角在内的四五十个有血有肉的人物形象，成功再现了历史和生活的真实情况。在题材方面，普希金言简意赅地表达写一部没有爱情纠葛的悲剧的想法一直吸引着他，或许经历了四年多的南俄流放生活又辗转到米哈伊洛夫斯科耶村幽居，人生的起落和际遇促进了诗人的成长、成熟，莺莺燕燕的男女之情在诗人心中已经不占最主要的位置，加之对卡拉姆津《俄国史》的详细阅读，普希金开始有意识地从国家历史甚至家族历史中挖掘创作素材，《鲍

1.《普希金全集（六）·评论》，邓学禹、孙蕾等译，浙江文艺出版社 2012 年版，第 162 页。

里斯·戈都诺夫》就是这种转变的第一次有益也是成功的尝试。《努林伯爵》的写作札记在前文已有详述，总体来说创作《努林伯爵》是普希金对《鲁克丽丝受辱记》中莎士比亚的历史观和女性观的批判，认为历史不可归结于某一个偶然事件，同时也隐约透露着鼓励女性遇事不逆来顺受的女权主义雏形。

虽然普希金没有撰写过专门的、长篇的莎士比亚评论文章，但在普希金的许多手稿、草稿、书信、注释、题跋等简短的文字中，多次提及莎士比亚及其作品中主人公的名字。例如在《论文学中的人民性》(1826)的草稿中，普希金说："要否认莎士比亚的《奥赛罗》《哈姆雷特》《一报还一报》及其他著作中具有的巨大人民性，恐怕是徒劳的"[1]；在《〈书信、随想及评论摘录〉的资料》(1827)中，提出了"还存在一种更高层次的勇气，即发明创造的勇气。在这里，宏伟的结构充满创造性的思想——莎士比亚、但丁、弥尔顿的勇气，歌德在《浮士德》、莫里哀在《伪君子》中所表现出的勇气就属于这一类"[2]；在《成熟文学中的时光流逝》(1828)的草稿中，有这样一段文字："《哈姆雷特》中有关影子的场景写得都很俏皮，甚至低沉，但头发却因哈姆雷特的笑话而竖起"[3]；在《论瓦尔特·司各特的小说》(1829—1830)中普希金指出："莎士比亚、歌德、司各特没有对皇帝、英雄的奴颜婢膝。他们（和法国的英雄不同）不像一些滑稽地模仿尊严与高尚的奴仆"[4]；在《论波戈丁的戏剧和民间戏剧》(1830)一文的提纲

1. Пушкин А.С. Полное собрание сочинений, Т. XI. М.：Изд. АН СССР，1937—1949，С.73.

2. Пушкин А.С. Полное собрание сочинений, Т. XI. М.：Изд. АН СССР，1937—1949，С.61.

3. Пушкин А.С. Полное собрание сочинений, Т. XI. М.：Изд. АН СССР，1937—1949，С.73.

4. Пушкин А.С. Полное собрание сочинений, Т. XII. М.：Изд. АН СССР，1937—1949，С.195.

中，普希金表达了一个非常重要的观念："莎士比亚和歌德对当前法国剧院的影响与对我们的人民悲剧之间的重要区别，什么在悲剧中得以发展？它的目的是什么？是人和人民。这就是莎士比亚伟大的原因，尽管表现出不平等、潦草甚至丑陋。"[1] 所有这些论述的点滴，虽然没有有关莎士比亚的长篇大论，却见证了普希金对莎士比亚的认识和热爱的一步步发展。

普希金关于奥赛罗、夏洛克、安哲鲁和福斯塔夫的笔记都包含在他的一套名为"席间闲谈"（《Table-Talk》，原文为英文）的非正式记录中，内容以 30 年代上半叶（主要是 1834—1836）写就的历史轶事、格言警句或是偶然出现的想法感慨为主。其中一段比较了莎士比亚和莫里哀在人物塑造方面的不同："莎士比亚创造的人物不像莫里哀的那样，是某一种热情或某一种恶行的典型；而是活生生的、具有多种热情、多种恶行的人物；环境在观众面前把他们多方面、多种多样的性格发展了。"[2] 在普希金看来，莫里哀的悭吝人只是悭吝而已，而莎士比亚笔下的夏洛克则兼具悭吝、机灵、报复心重、热爱子女和机智多谋于一身。就连伪善的安哲鲁，虽然心怀鬼胎宣读的却是公正的判决，有以令人信服的诡辩伪装成无罪的样子，内心总与行动相矛盾、相对立，不得不让读者佩服莎士比亚刻画人物性格的深刻笔触。普希金在同一篇笔记中还将福斯塔夫这个人物形象描述为莎士比亚多方面天才的集中体现，其深刻度、准确性和刻画技巧都令人着迷。普

1. Пушкин А.С. Полное собрание сочинений, Т. XI. М.: Изд. АН СССР, 1937—1949, C.177, 419.
2. 中国社会科学院外国文学研究所外国文学研究资料丛刊编辑委员会：《莎士比亚评论汇编》（上），中国社会科学出版社 1979 年版，第 426 页。

希金称："莎士比亚多方面的天才也许在任何地方都不如在福斯塔夫身上反映得如此丰富多彩，福斯塔夫的恶行，一个连着一个，构成一串滑稽的、畸形的图画，酷似古代祭酒神时的景象。"[1] 普希金进一步分析了福斯塔夫的人物性格，首先是好色，"粗俗地、卑贱地追逐女性大概从小就成为了他的首要嗜好"[2]，其次他还是个懦夫，在掩饰自己的软弱时又会表现出躲躲闪闪的、令人发笑的勇敢。普希金还特别用英语提到了莎士比亚剧作中的一种西班牙酒（the sack），这或许可以证明普希金读到了莎士比亚的历史剧《亨利四世》和《温莎的风流娘儿们》的英文原版，能够阅读原文增强了普希金更直接和深刻理解莎剧的可能性。

安年科夫指出，"普希金关于莎士比亚的专门研究没能流传下来。有两段摘录可以作为它的精彩残余：一是对福斯塔夫的分析，在普希金的遗作中出版；另一个是关于戏剧《罗密欧与朱丽叶》，甚至没有收录在遗作中"[3]。这里提到的第二篇文章实际上是一则脚注，为普列特尼奥夫 1830 年发表在《北方之花》杂志上的《莎士比亚悲剧中的一个场景：罗密欧与朱丽叶》（《Сцене из трагедии Шекспира：Ромео и Юлия»）这篇译文的脚注。这则脚注的开头是这样的："许多据认为是莎士比亚的悲剧，其实都不是由他原创的，而只是被他修改后再创作的。悲剧《罗密欧与朱丽叶》虽然在风格上与人们熟悉的他的手法不大相同，但明显地可包含在他的戏剧体系中，并且带有他挥洒自

---

1. 中国社会科学院外国文学研究所外国文学研究资料丛刊编辑委员会：《莎士比亚评论汇编》（上），中国社会科学出版社 1979 年版，第 426 页。
2. 同上。
3. Анненков П.В. Материалы для биографии А.С. Пушкина，М.：Книга，1985，С.169.

如的笔触如此多的痕迹，应该被认定为莎士比亚的原创作品。"[1]一句话反映出普希金对莎士比亚两点基本的认识：一是已经认识到莎士比亚很多作品并非原创；二是《罗密欧与朱丽叶》不同于莎士比亚的很多其他整理自前人或同时代剧作家的作品，从创作手法上体现出了莎士比亚的原创性。接下来普希金称赞了这部剧中对意大利风味的刻画和对主要人物的描写：刻画同时代的意大利时，展现出莎士比亚对维罗纳地理、意大利语和意大利人生活小细节的惊人了解，"它的气候、激情、节日、温馨，它的十四行诗，它富有色彩的语言和奇喻"[2]充分展现了意大利的风土人情和地域特色；而在描写人物时，不但创造出了罗密欧和朱丽叶两个多姿多彩、充满魅力的主人公，像茂丘西奥这样的配角人物也被莎士比亚塑造成文雅、高尚、重情重义的青年骑士的典型，将整个悲剧的人物关系建构得十分饱满密切。[3]

普希金曾经不得不通过1776—1782年勒图纳尔出版的法语莎士比亚译本来猜测真正的莎士比亚，随着时间的推移，到了30年代普希金已经深刻感受到莎士比亚戏剧风格的强大影响并逐渐认清了其所有显著的特点。他多次提到已无法遵循勒图纳尔对莎士比亚的翻译解释和批判性结论来理解莎士比亚了，同时还要克服伏尔泰和法国作家、法兰西学院院士、古典主义的坚定支持者让-佛朗索瓦·德拉哈普（Jean-François de La Harpe，1739—1803）对莎士比亚和英国戏剧的谴责性批判，就像1832年普希金在便笺中写道的那样："孟德斯鸠

---

1. 中国社会科学院外国文学研究所外国文学研究资料丛刊编辑委员会：《莎士比亚评论汇编》（上），中国社会科学出版社1979年版，第425页。
2. 同上。
3. 同上。

嘲笑荷马，伏尔泰和拉哈普嘲笑莎士比亚。"[1] 在写给《现代人》创刊号的一篇文章《论弥尔顿和夏多布里昂对〈失乐园〉的翻译》中，普希金论述了法国翻译艺术的历史和理论，并直接点名莱图纳，称"终于，批评界开始醒悟过来。他们开始怀疑莱图纳先生有可能错译莎士比亚。他随心所欲地修改《哈姆雷特》《罗密欧与朱丽叶》《李尔王》，如此举动恐怕也不完全明智。人们开始要求译者多一些准确性，少一些对公众的诌媚与讨好。他们希望看到但丁、莎士比亚和塞万提斯的本来面目，看见他们穿的是自己的民族服装，带有他们天生的缺点"[2]。通过指出莱图纳译本存在的各种错误，普希金也表达出了自己主张的翻译原则，那就是不以公众的喜好为转移，坚持准确翻译作品的内容，并且要排除其他国家作者和评论家的错误引导，尤其是那些俄国曾经盲目崇拜、疯狂追捧的国家。无可争辩的是，到19世纪30年代中期，普希金已经成为俄国最权威的莎士比亚鉴赏家之一，而且他对当代关于莎士比亚的评论文学（俄国和外国）都非常了解，他对莎士比亚戏剧的若干人物形象的评论证明了这一点，而出现在普希金诗歌或散文作品中的莎士比亚戏剧中的场景和台词也说明了普希金对莎士比亚的熟悉和推崇。遗憾的是，因为英年早逝，普希金未能充分展现自己在文学创作和批评领域的才华，尽管如此普希金与莎士比亚的关系研究还是吸引了同时代和后世文学评论家的格外关注。

1. Пушкин А.С. Полное собрание сочинений, Т. XI. М.: Изд. АН СССР, 1937—1949, С.453.
2. Пушкин А.С. Полное собрание сочинений, Т. XII. М.: Изд. АН СССР, 1937—1949, С.173.

第 四 章
非凡十年（1838—1848）的莎士比亚接受

　　19世纪三四十年代莎士比亚的祖国已经进入工业革命的尾声，经济上突飞猛进的同时，阶级矛盾也愈发尖锐，套用那个时代的英国著名作家狄更斯的话来说，那是英国历史上经济最繁荣的时代，也是政治最黑暗的年代。终于在1838—1848年这十年间，爆发了轰轰烈烈的人民宪章运动，这场运动后来被列宁称为"世界上第一次广泛的，真正群众性、政治性的无产阶级革命运动"。与此同时，俄国正处于尼古拉一世（1825—1855年在位）统治的中后期。这一时期的俄国经济和政治受制于落后的封建农奴制和沙皇专制停滞不前，思想文化领域却在经历过1812年反法战争的胜利和1825年十二月党人起义革命失败的洗礼后空前发展，纵使是在严苛的审查制度下仍旧涌现出众多优秀的文学家、评论家和思想家，在俄国逐渐形成一个新的社会阶层——知识分子阶层（интеллигенция），著名文学批评家和文学史家 П.В. 安年科夫在其著作《文学回忆录》中称1838—1848的这十年为俄国社会文化史上的"非凡十年"（замечательное десятилетие）。

　　尼古拉一世统治时期的内忧外患促使贵族出身的知识分子在西方思想的影响下，反对俄国当时的农奴制和封建专制，然而当时的社会环境尤其是审查制度却不允许他们直抒胸臆，文学评论成了表达政治观点的主要形式。19 世纪三四十年代俄国的社会思想迅速发展，俄国知识分子阶层克服谢林和费希特形而上学的哲学体系、接纳黑格尔的辩证法和费尔巴哈的唯物主义，重新考虑了俄国国情，将政治理念间接地通过文学批评表达出来，俄国对莎士比亚的理解反映了这些思想变迁的过程。以莎士比亚为代表的英国戏剧从 40 年代起开始对俄国文学，更广义地说是对俄国精神生活产生了前所未有的影响，这种影响与"四十年代人"的文学活动密切相关。"四十年代人"（Люди сороковых годов）是俄国文学和思想史上的一个特殊群体，特指后普希金一代作家，他们一般出生于 19 世纪头 10 年初到 20 年代初，并于 30 年代达到思想成熟，1825 年的十二月党人运动对于他们来说只是童年记忆，不再与之有过多关系，但尼古拉一世对该事件的应对却对他们的现实生活和内心世界产生了直接影响，В.Г. 别林斯基是"四十年代人"中当仁不让的核心人物。他们中的一些人在 40 年代初英年早逝（像莱蒙托夫、斯坦凯维奇、柯尔卓夫等），有些作家的创作生涯则一直延续到 80 年代（如陀思妥耶夫斯基、屠格涅夫、安年科夫）、90 年代（冈察洛夫），他们中还包括未来的革命者赫尔岑、奥加辽夫和未来的反对者卡特科夫、西方派鲍特金及斯拉夫派格里戈里耶夫。这一群体性格迥异、命运多样、政见不同，然而却在一件事情上保持了一致，那就是对莎士比亚的崇拜，这种一致性的原因既有美学方面的也有社会因素。

对莎士比亚的兴趣广泛反映在 40 年代的俄国文学中，在这一时期的作品中可以找到几十处文字上包含莎剧台词或莎士比亚文本，作品的主人公阅读莎士比亚、引用他的台词，将自己或他人与莎士比亚笔下的人物进行比较。在 A.B. 德鲁日宁的小说《波利尼卡·萨克斯》（«Полинька сакс» 1847）中，主人公康斯坦丁·萨克斯给妻子讲述了奥赛罗和苔丝狄蒙娜的故事。[1] И.И. 巴纳耶娃的小说《我外城市的朋友》(«Мой иногородний друг»）的主人公为他的心上人朗读《李尔王》，"我以极大的热情为她朗读，因为我看到她如此准确地理解着一切，以及阅读后饱含着的同情心和好奇心"。[2] 涅克拉索夫的小说《没有黎明》«Без рассвета»，1847）的主人公则为爱人讲述了《罗密欧与朱丽叶》的故事，他在给爱人的信中写道："多希望你能看到，朱丽叶发表鼓舞人心的演讲时，眼中燃烧着多么真诚的火焰，整个人充满着多么深切的同情。"[3] 类似例子不胜枚举，充分证明了莎士比亚在40年代的受欢迎程度，这一时期成了莎士比亚在俄国最辉煌和声名远播的时期，在剧院演出的推波助澜下这一时期几乎每个有文化的人都已经知道莎士比亚的名字了。正如《北方蜜蜂》的专栏作家所写："我们对莎士比亚的痴迷达到了狂热的程度，而在所有可能的狂热中，这是最可以被原谅的。"[4] 即使是无情的尼古拉一世审查制度也表现出对他的尊重，当1841年审查员 A.B. 尼基坚科向圣彼得堡审查委员会报告说戏剧《亨利四世》的翻译中包含了一些不合礼数的表达方式时，审查委员会不但没有删除它，还表态称"莎士比亚在当代文学中属于经典作家之列，理应作为新型戏剧的创作者和典范被不加修改地

1. Дружинин А.В. Полинька Сакс. М.，1955，С.5.

2. Панаев И.И. Первое полное собрание сочинений，Т. V，СПб.，1889，С.195.

3. «Современник»，1847，Т. I，№ 2，С.137.

4. Строев В.М. Разные разности. «Северная пчела»，1842，5 февраля，№ 28，С.111.

翻译成所有语言"[1]，尽管审查制度的一贯做法与这种看似开明的表态并不匹配，但这一表态却不失为一种支持立场。

莎士比亚的伟大为每个人所认可，别林斯基甚至在 1840 年还写到，"现在谁不相信莎士比亚天才的伟大"[2]；然而与此同时，别林斯基也保持着难得的清醒，那就是在关于这位剧作家的浮夸言辞背后，很大一部分公众并不真正了解他的作品。同样是别林斯基曾于 1841 年在《莱蒙托夫诗集》（《Стихотворения М. Лермонтова》）一文中愤慨道："那些无知的人，对着莎士比亚的戏剧打哈欠，明明暗地里更喜欢杂耍的肥皂剧，却大声赞美莎士比亚，如果有人拿莎士比亚来和肥皂剧比较，还会觉得被冒犯。"[3]然而，尽管大众对莎士比亚的附庸面临这样的指责，剧作家在这一时期的盛名仍然无可争辩。同为 40 年代人的安年科夫精准地概括了莎士比亚对于自己同时代人的非凡意义："莎士比亚使整整一代人都感觉自己有可能像一个有头脑的人，能够理解历史任务和人类生活中最重要的事务，当时这一代人在现实中没有公共职业，甚至在最微不足道的公民生活主题上也没有发言权。"[4]或许正是因为莎士比亚为所有人提供的这种可能性，才使得这一时期从公众到评论家都表现出对莎士比亚一致的崇拜和接受，正是这种对莎士比亚的热情掀起了这一时期对其作品的翻译热潮，也催生了俄国翻译文学史上的第一批专业莎士比亚译者。

---

1. Левин Ю.Д. Шекспир и царская цензура // Звезда.1964（4），С.199.

2. Белинский В.Г. Полное собрание сочинений, Т. IV, Изд. АН СССР, М., 1953—1959, С.35.

3. Белинский В.Г. Полное собрание сочинений, Т. IV, Изд. АН СССР, М., 1953—1959, С.480.

4. Анненков П.В. Александр Сергеевич Пушкин в Александровенчю эпоху. СПб., 1874, С.298.

第一节　专业莎士比亚译者层出不穷

1838—1848 年的非凡十年，莎士比亚在俄国的翻译进入了大发展的历史阶段，译者和读者对莎士比亚的热情催生了一批专门翻译莎士比亚的译者以及大量热衷于这一领域的评论家，专业译者和大众翻译的结合既丰富了莎士比亚的俄文译本，也引发了对翻译原则的探讨，同时还不可避免地导致译本质量的参差不齐。别林斯基曾这样评论 1838 年 H.A. 波列沃伊翻译的《哈姆雷特》："事情已经开启——道路宽阔，战士们奋勇向前。"[1] 自 1838 年以后的事实证明别林斯基准确地预见了俄国对于莎士比亚的翻译热情和评论关注，整个 19 世纪上半叶，尤其是三四十年代之交成了莎士比亚作品翻译最集中的一个时期。仅 1841 年一年出版的俄文版莎士比亚戏剧数量就达到空前的十三部，在当年的年鉴中别林斯基更是宣称："可以肯定地说，目前所有莎士比亚作品都在翻译中。"[2]《北方蜜蜂》的莫斯科记者更是惊叹道："那么多支笔、那么多双手、那么多个头脑，甚至最才华横溢的人都在研究莎士比亚！"[3] 的确，在这一时期不同年龄段、各个职业甚

---

1. Белинский В.Г. Полное собрание сочинений, Т. II, Изд. АН СССР, М., 1953—1959, С.436.

2. Белинский В.Г. Полное собрание сочинений, Т. V, Изд. АН СССР, М., 1953—1959, С.585.

3. Литературные новости Москвы. (Письмо к издателям). «Северная пчела», 1841, 2 января, № 1, С.1.

至抱有不同观念的人都为莎士比亚的翻译事业贡献力量，这其中包括著名的彼得堡作家 Н.Ф. 巴甫洛夫、刚从哈尔科夫大学毕业的 В.М. 拉扎列夫斯基、医生 Н.Х. 凯切尔、演员 В.А. 卡拉提金、德国哲学学习者 М.Н. 卡特科夫、东方语言研究专家 М.А. 加玛佐夫，以及赫尔岑和奥加辽夫的朋友、流亡诗人 Н.М. 萨丁，布尔加林和先科夫斯基的熟人、内务部官员 И.В. 罗斯科夫申科，著名的《祖国纪事》杂志的撰稿人 А.И. 克罗内伯格和《莫斯科人》的合伙人 А.E. 斯图基茨基等等。

这一时期，不但参与莎士比亚作品翻译的人大大增多，对莎士比亚作品翻译的范围也进一步扩大，40 年代不仅面世了《哈姆雷特》《麦克白》《奥赛罗》等莎剧俄译的新版本，更多的翻译者还转向那些尚未被翻译成俄语的剧本。译者这样的选择首先源于当时俄国大众的阅读需求，读者或是观众对新奇事物的渴望很大程度上促成了这样的事实，重复翻译甚至招致评论家的批评。在这一时期，莎士比亚译者的作品几乎得到来自不同方向的批评家的一致认可，其中最活跃的是别林斯基，他以同情的态度欢迎每一个新译本并努力鼓励译者继续工作，还鼓励更多人参与莎士比亚的翻译工作。在这样的形势下，翻译莎士比亚甚至成为一种时髦的文学时尚，一些新手作家纷纷转向这一领域，把翻译莎士比亚当作一种寻求获得名望的简便方法。巴纳耶夫在小说《彼得堡专栏作家》(《Петербургский фельетонист》，1841 年) 中讽刺地反映了这一现象，一位外省作家奔赴首都寻求名利，写信给一位朋友："亲爱的，我也想开始翻译莎士比亚。我们必须使公众认识这位伟大的作家。您知道我一直是热爱莎士比亚的！此外，通过翻译莎士比亚的诗歌，您可以轻松地使自己在文学界大名鼎鼎。去彼得堡！去彼得堡！"[1] 然而，这类作家投身莎士比亚翻译活动的结果是，在这一时期杂志上出现了大量相对而言低质量的匿名翻译作品，这些译本随着刊登它们的杂志的消亡而销声匿迹，并没有真正丰富这一时期的莎士比亚翻译成就。针对这种现象，尽管别林斯基对莎士比亚的译者怀有谦卑之情，但也开始被迫惊呼可怜的莎士比亚怎么办！当然，这些粗制滥造的译作决定不了这一时期的普遍翻译水平，而译者大量转向莎士比亚的事实，雄辩地证明了人们对莎士比亚兴趣日益增加，而译作中的佼佼者作为经典译本一直维持到苏联时期，虽然这些翻译作品大多只能刊登在期刊上而鲜少有单行本出版。这一时期卓越的莎士比亚翻译者主要有 Н.Х. 凯切尔、А.И. 克罗内伯格、Н.М. 萨京和 М.Н. 卡特科夫等，而这些译者或多或少都受到别林斯基个人及其翻译理论的指导和影响。

一、准《莎士比亚全集》译者凯切尔

Н.Х. 凯切尔（Николай Христофорович Кетчер，1806/1809—1886）是这一时期莎作俄译者中的佼佼者。凯切尔是 19 世纪 40 年代社会和文学生活的活跃参与者之一，出生于莫斯科，是一名受过医学培训的医生，曾是"赫尔岑-奥加辽夫"圈子成员，后又接近"别林斯基-斯坦凯维奇"圈子。他的交往范围还包括屠格涅夫、鲍特金、谢普金等，席勒"诗意的反思"和"对话中的革命哲学"理念以及法国大革命的原则为他的世界观的形成奠定了基础。总体上凯切尔是这一时期较激进的公众人物，是莫斯科舞台上最杰出的大师、知名鉴赏家和顾

---

1. Панаев И.И.Петербургский фельетонист，1841，http：//az.lib.ru/p/panaew_i_i/text_0050.shtml.

问，得到周围人的极大爱戴和尊重。凯切尔为人公正而富有同情心，别林斯基在1841年6月28日写给鲍特金的信中说，"如果在俄国有可能做聪明而高贵的事情的话，凯切尔已经做了很多——他是一个真正意义上的人"[1]。莎士比亚很自然地引起凯切尔的关注，一方面，人们对英语剧作家的兴趣日益浓厚，而当时尚有大量莎作未有俄语版本面世；另一方面，在凯切尔最亲密的朋友圈里对莎士比亚的钦佩无疑激发了译者的兴趣，首先就是别林斯基对他的翻译计划的直接影响。从别林斯基的遗作中可以清楚地看到批评家对凯切尔翻译事业的积极参与，如别林斯基为翻译提供的理论基础。凯切尔因为医学专业出身而对法医学和犯罪心理学特别感兴趣，显然这种对心理问题的关注与对莎士比亚的兴趣是相关的，他将莎士比亚戏剧作品翻译成散文是这一时期最重要的翻译成就，赫尔岑曾开玩笑地说凯切尔是"所有医生当中唯一因为要研究莎士比亚才学医的"[2]。

凯切尔的翻译生涯始于席勒的叛逆青春剧《强盗》（1828）和《阴谋与爱情》（1830），然而翻译莎士比亚才是凯切尔一生的事业，凯切尔以历史剧开始了他的莎作翻译，其中大部分在他之前没有用俄语出版过，其中重译的《理查三世》更新了1783年的陈旧版本。1841年夏天，凯切尔设法与莫斯科印刷商H.斯基班诺维达成了协议，分两部分出版了八部译作：第一部分《约翰王》《理查二世》《亨利四世》的第一和第二部分，第二部分《亨利五世》《亨利六世》的

---

1. Белинский В.Г. Полное собрание сочинений，Т. XII，Изд. АН СССР，М.，1953—1959，С.54.

2. Герцен А.И. Письмо к Е.Б. и Т.Н. Грановским от 15 октября 1843 г. // Собрание сочинений в тридцати томах，Т. XXII，Изд. АН СССР，М.，1961，С.152.

第四章　非凡十年（1838—1848）的莎士比亚接受　　　　　　　　　101

第一到第三部分。当年 7 月彼得堡的报刊《北方蜜蜂》和《文学报》分别刊登了订阅该出版物的广告 [1]，凯切尔的朋友也以各种可能的方式帮助传播订阅，别林斯基则通过《祖国纪事》定期向读者介绍凯切尔先生勇敢而崇高事业的进展，并呼吁他们支持订阅 [2]。在接下来的 1842 年出版了第三部分的四部：《理查三世》《亨利八世》《错误的喜剧》和《麦克白》，到 1843 年出版的第四部分仅包括一部《驯悍记》，至此凯切尔暂停了自己的莎译出版，累计共出版作品十三部。至于暂停出版的确切原因并不明确，В.Р. 佐托夫以 "缺乏读者" 来解释，别林斯基则认为是由于 "翻译人员的个人情况" [3]，或许这与凯切尔移居彼得堡（1843—1845）后开始翻译一些德文医学书籍有一定关系。

从历史剧的出版情况来看，凯切尔对莎士比亚戏剧的编排并没有严谨明确的计划，悲剧《麦克白》穿插在两部喜剧之间，后续第四部分的出版也不是系统性的，其发行一直拖到 40 年代末：1846 年第十四部《皆大欢喜》、1848 年第十五部《科里奥兰纳斯》、1849 年第十六部《奥赛罗》，到 1850 年出版了第五部分的两部：第十七部《维罗纳二绅士》和第十八部《安东尼和克利奥帕特拉》，此后因为 "黑暗七年" 期间的出版审查停刊。直到 1858 年凯切尔才出版了他译作的第五部分，其中包括已经出版的《维罗纳二绅士》和《安东尼与克里奥佩特拉》，并增加了新译本第十九部《雅典的泰蒙》和第二十部

---

1. Новый перевод Шекспира. «Северная пчела». 1841, 3 июля, № 145, С.577; Литературная новость. «Литературная газета», 1841, 29 июля, № 84, С.336.

2. «Русская литература в 1841 году», «Русская литература в 1842 году» и «Русская литература в 1843 году» (V, 585; VI, 539; VIII, 93).

3. Белинский В.Г. Полное собрание сочинений, Т. X. Изд. АН СССР, М., 1953—1959, С.156.

《裘力斯·凯撒》，在那之后又有一个停顿。1862 年，翻译再次开始出版，此次出版不是以部为单位而是选集，1862—1864 年间重新发行了五部选集，接下来的四部选集与剩余十七部剧作的出版一直持续到 1879 年。从 1841 年到 1879 年，凯切尔几乎以一己之力翻译了莎士比亚的全部作品，而全部莎士比亚译作的出版足足持续了将近四十年，在他最终完成了这项旷日持久的伟业，当所有的翻译出版工作全部完成时，他对终于脱离这项工作并没有感到快乐而是悲伤，甚至向朋友 A.B. 斯坦科维奇抱怨道，"我已经完成了莎士比亚的翻译，然后我失去这份工作，使我感到无聊"[1]。对一个作家的翻译事业能够坚持四十年，中间或因个人原因，或因外部审查几经打断，而能够坚持到最后，不得不让人佩服译者凯切尔超乎常人的毅力，也让读者感受到译者对莎士比亚真诚的眷恋。

凯切尔的译本总体上是散文体的，但戏剧中的歌曲和台词等则被翻译成了诗体，这些诗体部分有一些是由凯切尔的朋友奥加辽夫、屠格涅夫或是另一位同时代莎士比亚译者萨京协助完成的。将莎士比亚剧作以散文形式翻译，凯切尔首先为自己设定了一个基本要求——准确性：珍惜原文每一行，试图传达每一字。在对莎士比亚本身的文字及各种注释甚至德语译本认真研究的基础上，几乎完全避免了可能由翻译造成的错误，他的散文体翻译甚至至今可以作为莎士比亚戏剧分析和解释的指南。凯切尔在内容上忠实于原著的同时，还成功地传达了莎士比亚语言的准确、简洁和活力。然而这一优势并不完全适合舞台表达，将它应用于莎剧中那些富有诗意的、抒情意味浓厚的独白时

---

1. Станкевич А.В. Н.Х. Кетчер，Москва.，1887，C.366.

则使其表现力黯然失色，难以表现出人物复杂的内心和丰富的意象。在凯切尔的散文体译文中，莎士比亚剧作中许多独白结尾的格言押韵丢失了，因而变得扁平无力。俄文译本中因为形式改变而导致表现力减弱，这种减弱在凯切尔翻译的莎士比亚喜剧中更为突出，剔除了文化隐喻、文字游戏和俏皮话的台词将难以表达出相应的喜剧效果。凯切尔因为坚守字面主义而使得某些情景因为用词的过于精准而变得难以理解，在表达习惯上也与俄语的惯用法甚至语言的基本逻辑格格不入。比如在《约翰王》中称呼对方为"英国、法国"而不是更合逻辑的"英国国王、法国国王"，凯切尔对英语专有名词音译的探索也饱受诟病。然而，尽管存在这些缺点，凯切尔的莎译作品仍不失为那个时代对俄国文化的一次伟大征服，在1841—1850年出版的十八部戏剧中，有十三部是首次以俄语出现，莎士比亚的历史剧开始为俄国读者所熟知。

这些功绩得到了批评家的积极响应，特别是40年代为凯切尔译本大力宣传的《祖国纪事》杂志，其精神领袖别林斯基指出："这些期刊已经充分肯定凯切尔先生事业的重要性及其翻译的尊严，继续冒险的机会证明，在俄国不仅有阅读童话故事的人，而且有能够理解严肃剧本的人。"[1]别林斯基的追随者、未来著名的历史学家 П.Н.库德里亚夫采夫（Петр Николаевич Кудрявцев，1816—1858）高度赞扬凯切尔的翻译："他（凯切尔）从事了一项伟大、智慧而高尚的事业，是出于对艺术无私的热爱和造福社会的美好愿望。令人欣喜地看

---

1. Белинский В.Г., Полное собрание сочинений, Т. V, Изд. АН СССР, М., 1953—1959, С.585.

到，现在仍然有这样的人使得普罗米修斯之火闪耀着明亮的光芒！尤其要指出的是，散文体的翻译对于莎士比亚作品是特别必要的，他笔下的字句必须逐字逐句地翻译出来才能体会到其中的有趣之处。"[1]

别林斯基之后《祖国纪事》的短暂领导者 B.H. 迈科夫（Валериан Николаевич Майков, 1823—1847）也是新版莎士比亚译本的坚定支持者，在他对第十四部译作的评论中坚决支持凯切尔的散文体翻译："在该译本的帮助下，一个不懂英语的俄国人对莎士比亚的判断与英国人几乎一样，而阅读之前的译本，如果没有经验丰富的语言学家的指导，几乎是无法做到的。堪称英国古代文学鉴赏家的凯切尔先生在这方面可与任何文学家相媲美！"[2]

不仅同时代的进步文学刊物充分肯定了凯切尔的译本，因为莎士比亚在这一时期在俄国所确立的权威性，以至于没有任何媒体会反对翻译莎士比亚这项事业，在置评凯切尔译本的四十多篇文章中，即使批评了某一篇具体的翻译作品，也没有哪一项评论会低估整个莎士比亚作品出版的意义。官方的《公共教育部日报》、保守的《莫斯科人》，还有《俄国导报》都欢迎并鼓励凯切尔的莎士比亚译本的出版，而 B.C. 梅日维奇的《北方蜜蜂》甚至宣称："莎士比亚的完整译本从未像现在这样出现在我们的国家，俄国文学现在迫切需要它！"[3]

对凯切尔译本最严厉的批评声音来自波列沃伊，尽管他批准了整个译本的出版，但对别林斯基圈子的个人敌意加剧了他对译本的苛责。在 1848 年回顾《科里奥拉努斯》的翻译时，他指出"这里牺牲

---

1. «Отечественные записки», 1841, T. XVII, № 8, отд. VI, C.47—48.

2. «Отечественные записки», 1841, T. LI, № 3, отд. VI, C.12.

3. «Северная пчела», 1841, 13 сентября, № 203, C.810—811.

了俄语的优美以保留意义的字面意思"；十年后，他又对凯切尔第五部的翻译进行了详细的批评，声称这是莎士比亚作品的一些无法辨认的"骨架"，单词和短语的翻译在俄语意义上完全无法理解，他强调因为译文中缺乏必要的解释，会导致这位伟大的英国天才在俄国读者的阅读体验中产生令人不快的印象。但是总体来讲，凯切尔的版本在40年代无疑获得了当之无愧的成功，这些译本还以相对可承受的价格出售，很快就销售一空，到50年代中期，它们已成为图书市场上的稀罕物。然而随着时间的流逝，批评界也不再对凯切尔产生兴趣，甚至在1858年第五部的出版也没有引起足够的重视，始于1862年的第二版则完全销声匿迹了，随后凯切尔可以称作"准全集"的二十部莎作译本被1865—1868年涅克拉索夫和格贝尔出版的《莎士比亚戏剧作品全集》所取代。

二、传承家学的经典化译者 А.И. 克罗内伯格

А.И. 克罗内伯格（Андрей Иванович Кронеберг，1814—1855，以下称小克罗内伯格）对莎士比亚的热爱由克罗内伯格的父亲——著名莎士比亚专家、哈尔科夫大学校长 И.Я. 克罗内伯格从小灌输，老克罗内伯格非常热衷于在俄国宣传自己的作品，1840年11月16日他就曾写信向别林斯基通报即将在哈尔科夫举行的莎士比亚演出。小克罗内伯格从19世纪30年代中期开始从事莎士比亚翻译，1836年他的《麦克白》译本节选发表在哈尔科夫年鉴《希望》中。尽管小克罗内伯格总共只出版了四部莎士比亚戏剧的俄译本，分别是《麦克白》（«Макбет»，1836/1841/1846）、《第十二夜》（«Двенадцатая ночь»，1840.9）、《哈姆雷特》（«Гамлет»，1840.10—12，1843）和《无事生

非》(«Много шуму из ничего»、1847)(其实还于 1838—1839 年间翻译了历史剧《理查二世》，但未出版)，但四部作品都堪称同时代译本的经典之作。小克罗内伯格翻译的两部莎士比亚悲剧和两部喜剧不仅成为典范之作，而且在一定程度上成为莎士比亚诗歌翻译原则的学习榜样，因此在俄国的莎士比亚接受史中译作不多的克罗内伯格扮演了与准全集译者凯切尔地位相当的角色，他将莎剧以诗体形式翻译成俄文，这四部译作直到 20 世纪仍被奉为俄译莎剧的经典之作。

1838 年他在莫斯科结识了别林斯基，后者认为他是个有聪明才智的人并吸引他加入了《祖国纪事》的工作，小克罗内伯格在《祖国纪事》工作期间(1840—1845)应哈尔科夫剧院邀请于 1841 年重译了散文体的《麦克白》，并在 1846 年被收录进由涅克拉索夫和格贝尔出版的《莎士比亚全集》；1840 年初小克罗内伯格被钟爱《第十二夜》的鲍特金说服翻译了这部喜剧，翻译于同年 9 月完成并于次年发表在《祖国纪事》上；随后小克罗内伯格将兴趣转向《哈姆雷特》，他还会定期向别林斯基通报他的莎士比亚翻译工作进展，并最终于 1841 年 12 月完成，并于 1843 年在哈尔科夫年鉴《新冰》(«Молодик»)上发表了《哈姆雷特》的两个场景，并于次年在哈尔科夫出版了全剧的单行本；1847 年他与别林斯基一起转移到《现代人》，从该杂志的重建之初就成为该杂志的主要合作者之一并继续发表莎士比亚译本及其他各国作家译作和有关法国和德国戏剧文学的文章，小克罗内伯格的最后一部莎士比亚译本是喜剧《无事生非》，发表在 1847 年的《现代人》杂志上。虽然一直同别林斯基共事，但是小克罗内伯格并不是一个具有政治敏感度的人，与《现代人》的联系也主要是仰仗别林斯基，故而在别林斯基逝世后克罗内伯格的翻译作品会同时在《现代人》和《读者文库》上刊登，甚至在 1850 年一度转而同《莫斯科人》合作（虽然并未取得成功）。50 年代初小克罗内伯格开始经商并逐渐远离文学，最终于 1855 年去世。

对比小克罗内伯格之前的莎士比亚译者，弗龙琴科是首次用俄语为俄国读者展现莎士比亚才华的人，然而他的翻译稍显笨重而不具诗意，令人费解的情景描写使读者感到困惑；另一方面，波列沃伊过度自由的浪漫主义翻译同样遭到了谴责，于是有必要寻找新的方式来调和诗体翻译与字面主义、莎士比亚的 17 世纪诗学和 19 世纪现实主义美学之间的矛盾，小克罗内伯格在 19 世纪 40 年代一定程度上找到了解决这一矛盾的平衡点。小克罗内伯格的折衷做法是，为了使诗歌流畅轻巧，莎士比亚的语言被简化，而作者不寻常的、复杂的或者非理性的意象常常被俄国读者更熟悉、更理性的事物所取代甚至完全被删除。如此一来，翻译变得容易阅读，浮夸的古朴表达从他作品中消失了，代之以生动活泼的口语来表达，而且这种表达并非像波列沃伊那样建立在译者的任意发挥上，而只是建立在对莎士比亚语言的系统化处理上，同时小克罗内伯格和其他像他这样的翻译家都依靠对文本本身的解释和对文献透彻的语言学研究，尽可能准确地传达原文的意思。借助《哈姆雷特》和《麦克白》的译本，小克罗内伯格使这些悲剧摆脱了沉重的古风、不自然的字面主义和弗龙琴科强加给它们的繁复句法，虽然与此同时不可避免地也削弱了言语的力量。小克罗内伯格翻译了莎士比亚两部上佳的喜剧片《第十二夜》和《无事生非》，是首次出现完整的俄文译本，翻译时在译文中融合了原著中的诗体和散文，让莎士比亚的喜剧人物用丰满、活泼、灵动的俄语交流沟通和自我表达。

然而在小克罗内伯格的翻译中也存在着不小的缺陷，主要体现在对莎士比亚不同寻常的景象描写的简单化、扁平化和标准化。例如，在奥菲莉亚谈论到哈姆雷特的疯狂时，通过简化处理后的文字很难向读者准确传达莎士比亚笔下哈姆雷特的疯癫之态；更不用说在翻译中莎士比亚所有苛刻的表达方式都被删除或软化，小克罗内伯格避免使用一些粗鄙的词汇。不过尽管有这些缺点，小克罗内伯格的翻译仍然是"俄国莎士比亚"创作中向前推进的一大步。与波列沃伊的《哈姆雷特》以及弗龙琴科的莎士比亚俄译本相比，克罗内伯格的翻译不仅准确无误，而且美观优雅，具有很强的可读性，他的悲剧《哈姆雷特》和《麦克白》以真正的诗意而著称，喜剧《第十二夜》和《无事生非》则充满尖锐的幽默。别林斯基理所当然地称小克罗内伯格的《麦克白》是"翻译的经典之作""完全无愧于原作""忠于原作的精神与优雅，同时表现出活力与轻盈"，而《第十二夜》则被赞誉为是"莎士比亚的迷人喜剧唯一优秀的译本之一"[1]。《公共教育部日报》的评论家则认为小克罗内伯格先生《无事生非》的译本"满足了不朽剧作家的崇拜者"。

　　事实上，从现代诗歌翻译原则的角度来看，小克罗内伯格译本中的错误倾向显而易见，然而与其说这是他的个人风格或者过失，不如说是受他所处时代翻译水平的局限。小克罗内伯格的翻译作品从一开始就广受同时代批评家的普遍好评，并在之后得到一贯的认可，他翻译的《哈姆雷特》和《麦克白》直到在 20 世纪 20 年代的苏联时期、

---

1. Белинский В.Г., Полное собрание сочинений, Т. IX, Изд. АН СССР, М., 1953, С.576—577.

《第十二夜》甚至直到 1939 年仍在继续被传载。尤其是它们还被作为经典之作收录在莎士比亚的各版全集中，包括由涅克拉索夫和格贝尔（1865—1868）出版和再版、温格罗夫（1902—1904）以及格鲁津斯基（1913）分别编辑的不同版本中，可谓传世久远。

三、莎士比亚传奇剧诗人译者 Н.М. 萨京

Н.М. 萨京（Николай Михайлович Сатин，1814—1873）的莎士比亚俄译本主要有《暴风雨》和《仲夏夜之梦》两部作品。萨京出身富有的坦波夫地主家庭，与赫尔岑和奥加列夫是最亲密的朋友。他于 1832 年在莫斯科大学与他们成为朋友，1834 年三人被捕后全部被判处流放。1837 年他因病被转移到高加索，并在那里与莱蒙托夫、别林斯基和凯切尔相识，也正是在辛比尔斯克流亡期间萨京开始翻译莎士比亚的《暴风雨》，并于 1837 年出版了翻译节选，该译本于 1840 年完成并以单行本出版。萨京结束流放后，开始着手翻译《仲夏夜之梦》，在别林斯基的评论文章《1840 年的俄国文学》中提到该剧的译本已经准备好出版 [1]，然而因为已有俄译本在前，这篇作品最终未能收录进 Ф.А. 科尼（Федор Алексеевич Кони，1809—1879）主编的同时代专门戏剧杂志《万神殿》[2]，直到十年后萨京的《仲夏夜之梦》俄译本才在《现代人》杂志上与读者见面。

作为译者，萨京身上最引人注目的是，他同时也是一位诗人，有

---

1. Белинский В.Г., Полное собрание сочинений, Т. IV, Изд. АН СССР, М., 1953, С.445.

2. 出版于 1840—1841 年的俄国专门戏剧杂志《俄国和全欧洲剧院的万神殿》(«Пантеон русского и всех европейских театров») 的通称。

自己具体的诗歌创作范围，故而在莎士比亚翻译的过程中并不像小克罗内伯格那样为自己设定翻译莎士比亚最好作品的目标，而只是根据个人兴趣所在翻译了与他自己的创作方向相对应的两部具有奇幻浪漫主义色彩的戏剧。在同时代朋友的记忆中，萨京是一名梦幻般的年轻人，病弱无力却又努力试图逃离现实进入魔幻小说的世界。在朋友T.П. 帕塞克的描述中，"他拥有像席勒一样的长头发和可爱的脸，似拜伦一样跛脚……这个年轻的患者既没有坚强的意志也没有结实的身体，只有一个温柔、敏感的灵魂，来抵御人类粗糙的双手……他的幻想在于逃离地球。听天由命构成了他的诗歌"[1]。通过这样的描述我们仿佛看到一位身体柔弱、心思细腻的忧郁少年，正在用自己的译笔也用诗歌来排解内心的苦闷。诗人渴望进入虚构世界，以一种特殊的力量感受这种渴望，因此当他陷入辛比尔斯克的流亡生活之中后，开始从莎士比亚的剧作中寻找与他的情绪相符的东西。在献给朋友的《暴风雨》译本的前言中，他写道："我被世俗的命运逐出教会／在我面前悄无声息地打开／巫师莎士比亚的魔幻世界／活生生的，伟大的朴素！／在那里，我在悲伤和痛苦中开始了我的翻译／常常在美妙的梦中／在我的头顶／莎士比亚笔下的造物在迷雾缭绕的高处四处奔跑！／这些面孔对我来说似乎很生动／我爱他们，我和他们有过交谈。"[2] 显然，萨京先是根据自己的心境选择了莎士比亚的作品翻译，又在翻译中把自己和莎士比亚的作品融为了一体，是在深刻体会莎士比亚作品魅力的前提下，完成了对作品的翻译。

---

1. Пассек Т.П. Воспоминания，Т. I. СПб.，1905，С.419.

2. Шекспир Вилья .《Буря》. Перевод Н. М. Сатина. 1840，С.5.

《暴风雨》中，米兰公爵普洛斯彼罗被敌人的阴谋推翻了王位，最终流亡到一个杳无人烟的荒岛上，诗人萨京似乎在这里找到了自己命运的诗意原型，并以戏剧人物的处境自况，甚至由此列出了自己的莎士比亚作品翻译清单。然而，这并不意味着萨京打着翻译的幌子阐述了自己的想法，在这两部译作中，他都特意用自己的母语再现了他所理解的真正的莎士比亚。为了正确理解文本，他研究了约翰逊、梅隆、史蒂文斯、沃伯顿、奥古斯特·施莱格尔等数位英国和德国评论家对作品的剖析。萨京译本的一大优势是诗句的轻盈和流畅，不像同时代的其他莎士比亚译者那样将其变成散文体，诗人尤其擅长戏剧的抒情段落，他自己的诗歌天赋对此提供了支撑，使他能够按照原作的押韵准确地翻译这些诗句，连带散文场景也被生动地翻译。《暴风雨》中的醉酒的膳夫、弄臣特林鸠罗和《仲夏夜之梦》梦境里的那些小工匠——即便是这些普通角色，在萨京的译本中甚至比在原作中的讲话更具有文学色彩、更带有书卷气。

　　萨京诗歌的轻盈和流畅同时也有一个缺点——他的诗意中固有的某种倦怠和缺乏活力，经常将一节诗句扩展成两节或更多节诗句，在他看来原作中的浓缩形式似乎表意不清，这种扩展具备了一定意义上的解释功能，而这种扩展未免繁琐和影响阅读。另一个萨京和小克罗内伯格都具有的缺点，莎士比亚选取的意象经常被弱化、扁平化和平庸化，这种处理实际上削弱了诗句的表达效果。萨京同时也削弱了莎士比亚语言的具体性。在翻译《仲夏夜之梦》时，萨京更大胆地传达莎士比亚的隐喻风格，但也用更常见的表达方式将之替换。虽然有这些缺点，但是瑕不掩瑜。萨京的翻译普遍受到同时代评论家的认可，评论家通常肯定整篇译文，一致赞赏抒情段落的处理方式，大多数评论家愿意引用萨京的译本向读者推介莎士比亚戏剧的内容，《祖国之子》杂志更是不惜引用冗长的段落，进行了极其详细的复述。对《暴风雨》翻译的赞美也反映在那个时代的书信中，别林斯基在写于1840年12月26日的信中认为萨京完美地翻译了抒情段落；克拉耶夫斯基1841年1月9日写给卡特科夫的信中认为萨金的《暴风雨》是一个漂亮的翻译，大多数语句非常流畅，序言诗句尤其优美。1840年12月19日格拉诺夫斯基写给姐妹们的信则把萨京在他的同时代人中的地位描述为主要是作为《暴风雨》的翻译者为人所知。《仲夏夜之梦》的译本相对引起了较少的反应，仅有的对它的评论来自该作后来的译者 A.A. 格里戈里耶夫，格里戈里耶夫在指出萨京译本过于简洁的缺点之后，同时承认"萨京先生的翻译是一项认真的壮举，而不是仓促完成的……是对工作充满热爱并在真正了解它的基础上完成的，远远超越之前那些又笨重又粗糙的译本，可以说萨京先生译本的出现是一种非常令人愉悦的现象"[1]。两部萨京的莎士比亚剧作译本在十月革命前发行的莎作文集中被多次重印，也说明了后世对萨京译本的喜爱和推崇。

四、《罗密欧与朱丽叶》直译版译者卡特科夫

在19世纪40年代初期莎士比亚最重要的译本中，还有 M.H. 卡特科夫（Михаил Никифорович Катков，1818—1887）翻译的《罗密欧与朱丽叶》（«Ромео и Юлия»）。卡特科夫在莫斯科大学求学期间（1834—1838年）加入了斯坦科维奇圈子，基于共同的哲学基础和审

---

1. «Москвитянин»，1951，ч. VI，№ 22，C.370—375.

美兴趣与别林斯基接近，卡特科夫大学毕业后，别林斯基吸收了他加入《莫斯科观察家》(1838—1839)。在这期间卡特科夫翻译了海涅的诗歌、《罗密欧与朱丽叶》的场景片段以及德国哲学家黑格尔的文章等。1839年卡特科夫又跟随别林斯基转移到《祖国纪事》共事。卡特科夫对莎士比亚悲剧的关注很可能也是由别林斯基引起的，《罗密欧与朱丽叶》的若干场景片段最终在1838—1839年的《莫斯科观察家》上刊登，鲍特金和别林斯基后来帮助将该译本于1840年秋出售给出版商，后来别林斯基、巴纳耶夫和克拉耶夫斯基又协助该作得以收录进1841年初出版的《万神殿》杂志。通过卡特科夫的翻译，成功地传达了《罗密欧与朱丽叶》这部莎剧的内在逻辑，使读者能够深入体会到该剧的精彩之处，这显然与译者的才华相符，对于他来说，思想的发展比感情的表达更容易得到传达。洛伦佐神父的自然哲学和道德沉思、朱丽叶在服用安眠药前的内心活动、她父亲的道德说教属于译文的最佳诗篇，尽管卡特科夫经常像其他同时代莎士比亚译者一样，削弱了原著的意象。卡特科夫不仅以诗歌翻译诗歌、以散文翻译散文，而且在大多数情况下，传达了原著诗句的押韵，他还设法重现了角色交流时的语言特征：凯普莱特的顽固偏执、洛伦佐神父的审慎自持、朱丽叶乳母的荒谬健谈、罗密欧朋友茂丘西奥的活泼幽默等，都通过卡特科夫的译笔展现得活灵活现。

卡特科夫比同时代的其他译者更努力地传达莎士比亚的隐喻风格，尽管有时略显笨拙，然而就其时代而言，卡特科夫的译本已经称得上是最贴近原文的翻译，莎士比亚悲剧的伟大之处也得到最大程度的体现。别林斯基一再呼吁将他的《罗密欧与朱丽叶》译本付梓，赞誉其是"美妙的诗意翻译""诗意非凡""莎士比亚戏剧的最佳俄语翻译"[1]，甚至打算为卡特科夫的《罗密欧和朱丽叶》译本写一篇特别的推荐文章。《文学报》在《万神殿》即将出版卡特科夫翻译的《罗密欧与朱丽叶》时写道："卡特科夫的翻译无疑是莎士比亚的《罗密欧与朱丽叶》的最佳译本。"[2] 后来车尔尼雪夫斯基在《俄国文学果戈理时期概观》中称赞该译本"非常完美"。然而，由于卡特科夫的诗歌天赋并不出色，导致译文中常常无法准确表现悲剧的悲惨境地，难怪《俄国残疾人报》批评译文"缺乏艺术性"，虽然审稿人也补充说道："有些页面翻译得比较成功，而且在某些地方效果很好。"[3] 卡特科夫的《罗密欧与朱丽叶》的译本并没有被大量转载并很快被新的译本取代，被迅速取代的还有这一时期更多的大众翻译版本，它们的出版有些只是为了填补那些被审查官丢弃的作品，既不能代表这一时期俄国莎译应有的水平，也没有得到评论过多的正面评价。

第二节　各国莎学成就在俄国的普及

在非凡十年的这个阶段，在俄国涌现出专业莎士比亚译者的同时，俄国文学界也非常关注世界各国的莎士比亚研究成果，国外莎士比亚学的研究成果和最新动向借助文学杂志在俄国得到普及。英国莎士比亚学者约翰·佩恩·柯里尔（John Payne Collier，1789—1883）

---

1. Белинский В.Г., Полное собрание сочинений, Т. IV, Изд. АН СССР, М., 1953, С.311.

2. Литературные и другие вести. «Литературная газета», 1841, 9 января, № 4, С.14.

3. «Русский инвалид», 1841, 3 мая, № 104 и 105, С.409.

于 1840 年成立了全世界第一个莎士比亚学会，引起俄国杂志的浓厚兴趣。当年年底，在《北方蜜蜂》（第 258 期）杂志评论中，就出现了有关该学会的建立及其任务的报道；不久后，类似的信息出现在《文学报》（1841 年，第 22 期）的一篇名为《1841 年的英国文学》的文章中。柯里尔于 1842 年到 1844 年间出版了八卷本的莎士比亚作品集，Я.К. 格罗特在普列特涅夫的《现代人》（1844 年，第 9 期）中详细介绍了该作品。1848 年英国著名莎士比亚学者詹姆斯·奥查德·哈利威尔（James Orchard Halliwell，1820—1889）出版了《莎士比亚生平》一书，引起一位匿名观察家的关注并根据此书为俄国读者梳理了莎士比亚的一生经历，刊登在当年《现代人》杂志的第三期上。官方出版物《公共教育部期刊》和《莫斯科导报》报道了关于《亨利四世》手稿在英国的发现。互相敌对的《祖国纪事》和《北方蜜蜂》以相同的方式发布了莎士比亚的全新德语、法语和匈牙利语译本出版的消息。《莫斯科人》（1849 年，第 2 期）刊登了以内森·德雷克（Nathan Drake，1766—1836）的主要研究成果《莎士比亚与他的时代》（*Shakespeare and His Time*，1817）为基础的文章。甚至像莎士比亚斯特拉特福的房子被出售这样的莎翁轶事也第一时间出现在俄国的文学杂志上，足以看出俄国文学界对所有有关莎士比亚事务的热心和关注。

19 世纪 40 年代人们对莎士比亚的兴趣日益浓厚，与俄国读者逐渐高涨的莎士比亚阅读热情形成对比的是对莎士比亚其人和作品介绍、批评等的匮乏，在俄国国内的原创莎学尚处在起步阶段的情况下，读者和批评界都迫切需要首先普及国外的莎士比亚研究成果，这种普及工作主要是在别林斯基合作的《祖国纪事》杂志上进行的。该刊的主编 A.A. 克拉耶夫斯基意识到有必要系统地普及有关莎士比亚戏剧的信息，早在 1839 年在他出版的《〈俄国残疾者〉的文学增刊》中，在莎士比亚同名栏目下就曾经收录过译自法语评论文章《莎士比亚女性形象长廊》的摘录，其中包括剧作家的简短传记和三十三部莎剧剧本的介绍[1]。该栏目开篇就强调发表这些评论的目的是"使普通读者熟悉这位伟大的英格兰天才的生活和作品，在此之前这位英格兰天才的才华仅被科学家或专门从事文学研究的人所知"[2]。正是受这篇评论发表的启发，越来越多的关于莎士比亚戏剧的信息出现在俄国的刊物上。

值得注意的是，有关莎士比亚的第一篇评论文章《莎士比亚——十八、十九世纪欧洲作家论莎士比亚观点回顾》(«Шекспир. Обзор главнейших мнений о Шекспире, высказанных европейскими писателями в XVIII-м и XIX-м столетиях») 于 1840 年问世，它发表在《祖国纪事》上，尽管文章的一大部分在严格意义上应该算是一篇译文，由这一时期俄国的重要莎士比亚译者小克罗内伯格写成。该文首先概述了 18 世纪和 19 世纪欧洲作家表达的关于莎士比亚的主要观点，其中大部分译自《爱丁堡评论》(«The Edinburgh Review») 中的评论，以对莎士比亚在英国和德国的最新成就为基础，其中包括莎士比亚及其同时代人作品的出版、英国莎士比亚学者科利尔的传记、英国评论家考特尼 (Thomas Peregrine Courtenay, 1782—1841) 对莎士

---

1. «Литературные прибавления к Русскому инвалиду», 1839, Т. 1, 25 февраля, № 8, С.165—171; 11 марта, № 10, С.213—215; 18 марта, № 11, С.230—236.
2. 同上，第 165 页。

比亚历史剧的注释、英国浪漫主义文学的奠基人柯勒律治（Samuel Taylor Coleridge，1772—1834）和英国文学史家哈莱姆（Henry Hallam，1777—1859）有关莎士比亚的讨论以及德国浪漫主义运动的创始人之一蒂克（Johann Ludwig Tieck，1773—1853）、德国诗人霍恩（Franz Christoph Horn，1781—1837）、德国莎评家乌里奇（Hermann Ulrici，1806—1884）等德国莎士比亚研究者的著作，几乎可以说是全面介绍了18、19世纪欧洲国家对莎士比亚研究的发展情况。文章的作者认为像在英格兰、德国和法国一样，对莎士比亚的认可正在俄国逐渐形成，然后他开始着手描述俄国莎士比亚研究的现状及其在传记、作品的理解、它们的年代和周期等方面的争议性问题。小克罗内伯格将莎士比亚的作品分为三个时期：第一个时期截止1593年之前，为"不成熟期"，作品包括《维罗纳二绅士》《爱的徒劳》《错误的喜剧》和早期版本的《罗密欧与朱丽叶》；第二个时期截止1600年，在这一时期"莎士比亚被激情和思想的全部力量所激发"，"达到了他的完美境界"，这一时期的作品包括历史剧、喜剧和正剧《罗密欧与朱丽叶》；第三个时期，在莎士比亚一生的最后一刻"他的伟大被充分确立"，创造出了自己的伟大悲剧和罗马悲剧。莎士比亚晚年抛弃了喧嚣的城市生活开始隐居故乡，致力于传说体裁《辛白林》和《冬天的故事》，并以《暴风雨》完成了他的尘世梦想。文末还简要描述了莎士比亚的一些喜剧和悲剧的内容以及他的写作技巧和生活观的发展变化。

《爱丁堡评论》的莎士比亚评论不仅引起了《祖国纪事》的关注，1841年初的《祖国之子》杂志同样刊登了来自这份刊物的文章。这篇评论文章以一个响亮的宣言开始："世界上有两位最伟大的诗人，那就是荷马和莎士比亚。两人都非常了解人和生活，以至于他们不需要去发挥想象就可以成为诗人。他们的作品都揭示了最新鲜的自然和力量，以及人类命运和内心最深刻的真相，能够以如此清晰和坚不可摧的形象倾泻而出，仿佛历史本身创造了它们。两者都是后世所有诗意思想围绕的焦点。"[1] 除了复述英文文章外，文章还长篇引用了歌德著名的莎士比亚论著《说不尽的莎士比亚》。最后作者指出需要用俄语创作"对莎士比亚戏剧的独立分析或评论，并做好充分的准备和对此事的了解"[2]。不断而及时地引入过去或同时代莎士比亚研究者对剧作家的研究成果，慢慢帮助俄国文学家、译者和评论家建立起自己的对于莎士比亚及其作品的清晰认识，这些认识组成了19世纪俄国初期的原创莎学。

第三节　俄国原创莎学的建立和发展

非凡十年期间，在专业莎士比亚译者层出不穷涌现和国外莎学在俄国普及的基础上，俄国文学界对莎士比亚作品的了解和认识不断加深，这种了解和加深主要体现在专门戏剧杂志的诞生和专业莎评家的出现上，越来越多的评论家开始在杂志上发表专门的莎评作品。

一、专门戏剧杂志的诞生

在广泛译介外国莎学的基础上俄国逐渐出现了原创莎学，有关莎

1. «Сын отечества», 1841, Т. I, № 6, отд. I, С.195.
2. 同上，第209页。

士比亚信息的普及在 19 世纪 40 年代的俄国媒体中获得了相对广泛的传播，首先反映在创办了有关戏剧的专门刊物，许多有关莎士比亚戏剧的文章都刊登在上面，有些文章虽然篇幅短小，却从多个侧面为俄国读者介绍了莎士比亚及其戏剧。有关莎士比亚戏剧来源的一整套注释刊登在杂志《俄国剧院的剧目》(«Репертуар русского театра»，简称《剧目》) 和《俄国和全欧洲剧院的万神殿》(«Пантеон русского и всех европейских театров»，简称《万神殿》) 上。1840 年，这些注释中的第一条出现在《俄国剧院的剧目》的第十卷中：《莎士比亚从哪里借用了〈麦克白〉的内容？》，答案是从霍林谢德的历史剧中回顾了这位苏格兰国王的历史。第二年的 1841 年出版了五份类似的注释：《关于〈奥赛罗〉》(由辛提欧讲述的故事)(《剧目》第一卷)，《关于〈哈姆雷特〉的丹麦传奇故事》(源于 12 世纪末丹麦历史剧家萨克索·格兰玛狄克的《丹麦史》)(《文学报》第 43 期)，以及刊登在《万神殿》上的三个传奇故事 (第 6、8、11—12 卷)，简要注释了莎士比亚是从哪里获得《奥赛罗》《哈姆雷特》《暴风雨》《威尼斯商人》和《辛白林》等五部戏剧的情节素材。在 1841 年的《万神殿》第 8 期上，刊登了一篇小文章《莎士比亚统治下的伦敦剧院》，对 16、17 世纪之交剧院的结构和布置作了非常简洁的描述，其特点是表演要迎合观众的喜好。1842 年开始这两份杂志后来合并为《俄国剧目和全欧剧院万神殿》(«Репертуар русского и Пантеон всех европейских театров»，简称《剧目和万神殿》)。1843 年《剧目和万神殿》第 2 期中西班牙作家洛佩·德·鲁埃达的作品《欧菲米亚喜剧》被描述成《辛白林》的原型。

二、专业莎评家的涌现

这一时期的俄国文学杂志和报纸不仅成为译本与读者见面的场所，也成为宣告新翻译原则的论坛，评论家就翻译理论的问题展开讨论，在那个时代俄国社会生活最重要的中心人物是别林斯基，正是别林斯基将对莎士比亚的浪漫诠释过渡到现实主义，他的论述对于理解19世纪40年代及之后莎士比亚在俄国的接受具有决定性的意义，可以说这一时期俄国几乎所有莎士比亚的译者都得到了别林斯基的鼓励和关心，所有的莎士比亚译本都得到了别林斯基的积极回应。就像普希金是19世纪初期莎士比亚接受的典型代表一样，别林斯基接过了普希金评论莎士比亚的衣钵，将"非凡十年"的莎士比亚评论推向了一个新的高度。有关别林斯基对莎士比亚的论述将在下一章专门讨论。此处我们将目光投向这一时期除了别林斯基以外的两位专业莎评家——赫尔岑和鲍特金。

А.И. 赫尔岑（Александр Иванович Герцен，1812—1870）是俄国19世纪40年代与别林斯基齐名的评论家、思想家，同时还是卓越的文学家和革命家，屠格涅夫曾评价赫尔岑在刻画他遇到人物的性格方面是没有敌手的，列宁赞誉他是19世纪40年代俄国最伟大的思想家，高尔基更是不吝溢美之词，称赫尔岑一个人就代表整整一个领域、就代表一个思想饱和到惊人地步的国度。赫尔岑在少年时代受十二月党人思想影响，立志走反对沙皇专制制度的道路，早在考上莫斯科大学之前的1827年，就与好友奥加廖夫在麻雀山上面向整个莫斯科立下"将为社会的平等和正义奉献一生"的汉尼拔誓言。在大学就读期间组建了以自己为中心的"赫尔岑小组"（1831—1834），不幸的是于 1835 年以"对社会有极大危险的自由思想者"的罪名被流放，从此开始了长达近十年的流放生活，直到 1842 年结束流放生活回到莫斯科。赫尔岑于 30 年代末被流放中开始文学创作，首先是早期带自传性质的中篇小说《一个年轻人的札记》（1840—1841），1842 年回到莫斯科后，先后撰写了《科学中的不求甚解》（1842—1843）和《自然研究通信》（1845—1846）等哲学著作和《谁之罪？》《克鲁波夫医生》以及《偷东西的喜鹊》等三部现实主义小说。1847 年初，赫尔岑为了获得一个自由的政治活动空间和思想传播场所，以给妻子治病为由离开俄国来到西欧，从此开始了他长达二十余年的海外流亡生涯。1848 年欧洲革命的失败，引发了赫尔岑思想上的危机，由西欧派主张开始转向根基派，但始终坚持反对封建专制。1853 年赫尔岑在伦敦建立自由俄国印刷所，后又和奥加辽夫一起在那里出版《北极星》和《警钟》等期刊，登载揭露沙皇专制制度的文学作品和各种文章、资料，这些刊物被大量秘密运回俄国，促进了俄国解放运动的发展。1850 年，赫尔岑拒绝了沙皇尼古拉一世要他回国的命令，从此成为一位政治流亡者，后又加入瑞士籍，迁居伦敦，在伦敦开始写作巨作回忆录《往事与随想》。可以说，赫尔岑的一生经历丰富坎坷，无时无刻不以国家民族的命运为牵挂，个人的思想动向也随着国家的命运和周围环境发展变化着，而这些发展变化也体现在赫尔岑对莎士比亚的鉴赏和态度上。

作为俄国 40 年代进步思想代表的赫尔岑，最初是更钟情席勒叛逆戏剧的浪漫主义者，直到流亡期间他才开始真正了解莎士比亚。赫尔岑在他的自传体小说《一个年轻人的札记》的引言中，就把莎士比亚和沃尔特·司各特并排放置，称他们懂得每一个生命的历史都具有独特的情趣，而这种情趣就在于内心发展的情况[1]。后文中赫尔岑进一步阐述："要理解歌德和莎士比亚，需要结识生活，需要经历恐怖，需要忍受浮士德、哈姆雷特和奥赛罗式的痛苦。"[2] 在书中，赫尔岑还提出，"活生生的人就是你们哲学的绊脚石。莎士比亚通过自己的途径无疑比从阿纳萨哥拉斯起到黑格尔为止的一切哲学家都更加懂得这一片由矛盾、斗争、美德、缺陷、迷恋和卑鄙构成的汪洋大海——包容在从横膈膜起到头盖骨为止这一小范围内的、在活生生的个人中所包含的大海"[3]。在赫尔岑度过几年的流亡生活后写下的这部自传中，莎士比亚同其他一批优秀的作家一起，引导和拓展着青少年时期作者对世界的认识，作者通过莎士比亚的作品、通过莎士比亚塑造的人物，感受着别处的痛苦和恐怖，也将它们与自己正在经历的痛苦和恐怖相对照，试图寻求一些超脱。

在 1837 年写给当时还是女友的扎哈琳娜的一封回信中，赫尔岑这样介绍莎士比亚："他仔细考察了同时代人的心，看到的是缺德和卑鄙，于是他愤怒地向人们发出了对他们的判决；他的每一部悲剧都是一个烙在强盗身上的印章。"[4] 在赫尔岑看来，莎士比亚不写安慰人的作品，对人们深深的蔑视驱使他带着微笑直指人身上发臭的伤口，甚至不带有一丝怜悯，而《哈姆雷特》就是莎士比亚全部作品的典型。赫尔岑自述曾读过十遍《莎士比亚全集》，认为剧中的每一个字

1.《赫尔岑中短篇小说集》，程雨民译，上海文艺出版社 1962 年版，第 4 页。

2. 同上，第 32 页。

3. 同上，第 80 页。

4. 中国社会科学院外国文学研究所外国文学研究资料丛刊编辑委员会：《莎士比亚评论汇编》(上)，中国社会科学出版社 1979 年版，第 458 页。

都渗透着冷酷和恐怖，哈姆雷特心地善良、品德高尚，却被为父报仇的思想支配，而当他最终发现杀父凶手居然是自己的母亲时，在悲伤绝望之后爆发出了恶魔般的笑声。《哈姆雷特》带给赫尔岑的震撼巨大，以至于读者奉莎士比亚为"最强有力的天才"[1]，正是因为莎士比亚无限宽阔的心胸才能够驾驭如此困难的题材。在两年后赫尔岑写给已成为自己妻子的扎哈琳娜的信中，刚刚观看《哈姆雷特》归来的诗人，仍然难以抑制心中的激动甚至嚎啕大哭，并且再次向妻子感慨："《哈姆雷特》本身可怕又伟大。歌德说得对，莎士比亚像上帝一样在造物。他的作品跟真的一样，他的作品具有不容置辩的现实性和真实性。"[2] 赫尔岑认识到了莎士比亚的伟大之处在于，莎士比亚的创造具有不变的现实和真理。这个认识意义重大，表明当赫尔岑克服浪漫理想主义并发展出涵盖人类活动所有领域的现实主义世界观时，他开始转向了莎士比亚，正是在对莎士比亚的理解不断加深的过程中，赫尔岑逐渐发展成为一个现实主义者和唯物主义者。

可以说，莎士比亚的作品有机地进入了赫尔岑的意识和思想当中，他对莎士比亚的概括性判断还出现在他的哲学著作《科学中的不求甚解》和《自然研究通信》中。在赫尔岑看来，"新教世界产生了莎士比亚。莎士比亚乃是两个世界的人。他结束了艺术的浪漫主义时代，又开辟了一个新的时代。他天才地揭示了人的主观因素的全部深度、全部丰富内容、全部情欲和全部无限性。……对于莎士比亚来讲，人的内心就是宇宙，他那天才有力的妙笔描绘出了这个宇宙。"[3] 在赫

---

1. 中国社会科学院外国文学研究所外国文学研究资料丛刊编辑委员会：《莎士比亚评论汇编》(上)，中国社会科学出版社 1979 年版，第 459 页。

2. 同上。

3. 同上，第 460 页。

尔岑看来，莎士比亚已经超越浪漫主义，已经将视线和笔触探索到生活本身及其最隐秘的禁区，并且勇敢地去揭露所有看到的东西，所以才能创作出触动读者和观众心灵的作品。在《自然研究通信》中，赫尔岑进一步阐述道，"莎士比亚对生活的诗艺观察，对生活的深刻理解是无穷的"[1]，这种跨越甚至超脱了莎士比亚作为一个岛国居民的局限性。赫尔岑就莎士比亚与人民的关系发表了精彩的观点："诗人和艺术家在自己真正的作品中总是表现出民族性。无论他写什么，无论他在自己的作品中报什么目标和思想，他总是有意无意地表现了民族性格中的某些天然因素，而且比民族的历史表现得还要深刻和鲜明。"[2] 而莎士比亚作为一个英国人，就像一个"环套"一样一下子抓住了盎格鲁-撒克逊民族心灵中自古以来就存在的一切东西——每一丝纤维、每一种暗示、每一个代代相传的看法都在莎士比亚作品的字里行间得到了形式和语言的表现。赫尔岑有关莎士比亚作品中人民性的描述，很容易让我们联想到普希金有关文学人民性的论述，正是普希金率先肯定了莎士比亚的《奥赛罗》《哈姆雷特》《一报还一报》及其他著作中具有的巨大人民性。[3]

　　莎士比亚在赫尔岑生活不同阶段的书信和回忆录中反复出现，说明了莎士比亚在他的精神生活中所起的持续作用。在 19 世纪 30 年代后期，他承认自己热衷于重新阅读伟大的大师的诗歌，包括歌德、莎士比亚、普希金、司各特。二十年后，他又在给儿子写的信中说：

---

1. 中国社会科学院外国文学研究所外国文学研究资料丛刊编辑委员会：《莎士比亚评论汇编》（上），中国社会科学出版社 1979 年版，第 460 页。

2. 同上，第 461 页。

3.《普希金全集（六）评论》，邓学禹、孙蕾等译，浙江文艺出版社 2012 年版，第 34 页。

"歌德和莎士比亚等于整整一所大学。人凭借读书以体验往事，不是像在科学中那样只拿最后的、已弄清楚的结论，而是像伴侣一样，一同起步，一起迷路。"[1]从青少年到壮年再到老年，莎士比亚作为赫尔岑的同路人陪伴他走过了跌宕起伏的一生。

В.П. 鲍特金（Василий Петрович Боткин，1811—1869）是19世纪中期形成的俄国"纯艺术派"的三巨头之一，正如郑体武教授在《俄国文学简史》中指出的，"'纯艺术派'形成于19世纪四五十年代，在诗坛上与涅克拉索夫流派并驾齐驱，分庭抗礼。这一流派的理论家是亚历山大·德鲁日宁、鲍特金和巴维尔·安年科夫。他们均是从《现代人》的同仁中分化出来的。"[2]在俄国批评界，"纯艺术论"最早出现在19世纪30年代，"纯艺术派"则直到19世纪中期才从现实主义阵营脱离出来，标志性的事件就是1856年曾经与俄国"自然派"同在《现代人》共事的几位编辑的出走，才形成以三巨头为代表的"纯艺术派"文学批评流派。"纯艺术论"三巨头德鲁日宁、鲍特金和安年科夫共同捍卫"为艺术而艺术"、艺术的独立与自足、文学创作的非理性等美学原则，以自己的方式为纯艺术理论做出了自己的贡献。[3]我们这里要讨论的，正是三人对俄国莎士比亚接受进程的推动作用。在非凡十年期间，三人还与别林斯基、涅克拉索夫等同为《现代人》杂志的编辑和主要供稿人，在对莎士比亚的看法上也没有显现出从杂志社出走后的分歧。

---

1. 中国社会科学院外国文学研究所外国文学研究资料丛刊编辑委员会：《莎士比亚评论汇编》（上），中国社会科学出版社1979年版，第462页。
2. 郑体武：《俄罗斯文学简史》，上海外语教育出版社2006年版，第83页。
3. 曾思艺：《19世纪俄国唯美主义文学研究：理论与创作》，北京大学出版社2015年版。

安年科夫在《文学回忆录》中这样记载着："鲍特金屋内堆满了莎士比亚著作的不同版本以及欧洲研究者对莎士比亚著作的注释和评论。他的空闲时间都是在那里度过的，当时他正在撰写论莎士比亚的文章。"[1]鲍特金是十九世纪中期俄国最好的文学艺术鉴赏家之一，在19世纪三四十年代属于俄国知识分子最先进的圈子。鲍特金兴趣广泛，在30年代下半叶与《莫斯科观察家》《读者文库》《现代人》以及后来的《祖国纪事》合作，撰写了涉及涵盖俄国文学和外国文学、哲学、音乐、建筑等众多领域的文章，尤以对思想领域新趋势的异常敏感著称，在德国哲学和美学的熏陶下成了赫尔岑口中"莫斯科黑格尔学派最有资格的代表之一"。鲍特金自小便是莎士比亚的崇拜者，在30年代末他不仅十分熟悉莎士比亚的作品，也广泛阅读了有关莎士比亚的论著，尤其是德语评论文章。他对英语剧作家的热情拉近了他与别林斯基的距离，后者在1840年5月16日写给他的信中曾说："我很高兴与你一起谈论莎士比亚，我将这些对话视为一生中最幸福的时刻。"[2]两者在包括莎士比亚研究在内的领域相互影响，根据两者共同的好友安年科夫的记载，正是鲍特金向别林斯基推荐和介绍了有关英国和德国莎士比亚学者的文学评论作品。[3]有关莎士比亚的讨论始终是这一时期两位最活跃的评论家关心的话题。

鲍特金有关莎士比亚的评论可以分为三个不同时期：翻译德语

---

1. 安年科夫.辉煌的十年［M］.甘雨泽译.// 文学回忆录.哈尔滨：黑龙江人民出版社，1999：266.

2. Белинский В.Г., Полное собрание сочинений, Т. XI, Изд. АН СССР, М., 1953—1959, С.524

3. Анненков П.В. П.В. Анненков и его друзья, Т. I. СПб., 1892, С.578.

评论时期、翻译英语评论时期和独立的莎士比亚评论时期。在 19 世纪 30 年代后期，鲍特金在黑格尔哲学批评的影响下开始了对莎士比亚的研究。在读到黑格尔的学生、黑格尔著作《美学》的出版人霍托（Heinrich Gustav Hotho, 1802—1873）的《生命与艺术的初探》（*Vorstudien für Leben und Kunst*）一书后，惊呼这是一本"无价之书"，并在 1839 年 4 月 10 日给巴枯宁的信中写道，正是在霍托的推动下自己萌发了对莎士比亚历史剧的兴趣。在这封信中，鲍特金激动地感慨道，莎士比亚的作品"多么生动地反映了生活，每个角色都富有深度和饱满度，所有的诗歌都空灵而引人入胜"！在这封信中鲍特金强调了席勒这位"德国莎士比亚"对于他理解莎士比亚的重要意义，那就是要真正理解莎士比亚，必须经过席勒。在鲍特金看来莎士比亚有意地围绕着人类所有日常生活展开创作，以便用他无所不能、用之不竭的诗歌来启发人们；而席勒则指出人类是一种高于一切尘世事物的精神，个体不是作为一个角色，而是作为一个不朽的人格，作为一个独立的、自由的自我而存在。年轻的鲍特金尚无法摆脱黑格尔哲学思想的束缚，即使是去理解莎士比亚作品的真实想法也需要借助德国浪漫主义的神秘棱镜，是鲍特金早期莎士比亚论述的主要特点。

鲍特金有关莎士比亚研究的第一篇文章是对德国黑格尔右派哲学家罗切尔（Heinrich Theodor Rötscher, 1803—1871）《莎士比亚的四部新剧》一文的翻译 [1]，刊登在《祖国纪事》上的这篇文章事实上只介绍了莎士比亚的两部作品，即《爱德华三世》（*Edward III*）和《伦敦

---

1. «Отечественные записки», 1840, T. XIII, № 11, отд. II, C.1—24.

浪子》(*The London prodigal*)，另外两部并非莎士比亚的作品。罗切尔在这篇文章中从客观唯心主义的角度出发，他认为可靠的只有精神的证据，它是唯一高于所有历史证据的。根据罗切尔的说法，爱德华三世的统治史雄伟地揭示了精神的万能，正是因为爱德华三世抑制了内心对索尔兹伯里伯爵夫人美貌的迷恋，战胜了一己私欲才得以投身更伟大的征战。罗切尔对《伦敦浪子》的解读是忠实的妻子卢修斯靠着自己的虔诚，最终感化了自己放荡而堕落的丈夫，使他回到了拥有美德的道路上。鲍特金在不偏离作者原意的情况下翻译了罗切尔的文章，但并不完全认同作者的观点。在笔记中他表达了对这位哲学家将莎士比亚的所有作品当作同一种类型的戏剧加以解释的消极态度，鲍特金写道："选择莎士比亚作为宣传神学、虔诚和论辩性话语的画布，这是一个奇怪的现象"[1]。显然，随着对莎士比亚了解的加深，德国黑格尔哲学已经逐渐成为鲍特金与莎士比亚进一步靠近的阻碍。

　　很快，鲍特金开始转向英国评论家的莎士比亚论述，在《祖国纪事》上发表了英国作家安娜·布朗内尔·詹姆森（Anna Brownell Jameson，1794—1860）《莎士比亚剧中的女性角色》(*Shakespeare's female characters*，1832）一书中关于朱丽叶和奥菲莉亚部分章节的译文[2]。《莎士比亚剧中的女性角色》一书由若干篇微妙而深刻的心理学文章组成，行文中带有一丝浪漫的感伤，这确保了它在浪漫主义盛行的维多利亚时代的英国取得成功。鲍特金在他的翻译前言中称，詹姆逊是一个有着深刻、真正审美灵魂的女人，她从莎士比亚那里汲取了崇高

1. Боткин В.П., Сочинения, Т. II, Статьи по литературе, СПб, 1891：227.

2. Боткин В.П. Женщины, созданные Шекспиром. Юлия и Офелия. «Отечественные записки», 1841, Т. XIV, № 2, отд. II, С.64—92.

的审美观念。詹姆逊将莎士比亚的每一部创作都看待为一个独立的世界，甚至拥有与众不同的太阳、自然和空气。而詹姆逊深刻的洞察，尽管表达得简单朴实、近乎天真，读者都会体会到女性独有的直觉，与任何抽象思维或理性理解都格格不入，这就是为什么她的每一句话都如此触动灵魂、如此靠近真理又能够如此引人入胜。[1]朱丽叶在詹姆逊的诠释中是爱的化身，激情是朱丽叶生存的条件，没有激情，她将不复存在，激情是她灵魂的灵魂、是她心脏的脉搏、是流动在她体内血液，充满了她身体的每一个原子。而奥菲莉亚是一个善良、温顺、孤独的女人，她被"沉重的、不幸的命运网罗，被恶毒的光照射，没有抵抗的力量、没有行动的意愿、没有对苦难的承受力"[2]。鲍特金翻译的这篇詹姆森的文章引起别林斯基的热烈回应。他在《1841年的俄国文学》一文中指出这位英国作家的书令人惊叹，惊叹于"女性内心深处分析作品的力量和深度，对世界上最伟大诗人的真实而有力的理解，极富灵性和诗意，同时又充满思想和理性"。[3]在别林斯基1841年3月1日写给鲍特金的信中，更是感慨道："直到现在我才明白什么是天才女性！自从我出生以来，无论是在梦中还是在现实中，我都没有读过这么好的批评论著，詹姆森为我阐明了哈姆雷特的性格和整出戏的想法。"[4]

　　1841年鲍特金提出了一项宏伟的计划，要在凯切尔莎士比亚译

---

1. Боткин В.П., Сочинения, Т. II, Статьи по литературе, СПб, 1891: 170.

2. 同上，第192页。

3. Белинский В.Г., Полное собрание сочинений, Т. V, Изд. АН СССР, М., 1953—1959, С.536.

4. Белинский В.Г., Полное собрание сочинений, Т. XI, Изд. АН СССР, М., 1953—1959, С.26.

本的基础上，为莎士比亚的每一部作品写一篇文章，显然因为某种原因这项计划并没有实行。第二年，鲍特金仅仅为《祖国纪事》写了两篇有关凯切尔译本的简短评论和一篇名为《作为一个普通人和一名抒情诗人的莎士比亚》(《Шекспир как человек и лирик》)文章。两篇评论是对《亨利六世》三部曲内容的简短复述，而后者根据鲍特金当时的说法，是他有关英国剧作家作品分析系列文章的开端，作者试图通过对莎士比亚所有作品实质的挖掘去了解和呈现一个真正的莎士比亚，从这一目的出发，鲍特金研究了莎士比亚的全部作品，并将其与莎士比亚的传记及当时的历史进程中一些鲜为人知的史实联系起来加以分析。在鲍特金看来，莎士比亚外表安静、内心澎湃，"他的精神已经越过轻浮的界限和人类的狭隘轨道，开始向内凝神、窥探自我，享受着灵魂暗处展现的灵异景象。他把自己最宝贵的财富藏在朴素谦逊的外表下，就像一个深爱安静的孤独者。精神在他身上绽放出万千绚丽的色彩，他的外表却依然是一个完全单纯、安静、平凡的人"[1]。鲍特金认为，莎士比亚的大部分戏剧是从他灵魂的沉闷忧郁中汲取灵感的，这些戏剧挖掘出无穷无尽的深度，将现象的世界暴露入骨。鲍特金还谈到莎士比亚的十四行诗，他认为这是对莎士比亚戏剧中内在情绪的补充，并且强调要更看重莎士比亚的全部创作，既要认识他的抒情诗，又不能忽视他的戏剧作品，值得一提的是，鲍特金是俄国批评家中第一个分析莎士比亚十四行诗的人。

尽管鲍特金曾经向包括别林斯基和涅克拉索夫在内的同时代人立

---

1. Боткин В.П. Шекспир как человек и лирик. «Отечественные записки», 1842, Т. XXIV, № 9, отд. II, С.27.

下了撰写有关莎士比亚全部作品评论文章的壮志，但在《作为一个普通人和一名剧作者的莎士比亚》之后，他再未给俄国读者写过有关莎士比亚的系列评论文章，日益增长的保守主义和对政治问题的兴趣分散了他对艺术问题的注意力。1843年，他开始在《祖国纪事》上进行德国文学研究，主要关注哲学和新闻工作，随后又翻译了罗切尔的著作《艺术哲学著作》中分析《罗密欧与朱丽叶》和《威尼斯商人》的部分。鲍特金很长时间没有撰写有关莎士比亚的文章，直到1853年底的《莎士比亚之前的英国文学与戏剧》一文在《现代人》发表。该文基本上是对德国文学史学家和政治家乔治·格维努斯（George Gervinus，1805—1871）的四卷本著作《莎士比亚》(Shakespeare，1849)各章节介绍性的翻译重述。格维努斯对莎士比亚与他的时代和民族的联系很感兴趣，鲍特金在简短复述其翻译时，介绍了欧洲莎士比亚研究的现状，并指出了格维努斯著作的重要性，该著作结合英国评论家和出版商以及莎士比亚的德国评论家的成就。50年代中期以后，随着鲍特金离开进步的社会圈子，他的文学批评活动逐渐消失，也再未发表过有关莎士比亚的文章。《莎士比亚之前的英国文学与戏剧》一文随后被涅克拉索夫收录在他和格贝尔1865—1868年出版的四卷本《莎士比亚戏剧作品全集》的第一卷的开头，直到20世纪初俄国读者仍然能够读到这篇文章。

1838—1848年的非凡十年，既是俄国文学和批评繁荣发展的十年，也是俄国莎士比亚接受史上大踏步发展的十年。从翻译方面来看，首先是成果卓著，不论是像凯切尔、小克罗内伯格、萨京、卡特科夫这样的专业译者，还是文学杂志上或出版界的大众译者，从莎士比亚作品的翻译总量上就可以看出俄国译者和读者对莎士比亚有史以来最广泛的兴趣和热情。而以上四位专业译者更是摆脱了前一阶段莎士比亚译者的"兼职"身份，实现了多重身份与专业译者身份的剥离，尤其是凯切尔和小克罗内伯格，前者几乎翻译了整个莎士比亚全集，后者则继承家学成就了莎士比亚翻译的典范之作。正是有了专业译者和大众译者的积极参与和共同推动，对于莎士比亚作品翻译应该遵循的翻译原则，也在大量的翻译实践中得到确立和规范，通过第三语言来翻译莎作变得不被认可，任意的改写和刻板的直译也遭到诟病，更接近莎士比亚作品真实内容和艺术水准的译作不断涌现。

　　这一时期的文学杂志继续发挥着莎士比亚接受、传播平台的作用，欧洲文坛最新的莎士比亚研究作品通过文学杂志能够被及时译介到俄国，成立莎士比亚学会这样的学术动向也在第一时间为俄国文学界知晓，就连有关莎翁的轶事也逃不过编辑的敏锐捕捉。德国、法国尤其是英国莎士比亚学者的莎学力作纷纷被译成俄语，既有利于更正和丰富俄国文学家、批评家和读者对莎士比亚的认识，更刺激了俄国批评家在此基础上发出自己的批评声音。正是在这一阶段，原创的莎士比亚学开始在俄国建立，第一个成就就是创立了戏剧研究的专门刊物——《万神殿》，戏剧作品尤其是莎剧从此有了专门的与读者见面的窗口，也吸引了更多的译者和读者来关注莎士比亚及其作品。这一时期《现代人》《祖国纪事》《祖国之子》《莫斯科人》《北方蜜蜂》等文学刊物，纷纷刊载莎士比亚的译文和评论，其中最主要的评论家当属别林斯基，他的评论涉猎之广、意义之大将在下一章专门讨论。而与别林斯基同时代的赫尔岑也将莎士比亚引为"同路人"，对莎士比亚的阅读和评论几乎伴随了他的一生，尤其是自流放开始直到流亡海外，不但在赫尔岑与亲友的通信中经常可以看到有关莎士比亚及其作品的讨论，在其年轻时和晚年的两部自传体小说以及两部哲学作品中，莎士比亚也是一个绕不开的、频繁被提及的关注点，甚至可以说，莎士比亚的作品已经有机地融入赫尔岑的意识和思想。这一时期"纯艺术派"的三巨头还是别林斯基、涅克拉索夫在《现代人》的同事，德鲁日宁在50年代中期甚至投入莎士比亚作品的翻译大潮，而鲍特金在安年科夫的《文学回忆录》中，更是全身心投入莎士比亚评论文章的写作。在经过译介德国和英国莎士比亚学者文章的两个阶段后，鲍特金也贡献了莎士比亚接受史上颇具分量的文章，甚至曾经有过在凯切尔译本基础上论述莎士比亚全部作品的写作打算，虽然未能实现，但也足见鲍特金对莎士比亚的青睐和热爱。总之，在普希金逝世后、1848年革命发生前的这十年间，俄国文学界、批评界的"四十年代人"不但表现出对莎士比亚前所未有的兴趣和高超的鉴赏力，更抓住"黑暗的七年"未到来前的这十年时间极大推进了俄国对莎士比亚的理解和认识。

别林斯基被公认为是俄国现实主义美学和文学批评的奠基人、俄国戏剧评论的创始人，作为19世纪中期俄国最重要的文学批评家之一，对莎士比亚及其作品的论述是其戏剧评论的重要内容，他在俄国莎士比亚接受的过程中起到的作用称得上是举足轻重。作为当时俄国文学界和评论界的核心人物，别林斯基对莎士比亚的接受和传播做出的一个突出贡献在于他对莎士比亚戏剧译者的鼓励，很多的同时代莎士比亚译者受到过别林斯基的鼓励，其中包括凯切尔、小克罗内伯格、卡特科夫等，别林斯基几乎没有错过对出现的任何一个莎士比亚译本的评论，并且总能在不同译本中发现其闪光点和出众之处。作为评论家，别林斯基在论文中几乎论及莎士比亚全部代表性作品，尤其是就《哈姆雷特》发表了重量级的论述文章，在对不同版本《哈姆雷特》译本的讨论中，别林斯基更是发展了俄国有关文学翻译原则的理论，由莎士比亚剧作翻译推广到整个外国文学翻译应该遵循的原则。更难能可贵的是，别林斯基基于俄国社会和文学的发展以及自身对莎士比亚理解的变化，自发地调整和发展了对莎士比亚的看法，莎士比亚对别林斯基美学思想的形成和发展有着良好的影响。[1]

第一节　对莎士比亚的认识历程：盲从到独立

一、外国莎评影响下的初步认识

别林斯基与莎士比亚的第一次接触可以追溯到在奔萨中学学习的时间，少年别林斯基的自然史老师 М.М. 波波夫（Михаил Максимович Попов，1801—1872）是一位才华横溢的文学爱好者，在他的课堂上，为日后的文学评论巨匠播下了阅读不同国家诗歌、阅读莎士比亚的种子。[2] 1827 年或 1828 年夏天，别林斯基在其家庭剧场中参与了《奥赛罗》的演出，并以极大的热情扮演了奥赛罗的旗手伊阿古的角色。[3] 到 1829 年秋天，当他去莫斯科看过莫恰洛夫扮演的奥赛罗之后，即刻在写给父母的信（1829.10.9）中表达了溢于言表的喜悦之情。1829 年，十八岁的别林斯基进入莫斯科大学语文系学习，他对莎士比亚的热情在斯坦科维奇小组里得到了支持，在那里对英国剧作家的崇拜正占据风头。莎士比亚、歌德、席勒一直出现在这些狂热的艺术崇拜者的口中，而莎士比亚则是被无条件崇拜的对象。[4] 在周围环境的影响下，加深了别林斯基对莎士比亚强烈的钦佩之情并终生保留。在 1839 年 10

---

1. 中国社会科学院外国文学研究所外国文学研究资料丛刊编辑委员会：《莎士比亚评论汇编》(上)，中国社会科学出版社 1979 年版，第 455 页。

2. Белинский В.Г.В воспоминаниях современников. Гослитиздат，1962，С.37.

3. Белинский В.Г.В воспоминаниях современников. Гослитиздат，1962，С.94.

4. Пыпин А.Н. Белинский，его жизнь и переписка，Т. I. СПб.，1376，С.104—105.

月 2 日别林斯基写给斯坦凯维奇的信中，称自己完全被莎士比亚的戏剧征服了，莎士比亚对他来说是"唯一而无与伦比的诗人之王"[1]。在后来与友人的通信中，别林斯基也是多次提到莎士比亚是"戏剧诗人之王，赢得了全人类的桂冠，在他之前和之后都没有对手"[2]，莎士比亚"在诗人中无人能及"[3]，他是"一个深刻的追寻者，一个包罗万象的沉思者"[4]，"他的多才多艺和作品的多样性令人惊讶"[5]，等等。

　　尽管自始至终别林斯基都怀着对莎士比亚的钦佩，但他对莎士比亚的看法并不是一成不变的。事实上，这些看法随着别林斯基内心的意识形态和哲学的演变而一直发生着变化，批评家经历了从信奉浪漫唯心主义到以哲学唯物主义和现实主义为基础的革命民主世界观的艰难道路。30 年代中期，别林斯基接受了在斯坦科维奇圈子中占据主导地位的浪漫主义美学，其哲学基础来自谢林和费希特的理想主义哲学，莎士比亚被他认为是一种包罗万象的诗意精神和浪漫理想的文学表达。别林斯基在 1834 年《望远镜》杂志发表的《文学的幻想》（«Литературные мечтания»，1834）[6]一文中，用十年前丘赫尔别

1. Белинский В.Г., Полное собрание сочинений, Т. XI, Изд. АН СССР, М., 1953—1959. С.407.
2. Белинский В.Г., Полное собрание сочинений, Т. II, Изд. АН СССР, М., 1953—1959. С.254.
3. Белинский В.Г., Полное собрание сочинений, Т. VI, Изд. АН СССР, М., 1953—1959. С.369.
4. Белинский В.Г., Полное собрание сочинений, Т. VII, Изд. АН СССР, М., 1953—1959. С.318.
5. Белинский В.Г., Полное собрание сочинений, Т. VII, Изд. АН СССР, М., 1953—1959. С.314.
6. 该长文分别发表于 1834 年《望远镜》杂志的第 38、39、41、42、45、46、49、50、51、52 等期上。

凯几乎相同的字眼来形容他："神圣的、伟大的、不可企及的莎士比亚，既领悟了地狱，也领悟了人间和天堂。他是大自然的主宰，他同样考察善与恶，在富有灵感的透视中诊断宇宙脉搏的跳动！"[1]接下来别林斯基还称："他的每一部戏都是一个缩影世界。莎士比亚不像席勒那样，他没有自己喜欢的事物和钟爱的人物。请看他怎样残酷地嘲笑可怜的哈姆雷特，这哈姆雷特拥有巨人的雄心和婴儿的意志，在力有未逮的事业的重压之下，每一步都要蹉跌！"[2]后文中别林斯基向莎士比亚这位"魔法祖师"提出了一连串问题，似乎是在质问为何将一个个人物塑造得如此残酷：为什么要让李尔王成为一个病弱半疯的老人而不是一个理想的慈父？为什么要把麦克白写成一个因性格软弱而变坏的男人，同时又把麦克白夫人塑造成一个道德上的恶女人？为什么把考狄利娅描绘得温柔而深情，却把两个姐姐写得嫉妒虚荣又忘恩负义？而作者也代莎士比亚给出了这一连串问题的答案，那就是——"世间便是这样，不可能有别的样子。"[3]最后别林斯基为莎士比亚给出了这样的定位：他是艺术完美的极境，是真正的创作，做到了少数天选之人才能办到的事。[4]在后来发表的《论俄国中篇小说和果戈理先生的小说》(《О русской повести и повестях г. Гоголя》，1835)一文中，评论家提出世界文学在 16 世纪完成了艺术方面的最后改革，而莎士比亚的贡献就在于——"他使诗歌和现实生活永远调和、结合了

1.《别林斯基文学论文选》，满涛、辛未艾等译，上海译文出版社 1999 年版，第 20 页。

2. 别林斯基:《别林斯基文学论文选》，满涛、辛未艾等译，上海译文出版社 1999 年版，第 20 页。

3. 同上。

4. 同上。

起来。他那广无涯际、包含万有的眼光，投入人类天性和真实生活的不可探究的圣殿，捉住了它们的隐藏脉息的神秘跳动。"[1]1838 年别林斯基又十分肯定地写道："莎士比亚的戏剧中没有普通和粗俗意义上的创作。他的每一部戏都是对现实世界发生的事件最忠实的、最准确的描述，仿佛只有莎士比亚知道发生了什么，就好像他本人亲临其发展和进程一样。"[2] 逐渐地，莎士比亚作为现实主义诗人的观点在别林斯基心中得到确立。

二、对莎士比亚认识的转变："与现实和解"

1839 年左右别林斯基接受了黑格尔"存在即合理"的立场，达到了所谓的"与现实和解"(примирение с действительностью)，这种思想认识基础的转变也反映在他 1838—1840 年间的莎士比亚评论文章中。别林斯基的前辈评论家波列沃伊和纳杰日金都更倾向于将莎士比亚作品中的现实主义因素归因于迫切需要突破古典主义的束缚，西欧莎士比亚翻译家也采取了类似的立场，不仅是浪漫主义者，甚至是黑格尔在一定程度上肯定了莎士比亚作品的现实特征。在克服浪漫主义的过程中，别林斯基进一步发展了这个想法，在现实主义美学的基础上提出了对客观性问题的反思结果，即莎士比亚是现实主义的诗人，而不是理想主义者。别林斯基在《论〈聪明误〉》(1840) 中写道，"莎士比亚和塞万提斯开创的最新艺术既不是古典主义的，因

---

1. 别林斯基:《别林斯基文学论文选》，满涛、辛未艾等译，上海译文出版社 1999 年版，第 123 页。
2. Белинский В.Г., Полное собрание сочинений, Т. II, Изд. АН СССР, М., 1953—1959. С.439.

为'他们不是希腊人或罗马人';也不是浪漫主义的,因为他们不是骑士也不是中世纪的吟游诗人",并表明浪漫主义者对莎士比亚一无所知,宣称他的诗歌具有"野蛮和忧郁"的独特性[1]。而在同年撰写的《俄国文学随笔》(《Очерки русской литературы》,1840)一文中,别林斯基则重申了"莎士比亚是新时代的诗人、新艺术,不是理想的诗人,而是现实的诗人"[2]。至此,对莎士比亚浪漫诠释的斗争变得更加明确了。

随着认识的加深,别林斯基还逐渐改变了自己关于莎士比亚作品是完全客观和缺乏主观意识的想法。他在诗歌评论文章《诗歌分类和分科》(《Разделении поэзии на роды и виды》,1841)中,写到了莎士比亚戏剧中客观和主观元素的有机融合,"在莎士比亚的戏剧中,生活和诗歌的所有元素都融合为一个内容上辽阔无边、艺术形式上气势万千的活生生的统一体。它们饱含着人类的一切现时,人类的一切过去和未来;它们是一切时代、一切民族的艺术发展的华美花朵和丰硕果实"[3]。别林斯基在同一篇文章里还描述了莎士比亚的一组戏剧,他称之为"叙事戏剧",即介乎悲剧和戏剧之间的戏剧作品,包括《暴风雨》《辛白林》《威尼斯商人》和《第十二夜》等都归为此类。评论家写道:"像《威尼斯商人》这样的戏剧中也有悲剧人物和困难处境,但是他们的结局几乎总是幸福的,因为本质上并不需要致命的

1. Белинский В.Г., Полное собрание сочинений, Т. III, Изд. АН СССР, М., 1953—1959. С.428—429.

2. Белинский В.Г., Полное собрание сочинений, Т. V, Изд. АН СССР, М., 1953—1959. С.297.

3.《别林斯基文学论文选》,满涛、辛未艾等译,上海译文出版社 1999 年版,第 376 页。

灾难。"[1] 这些作品的主要特征是戏剧的主人公应该是生活本身，人物、事件的所有复杂性和多样性，都错综复杂地交织在一起。又以《第十二夜》为例，"剧中没有男主角或是女主角，剧中的每个人都同等地吸引着我们读者，甚至整个作品的外部兴趣都集中在两对相爱的男女身上，这两对情人吸引了读者同等的兴趣，他们的结合构成这部戏剧的结局"[2]。在别林斯基看来，这几部剧作中，莎士比亚似乎不再那样的冷酷无情，这固然与戏剧的喜剧题材有关，但更重要的是剧作家在创作的时候向角色倾注了自己的感情，主观上为剧中的人物设置了欢喜的结局，而不再像之前的作品中那样仅仅撕开生活的伤口展现在读者和观众面前。

别林斯基在 40 年代初开始背离德国哲学，怀疑使用德国哲学批评对莎士比亚进行分析的必要性，尤其表现在开始拒绝套用黑格尔的哲学批评审视莎士比亚，而更倾向于像鲍特金、卡特科夫这样的俄国莎士比亚批评家的论调。别林斯基在《文学一词的含义》的文章（1842—1844）中，试图尽可能全面地描述莎士比亚艺术创作的历史和民族背景，在英国的发展过程中寻找最富英国民族特色的部分，努力将英国民族性格解释为社会历史矛盾和发展的产物。"没有任何地方像英国那样将个人自由扩充到如此无限的程度，也没有任何地方像英国那样压缩和约束社会自由，没有任何地方像英国那样存在如此惊人的财富和如此可怕的贫困，也没有任何地方的社会基础像英国那样强大，更没有任何地方像英国那样每一分钟都处于崩溃的危险之中，

1.《别林斯基文学论文选》，满涛、辛未艾等译，上海译文出版社 1999 年版，第 336 页。
2. 同上。

就像乐器的弦绷得太紧，每分钟都可能绷断。"[1]19世纪三四十年代之交别林斯基思想的转变，与同时代文学家、评论家逐渐冲破德国哲学的思想束缚密切相关，别林斯基作为这一时期俄国文学评论的核心人物，最先也最彻底地完成了这一过程，实现了思想上"与现实的和解"，具体表现在对莎士比亚的认识上则是逐渐将莎士比亚归为一位现实主义剧作家，这一认识的转变已经与他个人早期和19世纪初期俄国文学界对莎士比亚的认识相去甚远。

三、对莎士比亚的最终认识：时空还原

随着别林斯基历史主义观念的深化，他更直接和具体地论述了莎士比亚与他的国家所处的具体历史阶段之间的联系。批评家在他的年度文章《1847年的俄国文学概观》(《Взгляд на русскую литературу 1847 года», 1847)中指出："诗人首先是人，然后是他的祖国的一个公民和他所处时代的儿子。民族和时代精神对他们的影响不能少于对其他人的影响。莎士比亚是古老而愉快的英国的一位诗人。就是这个英国在短短的几年中间突然变成了一个严肃的、严厉的、充满狂热的国家。清教徒运动对莎士比亚后期作品产生强有力的影响，给那些作品打上了阴沉忧郁的烙印。由此可以看出，如果莎士比亚晚生了二十年左右，他的天才可能保持不变，但他的作品就会变成另一种样子。"[2]莎士比亚的作品最终被解释为英国文艺复兴和文艺复兴时期人文主义

---

1. Белинский В.Г., Полное собрание сочинений, Т. V, Изд. АН СССР, М., 1953—1959. С.644—645.
2.《别林斯基文学论文选》，满涛、辛未艾等译，上海译文出版社1999年版，第696页。

危机的体现，这是资产阶级清教主义兴起的结果。在同一篇文章中，作者还强调了莎士比亚作品的丰富内涵和思想深度，将其作品与他的创作所处的不同于中世纪蒙蔽时代的丰富性相关联，并强烈反对"纯艺术"的概念。别林斯基写道："通常人们常常援引莎士比亚，尤其是援引歌德作为自由的、纯艺术的代表；然而这是一个未经仔细考虑的说法。莎士比亚是一个最伟大的创作天才，主要是一位杰出的诗人，我们对此毫无疑问；但是谁要是在莎士比亚的诗里看不出丰富的内容，看不出他们所提供给心理学家、哲学家、历史学家、政治家等人的无穷无尽的教训和事实，那么他们就太不了解莎士比亚了。莎士比亚通过诗歌传达一切，但是他所传达的远非仅限于一首诗的内容。"[1]

在克服了唯心主义和形而上学的概念之后，别林斯基开始结合莎士比亚创作的民族历史条件，形成了对莎士比亚真正的科学认识，尽管别林斯基非常钦佩这位英国剧作家的天才，但他同时看到了国家和时代对莎士比亚思想的限制。他在欣赏历史剧《亨利六世》艺术价值的同时，痛恨剧作家的民族主义偏见。别林斯基从历史主义的角度批评了莎士比亚的那些评论者，指出即使是天才也无法超越时代为其设定的界限，而这种历史的限定是不可避免和难以超越的。在别林斯基看来尽管莎士比亚也许是诗歌领域所有天才中最伟大的天才，但是那个时代的盲目性对于他来说却并不陌生，在将女巫引入其创作的伟大悲剧中时，即使是天才的剧作家也想不到如何把她们塑造成为哲学的化身和诗的寓言。

---

1. 别林斯基：《别林斯基文学论文选》，满涛、辛未艾等译，上海译文出版社 1999 年版，第 702 页。

历史主义的方法还帮助 40 年代的别林斯基确定了莎士比亚戏剧与俄国现代文学之间的关系。在别林斯基早期的文章中，这个关系问题没有直接提出，但人们一般理解莎士比亚可以而且应该成为俄国现代文学的典范。进入国际和俄国国内社会、思想都发生重大变革的 19 世纪中期，考虑到文学的任务是描绘当下的生活和体现时代的思想，别林斯基得出的结论是，在不同的时代背景下直接模仿莎士比亚，并不符合当下的需要。以此为出发点，别林斯基不仅反对"粗俗、恶心、愚蠢地认为莎士比亚如诗如画、富有启发性且富有深意"[1] 的狭义模仿者，而且总体上反对莎士比亚转变为追随的对象。在指出莎士比亚的悲剧像拉辛的悲剧一样不适合那个时代的俄国的同时，别林斯基也谨慎地肯定了莎士比亚的阅读价值，只是否定以莎士比亚戏剧的精神和形式来描绘当下的俄国现实。[2]

　　别林斯基批判一味地套用莎士比亚的创作手法和人物形象，但这并不意味着莎士比亚的作品已经被别林斯基完全抛弃，事实上批评家仍旧将莎士比亚视为现实主义诗人的典范，认为其作品反映了他那个时代的现实世界、精神需求和内心愿望。别林斯基在他生命的尽头清楚、明确地表达了对莎士比亚的最终看法，他写道："对莎士比亚戏剧的了解表明，所有人无论处于哪个社会地位，甚至缺乏做人的尊严，但仅仅是因为他是一个人，就充分享有被关注的权利。"[3] 正是莎

1. Белинский В.Г., *Полное собрание сочинений*, Т. IX, Изд. АН СССР, М., 1953—1959. С.18.

2. Белинский В.Г., *Полное собрание сочинений*, Т. VIII, Изд. АН СССР, М., 1953—1959. С.576.

3. Белинский В.Г., *Полное собрание сочинений*, Т. X, Изд. АН СССР, М., 1953—1959. С.242.

士比亚将普通人纳入文学作品观察和反映的范畴，使得他笔下的环境和人物都更真实可信，也更能够引发读者和观众的共鸣，现实主义的创作手法经由莎士比亚开始影响更多的俄国作家。

第二节　评《哈姆雷特》及其他莎剧："与现实和解"

随着别林斯基对莎士比亚认识的转变，莎士比亚在别林斯基文学评论作品中占据的位置也发生着变化。评论家专门献给莎士比亚的作品并不多，其中最重要的当属 1838 年分三期连续发表在《莫斯科观察家》上的《〈哈姆雷特〉，莎士比亚的戏剧，莫恰洛夫扮演的哈姆雷特》(«"Гамлет". Драма Шекспира. Мочалов в роли Гамлета»，1838）一文；后来别林斯基又围绕《哈姆雷特》的波列沃伊译本（1838）和克罗内伯格译本（1844）发表过有关翻译问题和人物形象的评论。除此之外，在一些文学或美学评论文章中，别林斯基也经常以剧作家本人或其作品中的戏剧人物举例以论证自己的观点。

一、《哈姆雷特》评论长文：从角色到自况

在莎士比亚的全部戏剧作品中，《哈姆雷特》最吸引别林斯基。他并非无故地撰写了这篇关于《哈姆雷特》的长文，在评论家的眼中，"《哈姆雷特》是那位前无古人后无来者、全体人类所加冕的戏剧诗人之王的灿烂王冠上面的一颗最光辉的金刚钻"[1]。正是因为被剧

1.《别林斯基选集》第 1 卷，满涛译，上海文艺出版社 1963 年版，第 442 页。

作家本人和剧作本身深厚的艺术力量和难以抗拒的说服力所折服，别林斯基才写下了这篇堪称专著的长文。文章将对这部悲剧的详细分析、对其背后哲学意义的揭示、对该剧舞台表现力的展现以及公众对剧本和演员演技的反馈综合在一起，是《哈姆雷特》乃至全部莎作评论的一篇集大成之作。文章一开篇就讲："我们现在不应该做表达一刹那喜悦的代言人，却要做记叙文学事件的冷静的历史家，这文学事件（指 1837 年《哈姆雷特》剧本在莫斯科舞台上演出和译本出版）无论就本身和后果来说，都极为重要。"[1] 难怪同时代的评论家巴纳耶夫在阅读完长文的前两部分后，都忍不住致信作者表达对文章结局的期盼，称"在这篇文章之前，俄国没有作家真正谈论过这部奇妙的作品"。[2]

当代莎学家罗兹·埃莉诺的莎评专著《哈姆雷特：俄罗斯的窗口》[3]，恰如其分地指出了文学评论家笔下的这位丹麦王子的作用，透过俄国评论家对哈姆雷特形象的讨论，可以更准确地了解俄国。别林斯基首先围绕哈姆雷特这个人物形象展开讨论，在这篇长文的开篇别林斯基即指出："哈姆雷特伟大又深刻：他是人生，是个体，是你，是我，在那崇高或是可笑、但总是可怜又可悲的意义上，他或多或少是我们每一个人。"[4] 后文中，又对哈姆雷特的性格特征加以"深刻的、凝注的、忧郁易怒的、含有无穷意义的"等形容词，甚至一度质疑莫恰洛夫是否能扮演好这个角色。接下来别林斯基开始探讨《哈姆

1.《别林斯基选集》第 1 卷，满涛译，上海文艺出版社 1963 年版，第 443 页。

2. Белинский В.Г. и его корреспонденты. М., 1948, C.197—198.

3. Eleanor Rozve. Hamlet: A Window on Russia. New York: New York University Press, 1976.

4.《别林斯基选集》第 1 卷，满涛译，上海文艺出版社 1963 年版，第 442 页。

146　　　　　　　　　　　　　　　　　　　　　　　　　从普希金到别林斯基

雷特》的作者莎士比亚，称莎士比亚作为一位诗人虽然称不上超越世间所有诗人，但作为一名剧作家却是"直到现在还找不到一个敌手可以与他齐名"。[1] 在别林斯基看来莎士比亚具有高度的创作才华和囊括万有的聪慧，同时指出莎士比亚具有天才的客观性，而正是这种客观性使他主要成为一名剧作家，使他能够脱离自己的个性，按照实际情况来理解塑造的人物，甚至移居到人物的身体中去，去过这些人物过着的生活。在别林斯基看来，莎士比亚无所迷恋也无所偏爱，而只是冷静地观察和书写生活，塑造恶徒或善人既不以教化为目的，也并非出于憎恨或偏爱，而仅仅是因为现实生活如此。而莎士比亚这种忧郁的、有时甚至病态地对待生活的看法，是剧作家强忍着内心的情感、付出了巨大的代价才换来的宝贵的真实，而这种真实恰恰是莎士比亚的伟大之处。

接下来别林斯基用较大篇幅叙述了《哈姆雷特》的基本内容，以此剖析主人公的处境，描述对于哈姆雷特这样一个生来为善的王子是如何展开他的全部卑劣行径的。在叙述剧本内容的基础上，别林斯基得出了《哈姆雷特》是现实生活一片完整无缺独立世界的结论，而且这个世界虽然异乎寻常和崇高唯美，同时又朴素平凡、如此自然。[2] 别林斯基进一步推而广之，称宇宙是莎士比亚创作的原型，他的创作是宇宙的重复，而且是一种自觉的、自由的重复，甚至莎士比亚的每一个剧本都是一个完整的、个别的世界，莎士比亚虽然不在任何一个剧本中，这些剧本却可以包含莎士比亚。[3]

1.《别林斯基选集》第 1 卷，满涛译，上海文艺出版社 1963 年版，第 443 页。

2. 同上，第 493 页。

3. 同上，第 490 页。

"莎士比亚"在别林斯基这里成了一个具有象征性的字眼，它的意义和内容像宇宙一样伟大和无限，而要充分理解这个字眼的意义，则需要浏览他所有创作中人物的群像，那些惟妙惟肖的人物群像，反映出了剧作家伟大的精神，这些人物群像和剧作家伟大的精神完美地融合在了一起。这些人物群像又被别林斯基分成了三类：男女主人公哈姆雷特和奥菲利娅既是剧中最重要的人物也是崇高世界的代表，御前大臣波洛涅斯的儿子雷欧提斯是中等世界的代表，而波洛涅斯、国王和王后则是低级世界的代表。在分析完这些人物群像后，别林斯基又极富创造性地提出："莎士比亚的一切剧本中都有一个主人公，他不把那人的名字放在登场人物之列，但观众在幕落时就会知道他的存在和重要性。这个主人公就是生活，更正确点说，就是那表现在人的生活中，并在生活中向自己显露出来的永久精神。"[1]而恰恰是这个在莎士比亚所有剧本中都存在的无形主人公，成就了莎士比亚的千古名声，使得观众从一部部剧作中看到一般性的、世界性的和绝对性的生活，看到生活中无条件的幸福。

　　别林斯基对于哈姆雷特这个人物形象的认识也经历了一个发展变化的过程。在1834年《文学的幻想》一文发表之时，别林斯基完全赞同歌德"哈姆雷特是思想家而不是行动家"的观点，在别林斯基看来歌德对莎士比亚的论述是"天才理解天才"，在此基础上别林斯基进一步提出哈姆雷特是一个"拥有巨人般雄心和孩子般意志的人"。从后来认识的变化中，本质上讲别林斯基克服了歌德的观点，即否认了意志薄弱是哈姆雷特灵魂的特征，转而认为纯粹的心理冲突是悲剧

1.《别林斯基选集》第1卷，满涛译，上海文艺出版社1963年版，第509页。

的核心。在别林斯基看来，哈姆雷特在与自身意志的弱点斗争的过程中取得了胜利，克服了自身意志的弱点，因此，这种意志的弱点不是一个剧作家想表现的主要思想，而只是为了展现哈姆雷特战胜自我的过程，而这一过程恰恰也是人类思想的发展、形成和成熟的过程。在悲剧开始之前，哈姆雷特是一个美丽的灵魂，他对生活充满知足和快乐，因为现实尚能满足他对美好的想法和憧憬，这可以看作是"道德的婴儿期"。随后主人公经历了对生活和现实理想之间不和谐的奋斗和痛苦的阶段，正是在这个阶段，哈姆雷特得知父亲的去世，并发现人生的梦想与现实的生活根本是不一样的，在意识到这种不同之后，哈姆雷特变得软弱、犹豫。最终在经过无数次内心的折磨和纠缠之后，哈姆雷特才终于战胜了内心意志的软弱之处，不但想出了印证真相的办法，还死里逃生最终大仇得报。

对于别林斯基来说，对《哈姆雷特》的评论与他周围圈子文学家、评论家对戏剧的分析紧密交织在一起，一定程度上延续了波列沃伊的评论传统，即通过哈姆雷特的形象领悟这一代人的悲剧所在。事实上，对哈姆雷特软弱意志的谴责本质上是自我批评式的。在19世纪40年代尼古拉一世的统治下，革命民主主义者深感不满又无能为力，某种意义上他们是在以哈姆雷特自况。别林斯基在1840年6月13日写给鲍特金的信中提到了批评家当时"与现实和解"："社会的混乱状态落在我们身上，这是最困难的情况之一。现实生活的瞬间反映在我们身上，真是悲剧！我们若无其事就不能迈出一步，我们犹豫不决地拿起食物，担心这是有害的。在我们的心理安慰中，我们可以说，尽管哈姆雷特作为一个角色是一个没用的垃圾，但是与强大的奥赛罗以及莎士比亚戏剧中的其他英雄相比，他在我们每个人中引起的共鸣更多。"[1] 哈姆雷特的精神痛苦一如以别林斯基为中心的 40 年代进步人士，在别林斯基写给奥加廖夫的信中也表达了这种苦闷："在我看来，生活就像哈姆雷特所说的那样，是一片空地，上面布满了枯萎的草，死亡像最可喜的朋友一样盘旋。奥加廖夫，这真是个可怕的状态。"[2] 在日后的文学评论中，赫尔岑和奥加廖夫、屠格涅夫甚至托尔斯泰无不对哈姆雷特这个人物形象给予额外的关注，哈姆雷特也成为俄国文学中最富争议的外国文学人物形象之一。

二、其他涉及莎士比亚作品的论述：有力的论据

除了《哈姆雷特》，别林斯基没有专门莎士比亚的其他作品撰写过文章，然而批评家总是不断地论及它们，特别是在 1843 年之前阐述文学和美学的一般理论问题时，话题几乎总是与莎士比亚有关，《麦克白》《奥赛罗》和《罗密欧与朱丽叶》等作品尤其吸引他的注意。

在别林斯基初登文坛时发表的《文学的幻想》中，麦克白被评论家看作是"一个因性格软弱而不是因邪恶倾向而成为恶棍的人"[3]。但批评家很快就放弃了这个想法，在一篇关于《聪明误》的文章中，他已经转而写道："莎士比亚笔下的麦克白一个有着深沉而强大灵魂的恶棍，这就是为什么他面对诱惑不是厌恶而是被激发并参与。"[4] 对麦

1. Белинский В.Г., Полное собрание сочинений, Т. XI, Изд. АН СССР, М., 1953—1959. С.526—527.

2. Письмо от 17 февраля 1845 г.: «Русская мысль», 1891, № 8, С.3.

3. Белинский В.Г., Полное собрание сочинений, Т. I, Изд. АН СССР, М., 1953—1959. С.33.

4. Белинский В.Г., Полное собрание сочинений, Т. III, Изд. АН СССР, М., 1953—1959. С.447.

克白认识的转变与别林斯基当时接受的黑格尔悲剧学说有关，该学说承认主人公的自由意志，他以个人利益的名义故意违反一般秩序，麦克白的存在被用来说明主人公与自己的内心斗争中的悲剧性碰撞。别林斯基在《诗歌的分类和分科》一文中指出，麦克白作为一个洋洋得意的统帅、著名的显贵、善良而高贵的老王的亲属，他听见自己内心发出一种隐藏着的，但却强烈而迫切的野心的呼声。[1] 而三个女巫不过是麦克白不可抑制的野心的外在形式，女巫的预言也不过是自己灵魂深处早已形成的深沉而阴险的计谋。而麦克白夫人的存在则是为了扑灭麦克白灵魂最深处残存的最后一丝良知，如同撒旦的化身一般推动麦克白将一切恶付诸行动，在一切事件发生的过程中起决定性作用的是主人公麦克白的意志。如同别林斯基所述："麦克白遵从了恶念的吸引，这是他的意志的过错；他的意志产生了事件，而不是事件赋予了他的意志以趋向。"[2]

另一个吸引别林斯基的莎士比亚戏剧是《奥赛罗》，他背离了将悲剧视为是嫉妒这个抽象概念的具体体现的一般解释，在他眼中奥赛罗是一个伟大但鲁莽的灵魂。他在 1839 年写道："奥赛罗是谁？一个精神伟大的人，但他的激情不受教养的限制，没有被思想和精神控制住情感，因此嫉妒，仅仅因为怀疑妻子不忠而扼杀了他的妻子。"[3] 到 1840 年，别林斯基又以一种新的方式解释了摩尔人的嫉妒，嫉妒是人文主义理想崩溃的表现，是"被女人的爱欺骗和被冒犯尊严、信仰

1.《别林斯基文学论文选》，满涛、辛未艾等译，上海译文出版社 1999 年版，第 324 页。
2. 同上。
3. Белинский В.Г., Полное собрание сочинений, Т. III, Изд. АН СССР, М., 1953—1959. С.52.

的结果"[1]。奥赛罗对无辜的妻子犯下了可怕的谋杀罪，在别林斯基看来，是因为"他强大而深沉，他被心中的罪行所重压，他报复他的妻子，既是为了他自己，也是为了报复被他想象中的罪行所玷污的人类尊严"[2]。奥赛罗的性情是引发悲剧起因的想法在别林斯基的脑海中挥之不去，在《诗歌的分类和分科》中写道，尽管是事件使奥赛罗处于嫉妒的状态，虽然这件事不依赖于他的意志或者认识，然而，他却以其火山般的气质、狂热的激情、幼稚而轻信的性格、东方的和非洲出身的迷信想法促使他完成了对妻子的杀害。[3]在别林斯基看来奥赛罗面临的是兽性和真理的考验，但在决定命运的时刻，奥赛罗没能也不想抑制内心兽性的冲动，最终落入万劫不复的深渊。

悲剧《罗密欧与朱丽叶》同样是别林斯基喜欢的作品之一，该剧在别林斯基现实主义观点的形成中发挥了重要作用，虽然别林斯基没有为它写过专文，但是他对《罗密欧与朱丽叶》的总体看法可以通过一些评论文章的论述厘清。在谈论到《罗密欧与朱丽叶》这部悲剧时，别林斯基拒绝了德国哲学批评的观点，否认悲剧的主要冲突在于孩子和父母权利、义务之间的冲突，而认为罗密欧与朱丽叶的悲剧在于，他们崇高而美好的爱情与周围社会的守旧、粗俗和粗鲁的格格不入。后来别林斯基又在《诗歌的分类和分科》中重复了同样的想法："事实上，是什么毁了罗密欧和朱丽叶？不是人们的凶恶和奸诈，而

---

1. Белинский В.Г., Полное собрание сочинений, Т. III, Изд. АН СССР, М., 1953—1959. С.435.

2. Белинский В.Г., Полное собрание сочинений, Т. III, Изд. АН СССР, М., 1953—1959. С.445.

3.《别林斯基文学论文选》，满涛、辛未艾等译，上海译文出版社 1999 年版，第 324—325 页。。

是他们自身的愚蠢和猥琐。"[1] 朱丽叶的父母不过是善良庸俗之辈，没有办法超越自身的局限，从而也没能理解朱丽叶对罗密欧的感情，最终酿成悲剧悔之晚矣。别林斯基的最后一篇纲领性文章《1847 年俄国文学一瞥》继续以一种完全现实的方式提出了自己的观点："莎士比亚让罗密欧和朱丽叶在他的悲剧结束时死去并不是无缘无故的；通过这种方式，他们作为爱的英雄和神话留在读者的记忆中；如果剧作家让他们活着，在我们看来，他们会像幸福的夫妻一样坐在一起打哈欠，有时还会吵架，根本没有诗意。"[2] 可以说，别林斯基既被莎士比亚描绘的罗密欧与朱丽叶之间的爱情所打动，又没有陷入情感上的沉迷，而是透过这份美丽而崇高的爱情，看到了现实生活中这份爱情更可能的走向。

除此之外，别林斯基的注意力也被莎士比亚的历史剧吸引。19世纪三四十年代之交，别林斯基在思想出现"与现实和解"的阶段，撰写了《诗歌的分类和分科》，将诗歌体裁分为叙事诗歌、抒情诗歌和戏剧诗歌三类，并称"叙事诗歌和抒情诗歌是现实世界的两个完全背道而驰的抽象极端；喜剧诗歌则是这两个极端在生动而又独立的第三者中的汇合（结晶）"[3]。在论述悲剧的不可避免性时，以《理查二世》的主人公为例，展示了在灾难中幸存下来的英雄如何沦为悲剧的主角。理查二世以他有损帝王尊严的行为，使我们对他产生反感。可是接着，他的堂弟柏林勃洛克夺了他的皇冠——于是在位时曾经是一个卑鄙皇帝的他，一旦失去王国之后，却变成一个伟大的皇帝。[4] 于

1.《别林斯基文学论文选》，满涛、辛未艾等译，上海译文出版社 1999 年版，第 373 页。

2. Белинский В.Г., Полное собрание сочинений, Т.Х, Изд. АН СССР, М., 1953—1959. С.338—339.

3.《别林斯基文学论文选》，满涛、辛未艾等译，上海译文出版社 1999 年版，第 308 页。

4. 同上，第 374 页。

是他拥有了崇高的言行，获得了敬重和崇拜，然而为了把他全部的精神力量显现出来，为了让他成为一个英雄，他就必须尝尽苦难、不免一死。正是这种转折、对比和矛盾构成悲剧的丰富题材。别林斯基对《亨利四世》和《亨利五世》中出现福斯塔夫的场景也特别感兴趣，他认为艺术无权扭曲自然，但是，即使是对现实最底层现象的描绘，也必须将其理想化，即将思想渗透其中。

别林斯基还高度肯定了莎士比亚在传奇剧中的描写刻画。在别林斯基看来《暴风雨》和《仲夏夜之梦》代表了莎士比亚作品中与其他戏剧作品完全不同的世界——一个梦幻般的世界。在夜晚透明的暮色中、从粉红色的黎明幕布后面、在花的气味编织的五彩云层上，风暴的面孔在你面前冲来冲去，莎士比亚的《暴风雨》是别林斯基眼中一部迷人的歌剧，虽然没有音乐但它奇妙的形式让人感受到了音乐般的享受。与此同时，虽然场景梦幻但其内容却没有不可捉摸，而是被准确呈现，整个剧目既是艺术性很高的戏剧，又是有趣的喜剧，同时还是美妙的童话，莎士比亚将这三种形态完美地融合在一起，呈现出一个相互渗透的美妙整体。这种高超的艺术表现力让别林斯基不禁感叹："只有莎士比亚的画笔才能画出一幅如此忠实的图画！"[1]

第三节　对比译本发展翻译理论：艺术翻译与诗意翻译

别林斯基活动的一个极其重要的方面是他对莎士比亚戏剧翻译的

1. Белинский В.Г., Полное собрание сочинений, Т. IV, Изд. АН СССР, М., 1953—1959. C.165.

鼓励，同时代几乎所有莎士比亚的俄译者都得到了别林斯基的支持和关心，一方面是基于别林斯基是那一时期最积极而重要的文学评论家，更重要的是莎士比亚的作品也一直处于别林斯基着重关注的范围。别林斯基在《〈哈姆雷特〉，莎士比亚的戏剧，莫恰洛夫扮演的哈姆雷特》一文中花费了大量的篇幅描写舞台上的哈姆雷特扮演者莫恰洛夫的演技，并且发出感慨并力荐："莫恰洛夫真是善于诠释啊！凡是想理解莎士比亚的哈姆雷特的人，不要在书本上、讲堂里研究他，而要去彼得剧院里研究他！"[1] 而在19世纪的俄国，推动《哈姆雷特》走出书斋、搬上舞台的译本则是波列沃伊的译本，正是基于波列沃伊的《哈姆雷特》译本，别林斯基提出了需要对俄国文学中积累的翻译经验进行理论概括的问题。[2] 在别林斯基看来，人类知识的每一个主题都有它自己的理论，这是对它存在所依据规律的探索，而现在已经到了创建翻译理论的时候，特别是解决莎士比亚应如何翻译的问题。[3] 19世纪以来的翻译实践为创建翻译理论提供了必要的先决条件，别林斯基首先尝试了创建相关理论，在后来的论文中别林斯基曾经论述道："翻译文学主要是提供给那些尚未阅读并且没有机会阅读原文的读者的。掌握外语、熟悉另一民族文学和思想的人，有责任将一个民族的文学作品翻译成另一个民族的语言，促进思想的相互传播，文学和知识的共同繁荣。"[4]

1.《别林斯基文学论文选》，满涛、辛未艾等译，上海译文出版社1999年版，第556页。

2. Левин Ю. Д. Русские переводчики XIX в. и развитие художественного перевода. Л.: Наука，1985，С.99.

3. Белинский В.Г.，Полное собрание сочинений，Т. II，Изд. АН СССР，М.，1953—1959.С.426.

4. Белинский В.Г.，Полное собрание сочинений，Т. VIII，Изд. АН СССР，М.，1953—1959.С.264.

在一篇关于波列沃伊翻译的文章中，别林斯基写到了两种可能的翻译类型——"艺术的"（художественный）和"诗意的"（поэтический），为了正确理解这样的划分，有必要考虑当时批评家赋予这些术语的哲学意义。对于别林斯基来说，"艺术"是客观的，它高于"诗意"这样主观的理想化表达。[1] 在别林斯基最初的翻译理念中，文学翻译中是不允许编辑、添加或更改，即使原文中有瑕疵，也必须正确传达。此类翻译的目的是在尽可能的情况下为那些因语言障碍而无法阅读原文的人呈现出原本的面貌，并给予他们美学享受和优劣判断的手段和机会。[2] 而与"艺术的"（即客观的）翻译相比，"诗意的"翻译则应该严格满足大众的艺术品位、受教育程度、性格特征和个体要求[3]。别林斯基认为波列沃伊的《哈姆雷特》译本属于"诗意的"翻译，正是译者对原文进行了必要的添减和修改，实现了将《哈姆雷特》搬上舞台，让更多的俄国读者和观众能够阅读和了解这部莎士比亚的巨作。

到 1845 年，别林斯基又在文章中修正了自己对翻译的看法，放弃了"诗意的"翻译的主张，将文学翻译定义为对原文的全面呈现，不允许任何随性的偏差，这对于俄国翻译理论的进一步发展极为重要。[4] 但文学翻译仅有理论显然是不够的，翻译实践揭示了诗歌翻译的准确性和优雅性之间的矛盾，在翻译技巧发展到 19 世纪中期这个阶段的时候，这两者难以达到相容。波列沃伊在审阅凯切尔的莎士比

---

1. Лаврецкий, А.Белинский, Чернышевский, Добролюбов в борьбе за реализм. М.: Гослитиздат，1941，С.33.

2. Белинский В.Г.，Полное собрание сочинений，Т. II，Изд. АН СССР，М.，1953—1959. С.427.

3. 同上。

4. «Стихотворения А. Струговщикова»，1845，Т. IX，276—277.

亚译本时提到了这一点，并给出了自己的解决方案。他指出了两个可能的翻译目的：一是帮助那些不懂外语的读者跨越语言障碍，另一个则是为了丰富我们本国的文学作品。出于第一种目的时，必须做到极其准确地翻译，即根据原文的每个单词的原意来翻译，为了更准确地传达原文的意思，有时甚至可以牺牲俄语表达上的美感；而如果是为了达到第二种目的，则处处需要优雅的表达，为此有些时候会不可避免地对原作的某种表达做出修改，要完成这样的翻译目的，必须具备特殊的才能，不是单凭意向能够做到的。[1] 别林斯基还提出翻译人员要充分了解作者，比如要翻译莎士比亚，就需要对莎士比亚作最深入的研究，倾注所有的爱和关注，使自己完全沉浸其中。[2]

别林斯基非常推崇凯切尔翻译的莎士比亚译本，多次表达过对其的称赞，甚至不惜批评俄国读者的阅读能力。评论家写道："阅读莎士比亚诗意的翻译对我们的读者来说仍然是一件难事，我们的公众通常仍然与莎士比亚的许多戏剧的理想境界格格不入。对于理解他的许多戏剧来说，有必要有一个显著的思想发展，不被语言的转折、表达的简洁和奇异的隐喻所阻碍，有必要有一个非常发达的反思接受能力，以掌握他闪电般速度的思想。如果对莎士比亚的翻译现在可以对俄国文学产生影响，那么俄国公众必须首先习惯莎士比亚的风格，用他的方式去接近他、感受他的世界观和精神。然后，公众才能评价莎士比亚的翻译。"[3] 别林斯基还进一步指出，在某种意义上，艺术的翻

1. «Санкт-Петербургские ведомости», 1848, 11 августа, № 178, С.712—713.

2. Белинский В.Г., Полное собрание сочинений, Т. II, Изд. АН СССР, М., 1953—1959. С.433.

3. Белинский В.Г., Полное собрание сочинений, Т. XIII, Изд. АН СССР, М., 1953—1959. С.117—118.

译比诗意的翻译更可取，原因在于"莎士比亚如此伟大，从不惧怕艺术的翻译会夺走他天才的光辉；相反，诗意的翻译，不仅是糟糕的，甚至是平庸的，任何不能被称为正面的好，对莎士比亚来说都是谋杀。文字留在其中，但精神消失了，更不用说平庸的诗意翻译比最糟糕的艺术翻译更无聊、更难读"[1]。

著名俄国文学史家米尔斯基在其《俄国文学史》中曾这样评价别林斯基："他是知识分子的真正父亲，体现着两代以上俄国知识分子的一贯精神，即社会理想主义、改造世界的激情、对于一切传统的轻蔑，以及高昂无私的热忱。……他对于那些与1830—1848年间步入文学的作家所做的评判，几乎总被无条件接受。这是对一位批评家的崇高赞颂，很少有人获此殊荣。"[2]在19世纪三四十年代，俄国对英国剧作家的兴趣急剧上升，很大程度上是别林斯基努力的结果。

---

1. Белинский В.Г., Полное собрание сочинений, Т. IX, Изд. АН СССР, М., 1953—1959. С.323.
2. 米尔斯基:《俄国文学史》上卷，刘文飞译，人民出版社2013年版，第228—229页。

　　本书将研究年限框定在 1748 年莎士比亚传入俄国之初到 1848 年俄国莎评的集大成者别林斯基逝世这一百年间，既历时地关注一百年间不同时期俄国文学家、批评家、翻译家等对莎士比亚接受的发展变化，又共时地探讨俄国文学界对莎士比亚不同作品的翻译和评论。俄国的莎士比亚接受走过了一百年的发展历程，很长一段时间以来，横亘在莎士比亚和俄国文学之间的，不单单是时间和空间的隔阂，更多的是语言和认识上的障碍。尤其是对于最初的俄国莎士比亚接触者来说，因为不懂英语所以难以窥探到这个英国大文豪的真实面貌，更因为需要借助法语或德语评论来解读莎士比亚作品，甚至造成极大的认识误区，即便到 19 世纪中期的别林斯基身上仍然能够看到这种消极影响。随着丘赫尔别凯、弗龙琴科再到克罗内伯格等 19 世纪初一批掌握英语的译者对莎士比亚的译介，越来越多的俄国读者开始有机会阅读到更纯正的莎士比亚作品，虽然这些作品在翻译理念和技巧上还存在着一些欠缺。值得注意的是，这一时期的几位莎士比亚译者都身兼多职，莎士比亚译者甚至不是他们最主要的身份，这在一定程度上也是俄国文学中心主义的体现。俄国历史上的众多思想家、革命家往往具有较高的文学素养，而沙俄时期的审查政策又不允许他们畅所欲言，在这种情况下，文学成为他们最终的选择，文学创作、文学翻译或者是夹杂着政治思想主张的文学评论汇聚在一起，又构成了俄国一种独具特色的文学现象——大型文学杂志。

文学杂志上对莎士比亚的译介和批评首先在18世纪末形成了第一个高潮期，一些莎士比亚作品的译本片段开始出现在文学杂志上，围绕莎士比亚展开的一些针锋相对的外国批评的译文也得以刊出，到19世纪文学杂志逐渐成为俄国文学发展一股强劲的推动力。19世纪的头二十五年，莫斯科和首都圣彼得堡的文学杂志都得到充分的发展，但十二月党人运动失败后，尼古拉一世推行更严苛的审查政策，俄国文学杂志的重心和前沿开始转移到莫斯科。由波列沃伊任主编的《莫斯科电讯》和由舍维廖夫主笔的《莫斯科导报》纷纷表现出对莎士比亚的浓厚兴趣。波列沃伊作为主编不但在杂志上积极推送莎士比亚，更贡献了这一时期重要的《哈姆雷特》俄译本，这部为舞台而译的《哈姆雷特》俄译本极大地推动了该剧在俄国的传播和普及，同时也得到了同时代重要批评家别林斯基的高度认可。《莫斯科导报》批评主笔舍维廖夫在深入研究德国莎士比亚评论的基础上，加上几年的海外游历和英语学习，开始阅读莎士比亚作品原文并摆脱德国评论家的认识范围，提出了颇为独到的莎剧批评见解。普希金作为俄国文学史上莎士比亚接受的第一人，由他创办的《现代人》杂志虽地处首都圣彼得堡，但在主编普列特尼奥夫的主持下，不但突破常规地推介了英国文学评论家的莎士比亚评论专著，主编本人更是撰写了重量级的莎士比亚评论文章。可以说，对莎士比亚的关注在《现代人》杂志的主编身上薪火相传，难怪到19世纪60年代，第三任《现代人》杂志主编涅克拉索夫成了俄国文学史上第一套《莎士比亚全集》的出版人之一。到"非凡十年"时期，随着俄国文学界对莎士比亚关注的不断加深，更是涌现出专业的戏剧杂志，集中刊登包括莎士比亚在内的有关戏剧作品译本和评论，这也一定程度上促成了俄国莎士比亚学的出现。

　　普希金全方位地对莎士比亚予以接受，这种接受主要体现在普希金从流放南俄时期开始的文学创作中。普希金在南俄开始接触到莎士比亚，从阅读法译本、俄译本再到回到彼得堡后学习英文阅读原本，认识的加深也意味着所受影响的不断加深。正是在莎士比亚的影响下，普希金逐渐抛弃了对拜伦式的浪漫主义的青睐，转而进行莎士比亚化的现实主义的创作，不论是对历史剧的题材引入，还是向戏剧和叙事诗的体裁转变，都一定程度上受到莎士比亚的影响。散见于书信、评论或是文章提纲中的莎士比亚论述，更是直接反映了普希金在创立俄国民族文学时对英国这位文艺复兴时期代表人物的敬佩和借鉴，普希金与莎士比亚的关系也早早吸引了同时代和后世评论家的注意。最早提出两者关系研究的是文学史家、普希金学的创始人安年科夫，"莎士比亚主义"这一专业术语的提出，将俄国的莎士比亚研究推向了一个新的高度和阶段。"非凡十年"莎评的集大成者别林斯基接过了普希金莎士比亚评论的衣钵，不论是从对莎士比亚的重视和敬佩程度上，还是对莎士比亚作品人民性、现实主义等问题的阐述上，都能够明显感到普希金对别林斯基莎士比亚批评观点的深刻影响。别林斯基在经历了对莎士比亚认识的转变历程后，从莎士比亚的著名悲剧《哈姆雷特》出发，既阐释了对剧作家和作品的个人观点，又结合不同译本提出了有关翻译理论的观点，加上对同时代众多专业莎士比亚译者的鼓励支持和积极回应，别林斯基成为这一时期当之无愧的莎士比亚评论和推广的核心人物。

在俄国莎士比亚接受的最初一百年间，伴随着莎士比亚一起进入俄国文学的是欧洲乃至世界文学几百年来的全部文学成就和文学思潮，而莎士比亚在俄国这片土地上、在这个后发现代国家也被挖掘出了全部的潜能，既做过对抗古典主义的旗手，又引领过现实主义的潮流。诚如苏联莎学家阿尼克斯特所言："在西方，莎士比亚更多的是对浪漫主义的发展起了作用；与西方不同，莎士比亚在俄国却成了现实主义文学思潮的一面旗帜。"[1] 如果说莱辛以莎士比亚打击了伏尔泰，法国浪漫主义者曾利用莎士比亚的旗帜展开了与古典主义的激战，那么以别林斯基为首的俄罗斯进步文学界为独立的现实主义文学进行斗争的时候，也借助了莎士比亚的传统。[2] 而进入莎士比亚作品在俄国译介的下一个阶段——19世纪中后期，莎士比亚及其作品中的人物形象，则开始突破文学领域的范畴更多地进入了思想甚至革命领域。伴随着时代发展逐渐走向历史舞台的革命民主派和以屠格涅夫为代表的贵族自由主义者围绕"哈姆雷特"这一经典莎剧人物展开了激烈的争论，"纯艺术"派的唯美三巨头也纷纷抛出各自的有关莎士比亚的看法。可以说俄国19世纪中后期的各个批评流派都参与了围绕莎士比亚及其作品的讨论，到19、20世纪之交，更是出现了像舍斯托夫这样关注莎士比亚的宗教哲学家，更不用说托尔斯泰与莎士比亚之间那段著名的"公案"，以及苏联时期对莎士比亚的重新翻译和讨论。本书着力探讨的俄国莎士比亚接受的第一个一百年，也为继续深入研

---

1. 阿尼克斯特：《莎士比亚的创作》，徐克勤译，山东教育出版社1985年版。

2. 中国社会科学院外国文学研究所外国文学研究资料丛刊编辑委员会：《莎士比亚评论汇编（上）》，中国社会科学出版社1979年版。

究接续的第二个、第三个一百年提供了基础和借鉴。

受能力和精力所限，本书在论述中难免有一些不尽如人意之处。比如在论述俄国译者对莎士比亚作品的翻译之时，多侧重对莎士比亚剧作的翻译而较少关注诗歌，这就与翻译的实际情况有关，也有我对该领域的涉猎有限的原因。又如一些莎剧扮演者凭借演出过程中对莎剧人物的揣摩和理解，也发表了一些有说服力的莎士比亚评论文章，甚至包括别林斯基在内的评论家也非常关注莎剧人物的著名扮演者，这些内容也没有能纳入本书的研究视野。对莎士比亚的俄国接受更全面、更深入的研究还有待我和同仁的进一步挖掘和探索。

参考文献

【 中文文献 】

一、译著专著

1. 阿尼克斯特：《莎士比亚的创作》，徐克勤译，胡德鹿校，山东教育出版社 1985 年。

2. 阿尼克斯特：《莎士比亚传》，安国梁译，海燕出版社 2001 年。

3. 阿尼克斯特：《英国文学史纲》，戴镏龄等译，人民文学出版社 1980 年。

4. 安年科夫：《辉煌的十年》，甘雨泽译，黑龙江人民出版社 1999 年。

5. 奥兰多·费吉斯：《娜塔莎之舞：俄罗斯文化史》，郭丹杰、曾小楚译，四川人民出版社 2018 年。

6. 《别林斯基文学论文选》，满涛等译，上海译文出版社 2000 年。

7. 《别林斯基选集》（6 卷本），满涛等译，上海译文出版社 1979 年。

8. 伏尔泰：《哲学通信》，高达观等译，上海人民出版社 2014 年。

9. 伏罗宁斯基等：《俄罗斯古典文学论》，蓝泰凯译，人民出版社 2011 年。

10. 《果戈理全集》（第 6 卷），冯春等译，河北教育出版社 2002 年。

11. 《赫尔岑中短篇小说集》，程雨民译，上海文艺出版社 1962 年。

12. 赫尔岑：《科学中华而不实的作风》，李原译，商务印书馆 1962 年。

13. 赫尔岑：《往事与随想》（上下册），巴金、臧仲伦译，译林出版社 2009 年。

14. 季莫菲耶夫主编：《俄罗斯古典作家论》（上、下），人民文学出版社 1959 年。

15. 库拉科娃:《十八世纪俄罗斯文学史》,北京俄语学院科学研究处翻译组译,俄语学院出版社 1958 年。

16. 濑户宏:《莎士比亚在中国:中国人的莎士比亚接受史》,陈凌虹译,广东人民出版社 2017 年。

17. 李明滨:《俄罗斯文化史》,北京大学出版社 2013 年。

18. 李伟民:《莎士比亚戏剧在中国语境中的接受与流变北京》,中国社会科学出版社 2016 年。

19. 李伟民:《中西文化语境里的莎士比亚》,上海外语教育出版社 2009 年。

20. 李伟昉:《说不尽的莎士比亚》,中国社会科学出版社 2015 年。

21. 卢那察尔斯基:《论俄罗斯古典作家》,蒋路译,人民文学出版社 1958 年。

22. 鲁迅:《门外文谈》,《鲁迅全集》(第 6 卷),人民文学出版社 1973 年。

23. 米尔斯基:《俄国文学史》,刘文飞译,商务印书馆 2020 年。

24.《普希金论文学》,张铁夫、黄弗同等译,漓江出版社 1983 年。

25.《普希金评论集》,冯春编选,上海译文出版社 1993 年。

26.《普希金全集》(10 卷本),沈念驹、吴笛主编,邓学禹、孙蕾等译,浙江文艺出版社 2012 年。

27. 钱理群:《丰富的痛苦:堂吉诃德与哈姆雷特的东移》,北京大学出版社 2007 年。

28.《莎士比亚全集》(中英对照),梁实秋译,中国广播电视出版社 2001 年。

29.《莎士比亚全集》(10 卷本),朱生豪译,译林出版社 2016 年。

30. 谢天振:《译介学导论》,北京大学出版社 2018 年。

31. 谢天振:《译介学》,译林出版社 2013 年。

32. 曾思艺:《19 世纪俄国唯美主义文学研究:理论与创作》,北京大学出版社 2015 年。

33. 张铁夫:《普希金与莎士比亚》,《普希金学术史研究》,译林出版社 2013 年。

34. 郑体武:《俄罗斯文学简史》,上海外语教育出版社 2006 年。

35. 中国社会科学院外国文学研究所外国文学研究资料丛刊编辑委员会:《莎士比亚评论汇编》(上),中国社会科学出版社 1979 年。

36. 中国社会科学院外国文学研究所外国文学研究资料丛刊编辑委员会：《莎士比亚评论汇编》（下），中国社会科学出版社 1981 年。

二、期刊论文

1. 孔朝晖：《普希金叙事体长诗重构现象探微》，《陕西师范大学继续教育学院学报》2006 年第 2 期，第 81—85 页。

2. 李建军：《激赏与误读：论俄国文学家对莎士比亚的两歧反应》（上），《名作欣赏》2016 年第 25 期，第 75—80 页。

3. 李建军：《激赏与误读：论俄国文学家对莎士比亚的两歧反应》（下），《名作欣赏》2016 年第 28 期，第 60—65 页。

4. 凌建侯：《沙伊塔诺夫论〈安哲鲁〉的长篇小说化倾向》，《欧亚人文研究》（中俄文）2020 年第 4 期，第 31—41 页。

5. 夏多多：《19 世纪法国浪漫主义文学思想中的莎士比亚化》，《社会科学家》2016 年第 7 期，第 136—140 页。

6. 杨明明：《莎士比亚与普希金的〈鲍里斯·戈都诺夫〉》，《英美文学研究论丛》2018 年第 2 期，第 58—67 页。

7. 伊戈尔·萨伊塔诺夫：《俄罗斯文化意识中的莎士比亚》（英文），《中世纪与文艺复兴研究》2019 年第 2 期，第 39—53 页。

8. 曾庆林：《论莎士比亚对普希金浪漫主义和现实主义的双重影响》，《国外文学》1989 年第 1 期，第 62—71 页。

9. 张冰：《中俄文学译介的"迎汇潮流"》，《俄罗斯文艺》2020 年第 3 期，第 96—109 页。

10. 朱建刚：《"莎士比亚或皮靴"——莎士比亚在 19 世纪 60 年代的俄国》，《中国比较文学》2011 年第 2 期，第 121—130 页。

11. 朱建刚：《俄国的"沙士比业与鞋匠"之争》，《光明日报》2016 年 11 月 12 日，第 12 版。

12. 朱小琳、伊戈尔·萨伊塔诺夫：《莎士比亚在俄罗斯和中国的翻译与接受：伊戈尔·沙伊塔诺夫访谈录》（英文），《外国文学研究》2020 年第 3 期，第 14—28 页。

【 俄文文献 】

一、学术专著

1. Азадовский М.К. Воспоминания Бестужевых. М.-Л.: Издательство академии СССР, 1951.

2. Алексеев М.П. Шекспир и российская культура. Л.: Наука, 1965.

3. Алексеев М.П. Русско-английские литературные связи: (XVIII век- первая половина XIX века) М.: Наука, 1982.

4. Алексеев М.П. Сравнительное литературоведение. Л.: Наука, 1983.

5. Алексеев М.П. Пушкин: Сравнительно-исторические исследования. Л.: Наука, 1984.

6. Алексеев М.П. Пушкин и Мировая Литература. Л.: Наука, 1987.

7. Алексеев М.П. Английская литература: очерки и исследования. Л.: Наука, 1991.

8. Аникст А.А. Творчество Шекспира. М.: Художественная литература, 1963.

9. Аникст А.А. Могучий гений Шекспир. М.: Комсомольская правда, 1964.

10. Аникст А.А. Шекспир. М.: Молодая гвардия, 1984.

11. Аникст А.А. Трагедия Шекспира «Гамлет». М.: Просвещение, 1986.

12. Анненков П.В. Анненков П.В. и его друзья, Т. I. СПб., 1892.

13. Анненков П.В. VIII. Шекспиризм // Александр Сергеевич Пушкин в Александровскую эпоху. Минск: Лимариус, 1998, С.205—210.

14. Анненков П.В. Литературные воспоминания. М.: Правда, 1989.

15. Белинский В.Г. Белинский В.Г. и его корреспонденты. М., 1948.

16. Белинский В.Г. Полное собрание сочинений: В 13 т., М.: АН СССР, 1953—1959.

17. Белинский В.Г. В воспоминаниях современников. Гослитиздат, 1962.

18. Берков П. Н. Драмматический словарь 1787 года М.-Л.: Изд-во Акад.

наук СССР, 1959.

19. Бестужев-Марлинский А.А. Соч.: В 2 т. М.: Художественная литература, 1981.

20. Боткин В.П. Подражание Шекспиру, Памятные книжные даты М.: Книга, 1984.

21. Боткин В.П. Литературная критика. Публицистика. Письма. М.: Сов. Россия, 1984.

22. Боткин В.П. Сочинения, Т. II, Статьи по литературе, СПб., 1891.

23. Булгаков А. С. Раннее знакомство с Шекспиром в России // Театральное наследие. Сб. 1. Л., 1934.

24. Вольтер. Эстетика. Статьи. Письма. М.: Искусство, 1974.

25. Гарин И. И. Пророки и поэты (Шекспир и Мильтон). Т. 6, М.: Терра, 1994.

26. Гачечиладзе Г.Р. Вопросы теории художественного перевода. Тбилиси: Литература да хеловнеба, 1964.

27. Гачечиладзе, Г.Р. Введение в теорию художественного перевода. Тбилиси: Изд-во ТбГУ, 1970.

28. Гачечиладзе, Г.Р. Художественный перевод и литературные взаимосвязи. М.: Сов. писатель, 1972.

29. Герцен А.И., Собрание сочинений в тридцати томах, ТТ. I—XXX, Изд. АН СССР, М., 1954—1964.

30. Глинка С.С. Очерки жизни и избранные сочинения Александра Петровича Сумарокова. СПб.: тип. С.С. Глинки и К°, 1841.

31. Гоголь Н.В. О движении журнальной литературы в 1834 и 1835 годах. Полное собрание сочинений, Т. VIII, Изд. АН СССР, 1952.

32. Горбунов А.Н. Шекспировские контексты. М.: Медиа-Мир, 2006.

33. Жирмунский В.М. Сравнительное литературоведение. Восток и Запад. Л.: Наука, 1979.

34. Захаров Н.В. Шекспир в творческой эволюции Пушкина, Jyväskylä:

从普希金到别林斯基

Jyväskylä University Printing House, 2003.

35. Захаров Н.В. Шекспиризм русской классической литературы: тезаурусный анализ М.: Изд-во Моск. гуманит. ун-та, 2008.

36. Захаров Н.В., Луков Вл. А. Шекспир, шекспиризация. М.: Изд-во Моск. гуманит. ун-та, 2011.

37. Захаров Н. В., Луков Вл. А. Гений на века: Шекспир в европейской культуре. М.: ГИТР, 2012.

38. История всемирной литературы: в 8 т. / АН СССР; Ин-т мировой лит. им.А. М. Горького. М.: Наука, 1983—1994.

39. Карамзин Н.М. О Шекспире и его трагедии «Юлий Цезарь» // Избранные сочинения в двух томах. М.; Л., 1964, С.79—82.

40. Карамзин Н.М. Письма русского путешественника. Jl.: Наука, 1984.

41. Котт Ян. Шекспир — наш современник / Пер. с польск. Вадима Л. Климовского. СПб.: Балтийские сезоны, 2011.

42. Кюхельбекер В.К. Избранные произведения. М.: Художественная литература, 1989.

43. Кюхельбекер В.К. Шекспировы духи. Драматическая шутка в двух действиях. СПб., 1825.

44. Лаврецкий. А. Белинский, Чернышевский, Добролюбов в борьбе за реализм. М.: Гослитиздат, 1941.

45. Левин Ю.Д. Русские переводчики XIX в. и развитие художественного перевода. Л.: Наука, 1985.

46. Левин Ю.Д. Шекспир и русская литература XIX века. Л.: Наука, 1988.

47. Левин Ю.Д. История русской переводной художественной литературы. Древняя Русь. XVIII век. Том I—II. СПб.: Дмитрий Буланин, 1995—1996.

48. Левин Ю.Д. Восприятие английской литературы в России: Исслед. и материалы Л.: Наука, 1990.

49. Луков, Вл. А. Шекспиризация (к теории и истории принципов-

процессов) // Шекспировские штудии: Трагедия «Гамлет» : материалы науч. семинара, 23 апреля 2005 г. М.: Моск. гуманит. ун-т, Ин-т гуманит. Исследований, 2005.

50. Луков Вл. А. История литературы. Зарубежная литература от истоков до наших дней. М.: Издательский центр «Академия», 2008.

51. Международные связи русской литературы. Сборник статей под редакцией академика М. П. Алексеева. М.-Л.: Издательство Академии наук, 1963.

52. Мордовченко Н.И. Русская критика первой четвертиXIX века. М.-Л.: Изд. АН СССР, 1959.

53. Морозов М.М. Шекспир. М.: Молодая гвардия, 1947.

54. Морозов М.М. Белинский о Шекспире. В кн.: Избранные статьи и переводы. М., 1954, C.223—242.

55. Набоков В.В. Искусство перевода // Лекции по русской литературе. М.: Независимая газета, 1996, C.389—401.

56. Панаев И.И. Первое полное собрание сочинений Ивана Ивановича Панаева: Т. 1—6. СПб.: Н.Г. Мартынов, 1888—1889.

57. Плетнев П.А. Сочинения и переписка П. А. Плетнева СПб.: Тип. Имп. Акад. наук, 1885.

58. Полевой Н.А. Очерки русской литературы. СПб.: Тип. Сахарова, 1839.

59. Пушкин А.С. и мировая литература. Исследования и материалы. Том VII. Л.: Наука, 1974.

60. Пушкин А.С. в воспоминаниях современников. М.: Госхудлитиздат, 1950.

61. Пушкин А.С. критик: Пушкин о литературе. М.: ACADEMIA, 1934.

62. Пушкин А.С. Полн. собр. соч.: В 16 Т. М.-Л.: АН СССР, 1937—1959.

63. Пыпин А.Н. Белинский, его жизнь и переписка Т. 1—2. СПб.: Вестник Европы, 1876.

64. Радищев А.Н., Полное собрание сочинений, Т. I, Изд. АН СССР,

М.-Л., 1938.

65. Русско-европейские литературные связи. Энциклопедический словарь. СПб.: Факультет филологии и искусств СПбГУ, 2008.

66. Самарин Р.М. Реализм Шекспира М.: Наука, 1964.

67. Сумароков А.П. Две епистолы. СПб., 1748.

68. Сумароков А.П. Полное собрание всех сочинений в стихах и прозе, ч.X, М., 1782.

69. Сумароков А.П. Юлий Цезарь, трагедия Виллиама Шекеспира. М., 1787.

70. Сумароков А.П. О Шекспире и его трагедии «Юлий Цезарь» (предисловие к отдельному изданию), 1787.

71. Сумароков, А. П. Гамлет. Трагедия. (Переделал с франц. прозаического перевода Делапласа) // Полн. собр. всех соч. Т. 3. М., 1787.

72. Топер П.М. Перевод в системе сравнительного литературоведения. М.: Наследие, 2001.

73. Фридлендер Г.М. Белинский и Шекспир. В кн.: Белинский. Статьи и материалы. Л., 1949, С.147—173.

74. Хализев В.Е. Теория литературы. М.: Высш. шк., 2004.

75. Чайковский Р.Р. Основы художественного перевода. Магадан: Изд-во СВГУ, 2008.

76. Шайтанов И. О. История зарубежной литературы: Эпоха Возрождения: В 2 Т. М.: Владос, ИМПЭ им. А. С. Грибоедова, 2001.

77. Шайтанов И. О. Семинар 5. Европейский петраркизм XVI века; Семинар 8. «Ромео и Джульетта»: сонетный стиль как предпосылка к эволюции жанра трагедии; Семинар 9. «Ричард III» и «Макбет»: герой-макиавеллист в ранней хронике и в «великой трагедии»; Семинар 10. «Гамлет» — «трагедия мести» или первая пьеса о человеке Нового времени? // Шайтанов И. О. История зарубежной литературы. Эпоха Возрождения. Практикум. М.: Дрофа, 2009. С.136—164; 226—303.

78. Шевырев С.П. История поэзии. Чтения. Том I. М.: тип. Ав. Семена, при Императорской мед.-хирургической акад., 1835—1892.

79. Шекспир «Драматических сочинений Шекспира» в переводе Кетчера, М., 1862—1879.

80. Шекспир, Полное собрание сочинений Шекспира в переводе русских писателей: В 3 т. СПб.: 3-е изд. 1880; 4-е изд. 1887—1888; 5-е изд. 1899.

81. Шекспир У. Поли. собр. соч. / под ред. С.А. Венгерова: в У т. СПб.: Брокгауз - Эфрон, 1902—1905.

82. Шекспир, Полное собрание сочинений в 8 томах (9 книг), 1957—1960.

83. Шекспир, Полное собрание сочинений в 14 томах, 1992—1994.

84. Шекспир в России: Сб. статей. М.-Л.: Изд-во АН СССР, 1963.

85. Шекспировские чтения: продолжающееся науч. издание РАН. М.: Наука, 1976; 1977; 1978; 1980; 1984, 1985; 1990, 1993; 2006.

86. Шекспировские штудии III. М.: Изд-во Моск. гуманит. ун-та, 2006.

87. Шекспировские штудии VI. М.: Изд-во Моск. гуманит. ун-та, 2007.

88. Шекспировские штудии VIII. М.: Издво Моск. гуманит. ун-та, 2008.

89. Шекспировские штудии X. М.: Издво Моск. гуманит. ун-та, 2008.

90. Шекспировские штудии XIII. М.: Издво Моск. гуманит. ун-та, 2009.

91. Шекспировские штудии XIV. М.: Издво Моск. гуманит. ун-та, 2009.

92. Шекспировские штудии XVII . М.: Издво Моск. гуманит. ун-та, 2011.

93. Эйхенбаум Б.М. О замысле «Графа Нулина» О позии.Л.: Советский писатель, 1969.

二、期刊论文

1. Боткин В.П. Женщины, созданные Шекспиром. Юлия и Офелия. «Отечественные записки», 1841, Т. XIV, No.2, отд. II, С.64—92.

2. Боткин В.П. Шекспир как человек и лирик. «Отечественные записки», 1842, Т. XXIV, No.9, отд. II, С.27.

3. Брентон Э. Шекспир—русский. Перевод с английского И. О. Шайтанов// Вопросы литературы. 2007（4）, С.214

4. Галахов. Шекспир в России. С.-Петербургские ведомости. 1864（89）, С.360.

5. Захаров Н. В. Начало культурной ассимиляции Шекспира в России// Знание. Понимание. Умение. 2010, No.3, С.144—147.

6. Захаров Н.В. Кюхельбекер И Шекспир // Знание. Понимание. Умение. 2008, No.5.

7. Захаров Н.В. Рецепция Шекспира в творчестве Кюхельбекера // Знание. Понимание. Умение. 2008, No.2, С.158—161.

8. Захаров Н. В. Русский Шекспир в допушкинскую эпоху // Актуальные проблемы гуманитарных исследований: Доклады и материалы научной конференции, проведенной Институтом гуманитарных исследований 21 декабря 2004 г. в рамках научной сессии, посвященной 60-летию МосГУ / Отв. ред. Вал. А. Луков. М.: Изд-во МосГУ, 2004. С.18—27.（0, 6 п. л.）

9. Захаров Н.В. Сумароков и Шекспир // Знание. Понимание. Умение. 2008, No.5, ст.

10. Захаров Н.В. У истоков шекспиризма в России: Н. М. Карамзин, А. А. Петров И Я. М. Р. Ленц.

11. Захаров Н. В. Шекспиризм Пушкина // Знание. Понимание. Умение. 2006, No.3, С.148—155.

12. Захаров Н. В. Пушкин и Шекспир: диалог равных // Тезаурусный анализ мировой культуры: Сб. науч. трудов. Вып. 9 / Под. общ. ред. проф. Вл. А. Лукова.—М.: Изд-во Моск. гуманит. ун-та, 2007, С.45—51.

13. Захаров Н. В. Вхождение Шекспира в русский культурный тезаурус // Знание. Понимание. Умение. 2007（1）С.131—140.

14. Захаров Н.В. Шекспиризм в русской литературе // Знание. Понимание. Умение. 2007（3）С.175—180.

15. Захаров Н.В. Кюхельбекер и шекспир // Знание. Понимание. Умение.

2008（5）：Филология.

16. Захаров Н.В. Шекспир и русская литература：Шекспиризм Пушкина.

17. Захаров Н. В. Шекспировский тезаурус Пушкина // Тезаурусный анализ мировой культуры：Сб. науч. трудов. Вып. 1 / Под. общ. ред. проф. Вл. А. Луков. — М.：Изд-во Моск. гуманит. ун-та, 2005, С.17—24.

18. Захаров Н. В. Шекспиризм в русской литературе // Знание. Понимание. Умение. 2007（3）С.175—180.

19. Захаров Н.В. Рецепция Шекспира в творчестве Кюхельбекера // Знание. Понимание. Умение. 2008, No.2. С.158—161.

20. Захаров Н. В. Рецепция Шекспира в тезаурусе Жуковского // Тезаурусный анализ мировой культуры：Сб. науч. трудов. Вып.15 / Под общ. ред. Вл. А. Лукова. М.：Изд-во Моск. гуманит. ун-та, 2008, С.24—28.

21. Захаров Н. В. Переводы Шекспира как отражение диалога культур // Тезаурусный анализ мировой культуры：Сб. науч. трудов. Вып. 17 / Под общ. ред. Вл. А. Лукова. — М.：Изд-во Моск. гуманит. ун-та, 2008, С.66—71.

22. Захаров Н. В., Луков Вл. А., Гайдин Б. Н. Гамлет как вечный образ мировой культуры // Тезаурусный анализ мировой культуры：Сб. науч. трудов. Вып. 16 / Под общ. ред. Вл. А. Лукова.—М.：Изд-во Моск. гуманит. ун-та, 2008, С.15—28.

23. Захаров, Н. В. Процесс шекспиризации в русской литературе рубежа XVIII—XIX вв.：пример М. Н. Муравьева // Знание. Понимание. Умение, 2009（2）：65—73.

24. Захаров, Н.В. Шекспиризм Пушкина / Н.В. Захаров // Знание. Понимание. Умение. 2006（3）：С.148—155.

25. Захаров, Н.В. Переводы Шекспира как отражение диалога культур / Н.В. Захаров // Тезаурусный анализ мировой культуры：сб. науч. трудов：вып. 17 / под общ. ред. Вл. А. Лукова. М.：Изд-во Моск.

гуманит. ун-та, 2008, С.66—71.

26. Захаров Н.В. Сумароков и Шекспир // Знание. Понимание. Умение. 2008 (5), С.25—32.

27. Захаров Н.В. У истоков шекспиризма в россии: Н. М. Карамзин, А. А. Петров и я. М. Р. Ленц. //Знание. Понимание. Умение. 2009 (3), С.119.

28. Захаров Н. В. Начало культурной ассимиляции Шекспира в России.// Знание. Понимание. Умение. 2010 (3), С.144—146.

29. Захаров Н.В. Шекспиризм в творчестве А. С. Пушкина.//Знание. Понимание. Умение. 2014 (2), С.237.

30. Загорский, М.Б. Шекспир в России // Шекспировский сборник, 1947 / ред. Г. Н. Бо-яджиев, М. Б. Загорский, М. М. Морозов. М.: Всероссийское театральное общество.

31. Левин Ю.Д. О первом упоминании пьес Шекспира в русской печати // Восприятие английской литературы в России: Исслед. и материалы / Отв. ред. П.Р. Заборов; АН СССР, Ин-т рус. лит.(Пушкин. Дом). Л.: Наука, Ленингр. отд-ние, 1990.

32. Левин Ю. Д. Некоторые вопросы шекспиризма Пушкина // Пушкин. Исследования и материалы. Т. VII: Пушкин и мировая литература. М.; Л.: Наука, 1974, С.59—85.

33. Левин Ю. Д. Шекспир и царская цензура. «Звезда», 1964 (4), С.199.

34. Левин Ю.Д. Вступительная Статья К «Рассуждению В. К. Кюхельбекера Об Исторических Драмах Шекспира» // Международные Связи Русской Литературы: Сб. Статей Под Ред. М. П. Алексеева. М.; Л.: Изд-Во Ан Ссср, 1963.

35. Левин Ю.Д. В. Кюхельбекер — автор «Мыслей о Макбете» // Русская литература, 1961 (4) .

36. Левин Ю.Д. О первом упоминании пьес Шекспира в русской печати. // Восприятие английской литературы в России. Л.: Наука, 1990, С.255.

37. Левин Ю.Д. Английская литература в России XVIII века // Вопросы

литературы, 1996 (1), С.185.

38. Луков Вл. А. Культ Шекспира как научная проблема // Вестник Международной академии наук (Русская секция), 2006 (2), С.70.

39. Луков Вл. А., Захаров Н. В. Культ Шекспира // Знание. Понимание. Умение, 2008 (1), С.132—141.

40. Луков Вл. А., Захаров Н. В. Шекспиризация и шекспиризм // Знание. Понимание. Умение, 2008 (3), С.253—256.

41. Никитенко А.С. Михаил Павлович Вронченко. (Биографический очерк) ЖМНП, 1867, ч. CXXXVI, No.10, С.32.

42. Плетнев П.А. Шекспир. «Литературные прибавления к Русскому инвалиду», 1837, 30 октября, No.44, С.430—434.

43. Шайтанов И. О. Трагический гуманизм: Шекспир // Шайтанов И. О. Западноевропейская классика: от Шекспира до Гете. М: Изд-во МГУ, 2001, С.5—35.

44. Шайтанов И. О. Две «неудачи»: «Мера за меру» и «Анджело» // Вопросы литературы, 2003 (3), С.123—148.

45. Шайтанов И. О. Вперед—к Шекспиру // Арион, 2005 (1), С.121—124.

46. Шайтанов И. О. Две «неудачи»: «Мера за меру» и «Анджело» // Книга памяти А. М. Зверева. М.: РГГУ, 2006, С.162—188.

47. Шайтанов И. О. Шекспир в русских переводах // Школьный энциклопедический словарь. М.: Просвещение, 2004, С.390.

二、俄文网站

1. www.rus-shake.ru

2. www.world-shake.ru

3. www.around-shake.ru

4. www.w-shakespeare.ru

5. www.william-shakespeare.ru

四、俄文期刊

1. «Библиотека для чтения», 1834—1865

2. «Европеец», 1832

3. «Литературная газета», 1830—1831

4. «Литературные прибавления к Русскому инвалиду», 1831—1839

5. «Минерва», 1806—1807

6. «Московский наблюдатель», 1835—1839

7. «Москвитянин», 1841—1856

8. «Московский телеграф», 1825—1834

9. «Московский вестник», 1827—1830

10. «Отечественные записки», 1818—1884

11. «Русский инвалид», 1813—1917

12. «Современник», 1836—1866

13. «Северная пчела», 1825—1864

14. «Санкт-Петербургские ведомости», 1728—1917

15. «Сын отечества», 1812—1852

16. «Телескоп», 1831—1836

【英文文献】

1. Dan Breen. Shakespeare and History Writing [J] . Literature Compass, 2017, 14 (1): 1—10.

2. Eleanor Rozve. Hamlet: A Window on Russia [M] . N.Y.: New York University Press, 1976.

3. Grene N. Shakespeare's Serial History Plays [M] . Cambridge: Cambridge University Press, 2002.

4. Ivanova I.K. Shakespeare's Hamlet versus Sumarokov's Gamlet [M] . Dusseldorf LAP LAMBERT Academic Publishing, 2011.

5. Muttalib F.A. Shakespeare and his Hamlet and Russian Writers of the First Half of the Nineteenth Century, 2000 (1): 41—70.

6. O'Neil Catherine. With Shakespeare's Eyes: Pushkin's Creative Appropriation of Shakespeare. Newark: University of Delaware Press, 2003.

7. Simmons E. English Literature and Culture in Russia (1553—1840). Harvard: Harvard University Press, 1935.

8. William Shakespeare. The Complete Works of William Shakespeare [C]. Beijing: Holybird World Classics, 2015.

　　　　　　　　　　　　　　　　　　　从普希金到别林斯基

　　1748 至 1848 年的莎士比亚接受研究可以称为俄国莎士比亚接受
研究的早期阶段，本人从对《现代人》杂志的外国文学译介研究开
始，进入到俄国文学的外国文学接受研究领域，最终将目光锁定在了
莎士比亚的俄国接受。在俄罗斯历史上迄今近三百年的莎士比亚接受
史中，本书选取了从 1748 年莎士比亚传入俄国到 1848 年俄国现实主
义美学和文艺批评的奠基人别林斯基逝世的一百年为研究对象，集中
探讨这一百年间俄国文学家、批评家等对莎士比亚的翻译和介绍。

　　俄罗斯文学现代化进程的开启，多得益于西欧文化。19 世纪以
降，俄国文学先后出现了"黄金时代"和"白银时代"两个繁荣时
期，这两次跨越式的发展既源于古代俄国文学的长久积累，又与彼得
一世和叶卡捷琳娜二世改革后俄国文学对外国文学的接受密切相关。
可以说，俄国文学用 18 世纪 100 年的时间走完了欧洲文学 200 年的
发展历程，来自法国、意大利、德国、英国等国家从古典主义文学、
启蒙文学到感伤主义文学、浪漫主义文学，不同国家、不同语言、不
同文学流派的经典作家作品交织在一起纷纷涌入俄国文学中，直到
19 世纪 30 年代，普希金作为俄国现代文学之父几乎与司汤达在同一
时期各自独立创作出本国的现实主义代表作品，同时也开启了俄国文

学的"黄金时代"。

18世纪中期开始，文艺复兴的杰出代表莎士比亚逐渐进入到俄国文学当中，迄今为止经历了近三百年的接受历程。本书分五个章节对第一个一百年做了展开论述，其中第一、二、四章分18世纪、19世纪初和非凡十年三个历史分期历时地梳理脉络，又独辟蹊径地将"莎士比亚的全方位接受者——普希金"和"莎士比亚的集大成者——别林斯基"单列成章，个体研究与历时研究形成互补，凸显出了普希金和别林斯基在这一百年间俄国莎士比亚接受过程中的重要作用。通过这样宏观与微观相结合的布局，全面展示了俄国文学家、翻译家和批评家们如何经过一百年的摸索、讨论，一步步带领俄国读者和俄国文学跨越语言和文化的双重障碍，回到文学现场领略数百年前莎士比亚的艺术和思想魅力，切身感受将文学大师的精髓逐渐注入到俄国文学的经过，理解俄罗斯文学如何不断发展变化并最终走上辉煌的百年历程。

俄国文学的莎士比亚接受发展到别林斯基离世的1848年固然可以称得上是一个重要的时间节点，后世的俄国文学家、批评家甚至思想家、革命家在这一领域取得的成就却没有止步不前。19世纪中后期开始无论是从对莎士比亚作品、人物形象艺术性、思想性的认识和理解上，还是从由此引发的社会大讨论波及的领域，都已经远远超出了前一百年的范畴。革命民主派和贵族自由主义者围绕"哈姆雷特"形象展开的激烈讨论，纯艺术派美学大巨头有关莎士比亚的论调，宗教哲学家舍斯托夫对于莎士比亚的关注和评论，以及托尔斯泰在19、20世纪之交与莎士比亚之间的隔空公案，都在不断拓展和加深俄国社会各个阶层、各个阶段人群对于莎士比亚的认识和理解。苏联时期对莎士比亚大规模的重译、对莎士比亚戏剧的褒贬不一，又将全社会对于莎士比亚的关注推向了新的高度。

本书在本人博士论文的基础上修改而成，导师耿海英教授在我读博期间，既提供了大方向的指引，又不吝手把手的教导；有幸得到国家留学基金委的资助，让我在硕士毕业十年后再度访俄；论文主体部分写作和预答辩、答辩完成于封校期间的上大校园和返并之后的隔离酒店，回首望去无尽感慨。感谢中北大学对本书出版的支持，在毕业两年多后成书，尽管有些匆忙，却是莫大的激励！希望未来能够有机会在该领域继续深入，探索俄国莎士比亚接受的第二个、第三个一百年。

2024 年 10 月于龙城

图书在版编目(CIP)数据

从普希金到别林斯基 : 俄国莎士比亚接受研究 :
1748‐1848 / 李葆华著. ‐‐ 上海 : 上海人民出版社,
2024. ‐‐ ISBN 978‐7‐208‐19164‐8

Ⅰ. I561.073；I512.06

中国国家版本馆 CIP 数据核字第 2024BK6079 号

责任编辑 马瑞瑞
封扉设计 人马艺术设计·储平

从普希金到别林斯基

——俄国莎士比亚接受研究(1748‐1848)

李葆华 著

出　　版　上海人 人民出版社
　　　　　　(201101　上海市闵行区号景路 159 弄 C 座)
发　　行　上海人民出版社发行中心
印　　刷　上海盛通时代印刷有限公司
开　　本　890×1240　1/32
印　　张　6.75
插　　页　2
字　　数　148,000
版　　次　2024 年 11 月第 1 版
印　　次　2024 年 11 月第 1 次印刷
ISBN 978‐7‐208‐19164‐8/K·3427
定　　价　58.00 元